苏晴的寒假

刘梓芯 著

北京燕山出版社

图书在版编目（ＣＩＰ）数据

　　苏晴的寒假 / 刘梓芯著. —— 北京：北京燕山出版
社，2020.8
　　ISBN 978-7-5402-5779-8

　　Ⅰ. ①苏… Ⅱ. ①刘… Ⅲ. ①长篇小说 – 中国 – 当代
Ⅳ. ① I247.5

　　中国版本图书馆 CIP 数据核字（2020）第 122669 号

苏晴的寒假

作　　者：刘梓芯
责任编辑：王月佳
出版发行：北京燕山出版社有限公司
社　　址：北京市丰台区东铁匠营苇子坑路 138 号嘉城商务中心 C 座
电　　话：010-65240430（总编室）
传　　真：010-63587071
印　　刷：河北盛世彩捷印刷有限公司
开　　本：710mmx1000mm　1/16
字　　数：208 千字
印　　张：18
版　　次：2020 年 10 月第 1 版
印　　次：2020 年 10 月第 1 次印刷
定　　价：57.00 元

作者序

　　各位大朋友、小朋友们，大家好！我是作者刘梓芯。当你们打开这本小说，我很开心能和你们，还有我的主人公苏晴及她的朋友们开启一段充满冒险的奇幻之旅。在千千万万的图书中，你们刚好挑选了我写的图书，不得不说这已经是一种神奇的缘分，我的内心充满了感激和感恩。而接下来，我不会令你们失望的。无论你们是读给自己听，还是读给你们的孩子听，我都相信你们会和我一样在写作和阅读的过程中获得一种神奇的力量，那是一种积极向上、诚恳友善、勇往直前的力量。

　　这篇小说的开端源于我的一个梦，是我在毕业前夕，想着要怎样写好毕业论文时做的一个梦。我梦见一个小女孩为了写出别出心裁的文章，爬到女巫家的阁楼上面观察女巫的生活。于是，几年后我的这篇小说诞生了，主人公就是我梦里的那个女孩。

　　家是永远的归途，在主人公苏晴坚持不懈地寻找回家旅途的过程中，在探究事情真相的过程中，她帮助了别人，也获得了许多热心伙伴的无私帮助。在这场冒险中，苏晴同学看到了不一样的世界，体会了挫折、困难和人生的艰险，也体会到了爱、真诚、友谊和人生的美好。她从一个胆小、纠结的小女孩成长为一个勇敢、积极、坚强、乐观、善于思考、遇到困难不放弃的姑娘。

贯穿全文的每一段经历看似独立，事实上，其中一些主线中的内容又为之后的经历埋下伏笔，彼此交错。我运用了大量描写，希望能够打开孩子们的想象空间，希望能够尽力做到故事性和文学性并重。

　　孩子们从小要多读书、读好书，才能更好地成长。我相信，养成良好的阅读习惯，会为孩子们未来的学习打下良好的基础。

　　真诚、有趣、善良、美好。遇到困难勇往直前，而不是畏缩逃避。不轻易被挫折打败，不轻易被人言击垮，不轻易被困顿移志。

　　下面是故事中主人公和青草的一段对话：

　　我们是青草，不是杂草。

　　我们有小草的精神，我们坚韧无比，我们顽强异常。

　　我们不会被你轻易摧残，我们不会被你轻易打败。

　　纵使你将我们铲倒，纵使风雨再大。

　　我们还会站起来，我们还会重新发芽。

　　我们会结出新的种子，我们会向着太阳，我们会蓬勃生长。

　　我们不会被打倒，任凭那风吹雨打，任凭那烈日狂沙，我们还会站起来，我们还会站起来。

　　愿我自己，愿我亲爱的大朋友、小朋友们在面对生活的困难、失意与失败时，都能不畏挫折，勇敢向前。

　　始终怀抱希望和期许，生活会给予我们最好的回馈。

刘梓芯

目 录
Contents

第一章 令人期待的寒假

又是一个白雪纷飞的冬日。假期对于每个学生来说，都是再令人期待不过的了，如果没有那么多作业或是补习班的话，更是一年中最令人向往的日子。

"明天就是寒假了。"当班主任老师宣布这个激动人心的消息时，学生们个个都洋溢着幸福的笑容，大家兴奋得想要马上背起书包冲出教室。

"同学们，安静一下。"老师说，"再过一个学期，你们就要毕业了。希望你们能过一个特别充实、有意义的寒假。"

"听老师这话的意思，估计是又要留不少作业。"苏晴座位前排的李明小声和同桌议论着。

"没错，特别有意义，特别有意义的作业。"李明的同桌捏着嗓子学着老师的声音。

今年十二岁的苏晴，马上就要小学毕业了，这是她在小学阶段度过的最后一个假期。

"嗯……大家不要着急。这个寒假我会给你们留一个特别的家庭作业——一篇作文，希望你们通过这个作业学会去观察和关心身边的人。"说着，老师在黑板上写下了这次作文的题目——××的饮食结构。

"虽然这个题目看似很容易也很普通，但是希望你们都能善于挖掘，写出新意。某些人有着怎样的饮食结构？他们是怎样养成这样的饮食习惯的？这种饮食结构是否是有益的？这些饮食习惯的背后又有着怎样的故事？你们要去观察，去采访，去体会，去参与。"老师接着说道，"这些只是我提供给你们的一点点思路。大家可以打开思路，多去想想，多方位地去写。希望你们通过这次的作文学会关心身边的家人、朋友。还有，特别提示一下，这次的作文对你们来说非常非常重要，优秀的作文将会被送去参加比赛，优胜者将会直接被保送重点中学。大家在下课前可以讨论一下自己想写的对象。"

"快要毕业了呀，时间过得可真快，过不了多久我就要成为和姐姐苏菲一样的中学生了，以后又会发生些什么呢？"苏晴一边想着，一边摇了摇头，"写文章是我最发愁的事情了，但这次，我一定要在毕业前写出一篇不同凡响、别具一格、让人眼前一亮的文章。"想着想着，她不由得笑了。

"张红，你想写谁？"老师点了班里一个作文成绩一向不错的同学问道。

"老师，我想写妈妈的饮食结构。因为母爱是伟大的，母亲为了照顾家庭，每天都很辛苦。"张红回答。

"这个立意很好。"老师说。

"老师，可不可以写某种动物的饮食结构？"何壮壮问道。

"我家小鸟的饮食只有水和小米。"另一个同学说。

"哈哈哈——"同学们笑道。

"狗狗的饮食结构就比小鸟的丰富得多。老师，可不可以写狗狗的饮食结构？"

老师笑了笑说："这也是一种思路，动物是我们人类的朋友，去观察和关心它们一点也没有错。关键看你们如何写得丰富、写得精彩。"

同学们就这样你一言我一语地讨论着。突然，一个奇怪的想法跳到苏晴脑海中。

"苏晴，你呢？"老师问道。

"女巫的饮食结构。"苏晴没有想到老师会突然问到自己，她不假思索地把刚刚跳到自己脑海中的想法说了出来。

老师和其他同学都愣了一下，随后同学中发出窃窃的笑声。

"苏晴同学，你说的什么？"老师好像没有听清她说的。

"我是说，我想写女武士的饮食结构。"她羞愧地低下了头，又改了口，想遮掩一下自己荒谬的想法，可这个想法听起来更奇怪了。

"女武士？这她也想得出。"同学们笑得更厉害了。

"别这么说人家，说不定苏晴认识一名女武士呢。"也有同学这样说。

在学校，苏晴只不过是再普通不过的一个女生；在家里，姐姐成绩优秀又多才多艺，而她的努力在父母的眼中常常渺小得看不见了。但她也渴望被关注，她希望自己是与众不同的。事实上，她是一个可爱、单纯、善良的孩子，而此时，她还是胆怯了，她怕受到别人的嘲笑。

"好了，好了，大家不要笑了。大家回去还有的是时间可以好好考虑考虑，去选择合适的题材、合适的题目。"老师微笑着说完，又对苏晴道，"苏晴，你回去也要好好调研，好好想想如何去写。"

"丁零零——"下课铃声响起来了。

"下课！祝大家有个愉快的假期。放假期间注意安全。同学们再见！"老师最后笑眯眯地嘱咐道。

"老——师——再——见！"同学们齐声说。

窗外的雪越下越大，大片的雪花像洁白的鹅毛纷纷落下。地面已经堆积了厚厚的一层雪，脚踩在雪地上嘎吱作响，但这丝毫影响不了同学们对于放假的热情，反而给孩子们增加了新的乐趣。路边，这儿堆着一个雪人，那儿堆着一个雪人，比美似的被戴上各种装饰，这边的帽子更美些，那边的胡萝卜鼻子更长些，那边的煤球黑眼睛多圆啊！

苏晴和她的好朋友小玲背着书包在大雪中前行，美丽冰凉的雪花掉在她们的眉毛上。一个雪球朝苏晴后背扔了过来。"唔，女巫来了，吃人的女巫！"几个调皮的男同学向她们做着鬼脸，大叫着从她们身后跑过。小玲也团了个雪球朝他们扔过去，可惜没有击中，小男孩们回过头做着鬼脸逃走了。

"别理他们。说实话，我倒是觉得你那个'女巫的饮食结构'的题目精彩极了。你说的是'女巫的饮食结构'，没错吧？"小玲问。

"嗯，没错。你不会也觉得很好笑吧？"苏晴问。

"怎么会呢？其实想想，如果真能够写一些有关女巫的故事会很奇特、很神秘、很有趣吧。"小玲一贯是苏晴的支持者，"不过，你说，这个世界上真的有女巫吗？"

"当然，我确定，我曾祖父的父亲就曾经和女巫打过交道。"苏晴凑到小玲耳边低声答道。

"真的吗？我原以为女巫是故事里才有的。可是，你又没和女巫打过交道，不好了解她们的饮食结构，就只能凭空想象了。"小玲说。

"我倒是很想看看女巫的生活是怎样的。"

"我猜她们的饮食应该和咱们也没什么区别。"

交谈间，小玲到家门口了。"过个快乐的寒假！"她挥手和苏晴告别，"记得来家里找我玩。"

苏晴从小就生长在这个人口不多、宁静祥和的小镇上。这里的人很少出门远行，很少发生惊天动地的大事，很少有人穿着奇装异服，更多的人宁愿守着自己温暖的安乐窝，除非不得不出门探亲，他们更喜欢穿着棉布衬衫，在温暖的春日里，坐在院子里的摇椅上聊天。生活对于他们来说是闲适的，即使是上学的孩子也不会感到很大压力。

这里的房子都不太高，大多是一层或两层，小镇上可没有什么高楼大厦。苏晴的家是一幢二层小楼，一层是蓝色的，二层是白色的，远远看去好像白色的云朵飘浮在蔚蓝的天空上。楼下是一个院子，院子外围了一圈橘红色的栅栏。小镇的人们大多喜欢这样明亮鲜艳的色彩，所以这里的房子不是青砖黑瓦，而是充满活泼色彩的。初次踏进小镇的人总会不由得被这里五颜六色的漂亮房子吸引住眼球。苏晴家的院子里有一个大大的花圃，夏天的时候，花圃里盛开着五颜六色的鲜花。苏晴有一个漂亮、聪明的姐姐，名叫苏菲，今年十六岁。她学习努力，成绩优秀，是苏晴眼中的好榜样，老师眼中的好学生，父母眼中的好孩子。他们一家子快乐地生活在这个小镇上，没有什么忧愁。

事实上，苏晴会突然想到"女巫"这个词倒也不是毫无缘由。在她曾祖父的父亲的回忆录中就记载着和女巫打交道的故事。只不过，那是很久很久以前的事了，那本回忆录也早已被遗忘在布满尘埃的角落里，更何况回忆录里的那一段也不是什么波折起伏、精彩万分的故事。回忆录中大概是这样记载的：一次，苏晴曾祖父的父亲在小镇附近的山上巡逻时差点掉到悬崖下，幸得一位好心的善良女巫相救，才得以捡回一条性命。

苏晴回到家，妈妈正在厨房里收拾餐具，爸爸坐在沙发上翻看当天的报纸，而苏晴脑子中一直在琢磨着关于女巫的事情。

"爸爸，你说曾祖父的父亲所写的关于女巫的事情是不是真实存在的呢？"苏晴问道。

"我可不敢怀疑你高祖父是否会为了让他的回忆录更精彩而杜撰出一些事情。你怎么突然想起这个？"爸爸问。

苏晴没有理会爸爸的问题，而是继续问道："爸爸，您在怀疑女巫存在的真实性吗？"

"那倒没有。其实，过去倒是有一些关于女巫的传说，不过这么多年了，你高祖父去过的山上的那片树林里，从没被人发现过什么女巫的生活痕迹。"爸爸一边低着头看报纸一边漫不经心地回答。

"而且，高祖父的回忆录里写着，后来他想去山上寻找女巫，感谢她的相救之恩，可是最终并没有找到她，对不对？"苏晴问。

"这段回忆录你倒是记得很清楚嘛。"爸爸的视线越过报纸，看了她一眼。

"苏晴，不要整天去想那些奇怪的事情。多学学你姐姐，把心思放在学业上，别忘了，你马上就要毕业了。"妈妈在一旁一边擦着灶台一边没有忘记唠叨。

苏晴好像没有听到妈妈的话似的，继续追问道："爸爸，既然女巫救过高祖父，那是不是大部分的女巫都应该是善良的呢？"

爸爸这会儿放下报纸，认真地看着苏晴，说道："孩子，即便女巫是真实存在的，也不能因为救过你高祖父的女巫是善良的，就断定所有的女巫都是善良的。就像生活中，有好人，有坏人，有不好不坏的人。你不是读过好多童话嘛，就像童话里所写，有些女巫是善良的，而有些是非常非常邪恶的。总之，凡事不能一概而论。爸爸希望你能多多看到别人的优点，做一个善良的好人，同时，也不要忘记做一个时刻可以保护好自己的人。"爸爸不失时机地教导着苏晴。

寒假的第三天，妈妈和爸爸要休假去远方的城市探望很久没见的姑妈。

"这回，我们出门就不带你们了。苏晴和苏菲要好好地待在家里，不要出去乱疯哟。"妈妈说，"姐姐要照顾好妹妹，督促妹妹做好作业。"

"您放心吧，我会看好妹妹的。代我们向姑妈和姑父问好。"坐在写字台旁边的姐姐放下手中的书，回过头对妈妈说。

"苏晴，不要淘气，要听姐姐的话哦。"妈妈说着，把一张长长的纸卷贴在冰箱上，"这是你们要注意的安全事项，每天都要看一遍，记住了吗？"

第一，注意关好门窗，不要给陌生人开门。

第二，不要玩火和电及其他危险物品。

第三，睡觉前，检查煤气和门窗。

第四，遇到危险及时向邻居和警察求救。

第五，不要独自出去玩。不要去陌生人家里。

第六，注意饮食卫生，少吃生冷的食物……

苏晴嚼着苹果，漫不经心地朝冰箱上看了一眼，想着这准是妈妈花了一晚上时间制定出来的。

和父母一起出门对苏晴来说可是件好玩的事，去新鲜的地方，看看新鲜的城市和新鲜的玩意儿，央求着妈妈给她买新鲜的玩具。而这一次，苏晴并没有求着妈妈带她一起出门，也没有嘱咐父母给她带些好玩的东西，这倒是件怪事。其实，她心中早已有了自己的打算。

父母刚离开没几小时，苏晴便收拾好背包，对姐姐说："我要去小玲家住几天。"

"去她家玩会儿就算了，怎么还要住到别人家，给人家添麻烦？你就好好待在家里，我是你姐姐，有好好照顾你的责任。"坐在写字台旁的姐姐放下手中的笔和书，抬起头朝苏晴说道。

"就住几天，之前放假我不是也住过她家嘛，她的父母都是可好的人了，他们会好好照顾我。"苏晴说。

没等姐姐再提出什么反对的意见，她就慌乱地背起书包冲出门外，心跳得厉害。

"好好照顾自己，带着作业，早些回家，记得每天都要打电话。"身后传来姐姐的叮嘱声。

积雪已经开始融化，路面结冰，天气更加寒冷了。干枯的树枝在冷风中颤抖着，小草也都缩回了头，静悄悄地等待明年春天的来临。整个小镇在冰封的冬日里失去了往昔的颜色，除了颜色依然艳艳的房屋仍然彰显着这里是个多么热爱生活的地方。街上已经没什么人在寒风中走动，偶尔上街的行人也都紧裹大衣，头也不抬地匆匆赶路。

"亲爱的小玲，和你说件事。"苏晴一口气跑到小玲家，又来到二楼小玲的房间里，神秘地对她说，"我要去山上看看，找一找女巫的家。"

"什么？找女巫的家？"小玲吃惊地瞪大了眼睛，"你不会真的想要找到女巫，看一看她的饮食结构，再坐下来和她聊聊天吧？"

"说老实话，我是那么想的。我高祖父的回忆录里就写到过在那座山上见到女巫的经历。我想去找一找。"苏晴说。

"真的假的？快别开玩笑了。"小玲耸了耸肩，有些不敢相信。

"我是认真的，虽然我的高祖父后来也没能再找到女巫。"苏晴说。

"不行，太危险了，如果遇上吃人的女巫怎么办？你不值得为了写一篇作文去冒险。不要去，千万不要去。"小玲紧张地摇着手。

"我只是去山上看看，你不用这么紧张，那座山上没有野兽，我们全家偶尔也会上山游玩，所以我对那儿的地形很熟悉。如果这次找不到女巫，我很快就会回来的。如果女巫很凶恶，我也不会坐下来和她聊天，你放心好了。"苏晴笑着说。

小玲想了想，叹了口气说："如果你真的下定决心，那我和你一起去吧。虽然我也害怕，但多一个人，多一份照应。"

"你真是我最好的朋友。"苏晴感动地抱住小玲说，"可我和姐姐说了要来你家住，她很可能会打电话过来，所以我们不能同时去山上。她要是知道我跑到山上去，非得骂死我。你得在家帮我应付我姐姐。"

"我可真羡慕你有个那么关心你的姐姐。"小玲说。

"有时，她还是挺烦的，比我妈妈还唠叨呢。"

"但我现在还是很担心你，很难说出支持你的话。无论如何，要注意安全，早些回来。"小玲皱着眉头，担心地握住苏晴的双手。

"嗯，我会注意安全的。"苏晴也握住小玲的手，点点头说。此时，她一心想着寻找女巫的事，根本就听不进别人的劝阻。

说出发就出发，苏晴从没这么麻利过，她穿上外套，背起书包，挥手和小玲告别。

"这次还是想碰碰运气，没什么大不了的。"她心想。其实，苏晴也说不清楚自己固执地非要去寻找女巫究竟是为了什么，是不甘于庸常的生活，是出于好奇心，还是她确实想要在自己即将毕业之际写出一篇别出心裁、让别人眼前一亮的文章？总之，她内心不甘于平庸的热血战胜了恐惧。也许在后来的那些日子里，她会后悔当时的决定，可此时她还是果断地迈出了脚步。

第二章　女巫的家

　　此时，山上厚厚的冰雪还没有融化，雾气萦绕在树林间。这里大部分树木已经干枯，只有松柏傲然挺立，松针上挂着晶莹的冰雪。冬日的树林如此寂静，偶尔飞过的几只鸟儿发出"啾啾"的叫声，高昂而嘹亮。

　　"看来，我是白来一趟了，这样的树林一眼都快望得到边了，哪里看得见女巫的家嘛。"苏晴心中泄气，但还是心有不甘地继续爬山。中午，太阳出来了，阳光透过雾气倾洒下来，总算变得暖和了一些。苏晴从书包里拿出早已经准备好的面包和火腿，狼吞虎咽地吃起来。关于吃的，她可是想得很周到，从来不会忘记。她随手把面包袋和火腿包装放在随身携带的垃圾兜里，她是个爱护环境的孩子。就在这时，从雪地里钻出一条绿色的毛虫，这条毛虫细细的、绒绒的毛上还沾着白雪，它瞪着圆圆的眼睛，盯着苏晴手中的面包。

　　"哔哔——哔哔——"毛虫发出一连串的声音。

　　"我可听不懂你在说什么，可我能猜到，你是饿了，对不对？"苏晴对它说，"这冰天雪地的，一定不容易找到食物。"说着，苏晴在地面上铺了一张纸巾，掰了一小块儿面包放在上面。

　　"吃吧。"她说。

毛虫蠕动到面包上大口地啃起来，不一会儿，它青绿色的肚子就变得圆滚滚的，它很满足地露出肚皮，爬到苏晴的书包上午睡。

"你可真够能吃的，你是几天没吃东西了？还净拣舒服的地方睡觉，好在我不怕虫子。对了，等会儿再睡觉，你知不知道女巫住哪儿？你在这林子里生活，对这儿一定很熟悉。"苏晴说道。

小毛虫紧闭眼睛，没有理睬她。"唉，我怎么指望一只虫子呢。它只是一只普通的小毛虫啊，又不是童话里会说话的动物。"她自言自语道。

苏晴走走停停，虽说冬日的树林到处都光秃秃的，可这美丽的冬雪也让人觉得别有一番乐趣。不知不觉，太阳已经快要落山了。苏晴这才发现她已经走了很远，走到了树林深处。

"不行，我得赶快回家，要是晚上被困在这冰天雪地的荒山里可就坏了。"她对自己说。她加快了脚步，想要按照原路折回去。可是所有的树木都长得一个样，她绕来绕去，失去了方向。

夜幕渐渐降临，黑暗渐渐笼罩了整个森林。树木张牙舞爪地在风中来回颤动，鸟儿发出让人心神不安的凌厉叫声。苏晴又冷又怕，心中不由得紧张起来。她打开手电，小心翼翼地在雪中前进，她的双腿已经冻得发麻。"我要勇敢一点，勇敢一点。"她不停地搓着手，给自己打气，可不争气的眼泪还是流了下来。

"救命！"她小声地喊了出来。走了这么长时间还没有走出树林，令她感到绝望，她原本以为能够记住来时的路，可现在却发觉那些记忆毫无用处，过去熟悉的山路在黑暗中也变得陌生起来。她只能抱着渺茫的希望，期盼路过的人能听到她的求救。可这大冷天的，除了她，谁还会荒唐地跑到山上来呢？

"有没有人？"她又喊了一声。可是，并没有人回答。就在苏晴又害怕又紧张的时候，突然，伴随着一阵"哗哗"声，一道闪烁的绿色光芒出现在她脚底下。

"是你！小毛虫。"苏晴惊喜地喊道。只见，小毛虫不知什么时候已经爬到她的前面，浑身发着绿色的光芒，照亮了前方的路。

它慢慢向前蠕动着。苏晴跟着它穿过一片灌木丛，又绕过几棵已经干枯的树木，树枝上还挂着雪。一小堆积雪从树上掉落，打在她的身上，吓了她一跳。接着，她又走到了一片枝叶翠绿的树林中，树下开满了小花。苏晴感觉这条奇怪的道路两旁好像有无数双眼睛在黑暗中盯着她，这让她不由得又紧张起来。她警惕地打开手电筒，向四周照去，原来是好几只兔子和小羊正在草丛中朝她看呢，她这才放下心。

小毛虫不动了，周围寂静无声。苏晴抬头发现自己没有返回到山下，而是来到了一座二层的木屋旁，木屋里亮着灯。

"和爸爸来山上时可不记得山里还有座木屋啊。不过，也许我们根本没有到过这里。现在，我完全迷失了方向，根本就不知道这是哪里。"她心想，"这难道是女巫的家？"她管不了那么多了，又冷又饿，决定先进去休息一下。她找到了屋子的窗户，悄悄蹲下身想要看看屋里的情形，可是那窗户像是起了一层雾，怎么也看不到里面。正当她犹豫要不要敲门的时候，"哗哗——"小毛虫又发出声响，它正在烟囱旁的楼梯扶手上蠕动呢。苏晴跑过去，走上烟囱旁边的楼梯，这个楼梯直通木屋二楼的窗户。还没等苏晴走上去，小毛虫就已经爬到窗户旁，并且顺着一条小缝隙钻了进去。只见，小毛虫爬到窗户里面的拉杆上使劲跳了一下，窗户打开了，苏晴也跟着爬了进去。

这是一间不是很大的屋子，但是干净、整洁、一尘不染。屋子里没有人，一张单人床放在左边，床上铺着粉色的绣花床单。木制的书桌上放着一盏漂亮的桃心型台灯。书桌上还摆放着一个精致的相框，上面是一对母女的照片，苏晴俯下身，看了看照片里漂亮的母女二人。

"这儿的主人一定很爱干净，比我妈妈收拾得还整齐呢。"她心想。

奇怪的是，这间屋子竟然没有门。苏晴环视了一下四周，只在屋子的右角处发现了一个像滑梯一样的通道，黑漆漆的，看不到尽头。苏晴好久没玩滑梯了，她坐到了通道上，双手扶着两边，心想："这倒是很有意思，这个滑梯会通往哪里呢？"

"该死，该死！"突然，从楼下传来一阵苍老的责骂声。

苏晴吓了一跳，不由得双手一滑，身子一倾，沿着通道"哧溜"滑了下去。这个通道里面果然像一个螺旋式滑梯一样，苏晴正以很快的速度向下滑去，根本停不下来。"谁知道底下是火炉还是水池？怎么办？怎么办？"她来不及想到什么办法。就在快要滑到底部，已经可以见到外面的光亮时，她拼命用脚蹬住通道两边，勉强卡在了通道里。她小心翼翼地朝外面看去，这是一间很大的、古旧的木屋，屋子的正中摆放着正在"当当"作响的立钟，上方的墙壁挂着一个布满蜘蛛网的牛头装饰。客厅里有一张破沙发，沙发后面破了个洞，里面的棉花和弹簧都漏出来了。厨房外面是一张餐桌，上面杂乱地放着各种餐具，桌布上布满了肮脏的油渍和泥点。这和楼上屋子的干净整洁形成了鲜明的对比。厨房里的热水壶发出"嗡嗡"的响声。

"该死，该死！还让不让我睡觉了。"一个干瘪的老太太走到水壶旁，关掉炉火。而此时另一个大锅里的水正"哗哗"沸腾着。

显然，这位老太太是睡过了头，忘记了自己正在烧水做饭呢。

"该死，该死！"她又说。她把一大块肉扔进锅里，又从瓶子里舀了勺白色粉末放进锅里，然后摊在炉子旁边的椅子上打起盹来。

"我想，我还是到上面去睡个觉，吃点自己带的干粮，明早就回家。这个人看起来脾气可不怎么好，还是远离为妙。"苏晴对自己说。虽然有些不甘心，但她还是决定这样做，她心里真的有些害怕了。她开始沿着通道向上爬，可是通道光溜溜的、又高又陡，实在太难爬了，一个没踩稳，她滑了下去。

"扑通"一声，她跌落在一楼的地板上。干瘪的老太太从睡梦中惊醒，高声问道："谁？"然后，她以闪电般的速度出现在苏晴身旁，上下打量着苏晴。苏晴这才发现，这个人并不是什么老太太，而是一位干瘦的中年妇女，由于脸颊凹陷、皮肤褶皱、头发灰白，而显得过于苍老。她穿着一件灰色的粗布衣服，戴着一顶老气的灰色尖顶帽子。

"该死，你是谁？难道北方女巫把我逼到这个地方，还不肯放过我？她派你来干什么？"女人厉声呵斥道。

"不……不是……我……我从没听过什么北方女巫的故事，也没有人派我来。"苏晴由于紧张结巴起来，"我……我是苏晴，是山下的居民。我迷路了，不是故意闯到您的家里，真的很……很抱歉。"

"是真的吗？如果说谎，小心我会把你变成一座雕像。"女人厉声说。

从这句话，苏晴断定，眼前这个人果然是个女巫。"我没有说谎。您是女巫，对不对？"她鼓起勇气问道。

"没错。这么晚了，你怎么跑到这儿来了？"女巫放松下来。她脾气缓和了许多，走到火炉旁用汤匙搅动汤水。黏糊糊的大锅里，灰色的汤散发出难闻的味道，苏晴被呛了个趔趄。

"没听见我问你话呢吗？"女人满脸不高兴地问。

苏晴没敢回答"找的就是你"，因为她怕女巫又误会她是谁谁专门派来的。"这就是您的晚餐吗？"苏晴转了个话题。

"要不要来一碗？"女巫没等苏晴回答就盛了一碗汤递给她。对于女巫突然转变的热情，苏晴还真有些不习惯，虽然那汤的气味实在令她难以接受，但她还是礼貌地接过汤，说了声谢谢。

"我女儿小时候可比你可爱多了。"女巫说。她给自己也盛了一碗汤，大口喝起来。

苏晴突然想起二楼书桌上的那张照片。其中的中年妇女和这个女巫的面貌倒是有些相像，只不过要年轻很多。"您女儿也住在这个房子里吗？"苏晴问。

"我的女儿是一个国家的王后。"女巫骄傲地说完，神色又变得有些黯然，好像很难过的样子，"我的乖女儿，她很久没来看我了。其实，自从我搬来这里，她就从没过来看过我。"

"这就是她不对了，她现在在哪儿呢？如果离得近的话，我倒是可以去找她说说理，问问她怎么这么久都不来看您。我和妈妈可是每周都要去外婆家看外婆的。"苏晴已经忘记害怕，她坐到餐桌旁开始和女巫聊天。

"唉，你找不到她的。"女巫叹了口气。

"成了王后，也不能不来看妈妈呀！"苏晴继续说道，"那您去看她，问问她为什么不过来看您。"

"我倒是很想去看她，只是我没办法，没办法过去。"女巫叹了口气，"我被拥有强大法力的北方女巫赶出了那个国度，再也回不去了，除非我的女儿主动来看我，否则我没办法回去。"

"怪不得您刚刚对北方女巫咬牙切齿呢。可是，您不也是女巫吗，应该会很厉害的魔法吧？"苏晴问道。

"和你说句实话，我已经不会什么魔法了，刚刚都是吓唬你的。"女巫叹了口气，她对苏晴已经完全放下戒备，"北方女巫是比我厉害很多的女巫。我和她交换了条件，她拿走了我的魔法并且使我永远无法回到那个国度，而她则保证不伤害我女儿。刚刚我有些神经过敏了，一个孤苦无依的老太婆肯定会有些敏感。我现在倒是希望你是北方女巫派来的，这样，或许我可以多了解一些我女儿的近况。"

"失去魔法一定是件很让人难过的事，您为您的女儿牺牲了那么多，她就更应该多来看看您了，不是吗？"

"汤快凉了，你快喝吧。你这个小丫头让人心情变得不错。"女巫说。

苏晴实在受不了这碗汤的气味，更别提喝了。她用舌头象征性地舔了一下，差点没吐出来。"太咸了。这里都放的什么啊？"她问。

"熬烂的鹿肉和一些泥土，还有盐巴。"女巫回答，"你不想喝就算了，只是我这儿再没有别的什么可吃的东西了。"

"这可真是奇怪的饮食结构。长期这样吃非得营养不良、消化不良、高血压了。"苏晴说，"而且，那些可爱的小鹿也太可怜了。我们那儿没有吃小鹿的习惯。"

"自从离开我女儿，我一直这样吃。吃泥土好像能让我心情好一些。不过，现在对我来说，吃什么都无所谓，吃什么都吃不出滋味。"女巫面无表情地说。

"那下午茶呢？喝些什么？"苏晴问，她并没有忘记来这儿的目的，想要探究一下女巫的饮食结构。

"我可没有什么心情弄下午茶，有时会喝点剩汤。"

"一日三餐都是这些？"苏晴边问边掏出本子记录。

"早上，吃些蜂蜜和白面包。中午还是这个。你总问这些干吗？"女巫有些不耐烦地回答。

"我只是想看看您的饮食结构是不是合理，因为饮食会影响一个人的健康，或许您可以做些改变，比如炒些蔬菜，吃些水果……还有，汤里的盐太多容易引起高血压。"苏晴说。她真的为了完成老师布置的作业，开始试图劝说一个女巫改变饮食结构。

没等苏晴说完，女巫好像突然想到什么，她上下打量起苏晴，说道："现在，或许是有一线希望改变一些事情。"

"您能意识到这一点，真的太好了。改变从现在开始也不晚，我们老师说过，迟做总比不做好。"苏晴高兴地说，她并没有在意女巫口中所说的"改变"是什么事情。

"你——"女巫指了指苏晴说，"你去帮我找我的女儿。去看看发生了什么事，告诉她我在这儿等她，我每天都把她的房间收拾得很整齐，随时欢迎她回家看看。"

"如果您说的那个地方不远，我倒是很愿意帮您去和她聊一聊。"苏晴说。

"那真是太好了。"

"您得告诉我去那儿的路，而且我不能离开家很久，我妈妈会担心的，我朋友也会担心的。"苏晴说。

女巫从胸前掏出一条吊坠是叶子形状的绿水晶的项链，递给苏晴。"拿好了，我女儿叫茜茜，她认得这条项链，她还有另外一条，这是我唯一有魔法的东西了。见到我女儿时……"她凑到苏晴耳朵旁，告诉她如何回来的方法。"那里的许多天是这里的一天，所以你不用担心时间。"

"可是，万一我没见到您的女儿，怎么办？我是说万一。"苏晴慌忙解释道。

女巫并没有回答她的问题，只是露出了神秘莫测的微笑。

"可是……"还没等苏晴说完，她的眼前突然黑下来，她被一大团风沙包裹住。"我说……"但此时她实在没办法说话了，周围风沙太大了，她不得不用手捂住眼睛和嘴巴。"这哪里是商量事情的态度嘛，也不让我歇会儿，这是让我去哪儿呀？"苏晴心想。她被裹挟在夹杂着大量沙子的龙卷风里，不停地旋转，不停地旋转，她不知道自己有没有随着龙卷风穿破屋顶，也不知道是不是飞到了树林的上空。她伸出手拼命地想要抓住些什么，可是，抓住的只有四周的空气和风沙。总之，她既不清楚自己将被带往何处，也不清楚这个龙卷风会在什么时候停下来。

第三章　奇异国度的探险

风暴停住了。当苏晴睁开双眼时，发现自己正躺在一片开阔的青草地上，身下是柔软翠绿的小草，像是妈妈编织的绒毯。草地上盛开着许多美丽的小花，温暖、明亮的阳光倾泻下来，照得人格外舒服，如果不是刚才的暴风让她心有余悸，她一定觉得自己将要开始一段愉快的郊游。

突然，苏晴觉得脚下一阵刺痛。她以为是脚落地时受了伤，想要蹲下身揉一揉，却看见一朵粉红色的小花正瞪着两只大眼睛愤怒地盯着她。这朵小花有八瓣粉红色的花瓣和两根花蕊，每个花蕊上都长着一只眼睛，两根花蕊的会合处还长着一张嘴，其大嘴张开，露出锋利的牙齿。这回轮到苏晴吃惊地瞪着大眼睛了。"这难道是吃人的花？"她尖叫道，"不对，这么小的花不会吃人的。"

"我要吃了你！你踩在我身上弄得我好痛。"小花竟然发出声音。它旁边的另一朵紫色的小花也抬起头说："你别吓唬她了，也别咬她了，也许她不是故意的。"而草坪上其他的许多小花也都抬起头，睁开眼朝这边看过来。

苏晴赶忙跳到一旁，生怕再踩到小花，并且十分愧疚地说："真对不起，我不是故意的。我刚刚被一阵龙卷风带到这里，晕头转向的，不知道踩到你了。如果我有水壶，一定帮你浇浇水，让你变得更水润些。"

"快别说好听的了，等你浇水，该等得我花都谢了。"这朵漂亮的小粉花不知道哪来的这么大火气，它朝苏晴吐了口花粉说："你快走吧！离我远点。"

苏晴又饿又累，已经没有力气和一朵花争辩。这真是奇怪的地方，小花不但长了两只眼睛，还会说话，难道这里就是女巫口中的"国度"了？她捡起草地上的书包，迅速掉头跑向一片树林，但是这片树林和她来时的那片可不一样。苏晴坐在一块石头上，从书包里拿出饼干，想吃些东西稳定一下心情，可是她刚刚吃了几块，就听到前方的池塘里传来一阵嘶哑的呼喊声："救命！救命啊！"

苏晴急忙跑到池塘边张望。这是一个美丽的池塘，水面上荡漾着清澈的碧波，荷叶一片接一片，阳光在湖心折射出优美的光彩。

"喂，快帮帮我！"一只满身泥巴、脏兮兮的蟾蜍嘶哑地向苏晴喊道，它的腿被池塘底伸出的一条荷梗缠绕住了。苏晴从书包拿出一把水果刀，探出身子，费尽全力够到荷梗，把荷梗割断了。蟾蜍自由了，它跳到苏晴身边，感激地说："谢谢你，你可真是个好心的小仙女。你不知道，我被绑住腿，在这几天遭了多大的罪，我被太阳烤得皮肤都快爆裂了。可那些路过的鸟儿都嫌弃我丑，根本不肯帮我。"大滴晶莹的泪珠从它凹凸不平的脸上滚落下来。苏晴这才注意到蟾蜍的身上长满了疙疙瘩瘩的绿包，上面黏糊糊的，还沾着泥水。"不过这也没什么。"苏晴心想，"蛤蟆差不多都长这样。"但她没有和蟾蜍这么说，她怕伤了它的心。"就你的族群来讲，你的样子其实挺可爱的。"她讲得很委婉，而且她确实也是这么想的，"如果可以帮助你，我当然乐意。或许那些鸟儿只是没有办法救你，你不必放在心上。"

"它们才不是呢，我都听见那些美丽的鸟儿说厌恶我的样子了。它们嫌弃我样貌丑陋，不肯救我，怕弄脏了它们的羽毛。"蟾蜍伤心地说，"小仙女，你的裙边确实被湖水弄湿了。"

"没事的，晾一会儿就干了。就算弄脏了，用我妈妈的洗衣粉，一下子就可以洗得很干净的。"苏晴又说，"你是捕蚊子的有益的动物，有那些鸟儿所不具备的优点，尽管有些鸟儿也会捕害虫。不管怎么说，你就不要伤心了，一切都过去了，赶快回家吧。"

蟾蜍止住了泪，问："有什么我可以帮助你的吗？我的小仙女。"

苏晴正愁不知道向谁问路呢，她赶紧问道："这里是什么地方？"

"这里？这里是一个池塘，对，没错，就是一个池塘。"蟾蜍回答。

"我知道这里是一个池塘，我是问，这里是什么国家，或者说是什么城市？"

蟾蜍回答道："这里就是我在的国家啊。蟾蜍国家。"

"唉。"苏晴叹了口气，又试着问道，"你知道这里有个叫茜茜的女孩吗？那个女巫明明说项链可以带我找到王后，却把我带到了这个地方。"她自己嘟囔着，并没有指望这只蟾蜍能给她个回答。

"你是说附近国王城堡里的茜茜公主？不，她现在是茜茜王后了。"小蟾蜍竟然知道这么个人。

"这么说你知道了，那真是太好了！"苏晴高兴得跳了起来。

蟾蜍站起身朝苏晴鞠了一躬说道："我的小仙女，我的外婆或许会知道去那儿的路，它可是位见多识广的老年人。不过，带你见我外婆之前，我要先带你去不远的地方看样好东西，或许那个东西还在。为了表示我的感激之情，我得带你去看看，说不定那东西对你有用呢。"说着，它神秘兮兮地朝着森林的方向跳去，并回头示意苏晴跟上。过了一会儿，他们来到一棵很大的树下。

"就是这个了，我在被荷梗缠住腿前常来森林里散步，有一次，看见一群漂亮的小仙女在这里聚会，她们只顾聊天，离开后这个袋子就掉在这里了。我本来想叫住她们，可是她们一转眼就不见了。我听她们说这是个很重要的袋子，现在它归你了。"蟾蜍说。

苏晴俯下身，果然看到一个绣着漂亮黄色花朵的绿色织锦小袋子。

"既然是很重要的袋子，她们发现袋子丢了一定很着急。别人的东西我不能乱拿。既然我们不知道怎样找到这些小仙女，把东西还给她们，那就把这个袋子留在这儿吧，她们一定会回来找的。"苏晴说。

"听你这么一说，也很有道理。"蟾蜍摸了摸自己疙疙瘩瘩的脑袋，想了想，"那咱们现在去找我的外婆吧。"

蟾蜍一蹦一跳地带着苏晴来到池塘的另一端，这里是小蟾蜍的家。

"外婆，外婆，快出来，我回来了。"

"我的乖孩子，这么多天你跑到哪里去了？"从大大的莲叶后面钻出一只颜色更深且带有褐黄色斑点的蟾蜍。

"外婆，我被水底伸出来的荷梗绑住了腿，是这位美丽的姑娘救了我。"小蟾蜍说。

"谢谢你，好心人。我这耳背眼花的，都没能出去找找我的孙子。谢谢你救了它。"老蟾蜍咳嗽了两声，跳到一片荷叶上，像刚才小蟾蜍一样站起身鞠了一躬。

"您不必客气。"苏晴也礼貌地回答。

"对了，差点忘了正事。外婆，她想找国王的城堡。您知道去那里的路怎么走吗？"小蟾蜍也跳到同一片荷叶上面，问道。

"你想去城堡？"老蟾蜍朝着苏晴问。

"嗯，听说那里有一位茜茜王后，我想去拜访她。"苏晴说。

"哦，是这样啊。我是听别的池塘里的鱼儿说城堡里住着一位王后，叫什么名字就不太清楚了。可我听说，那位王后自从嫁给国王后就变得性情乖张。她还要求在城堡周围的道路上种满带刺的玫瑰，那些玫瑰像是被施了某种奇怪的法术，凡是有人想通过小路进入城堡，它们就会突然长高，把到访者刺晕，所以很多别的国家的使者都不敢去了。也许您的魔法足以应付那些荆棘，倒是不用担心。"老蟾蜍说。

"我可不会什么魔法。"苏晴说。

"不会魔法？亲爱的姑娘，那您一个人去太危险了，我劝您还是不要去。"老蟾蜍摇摇头，它脑门上粗糙的皮肤皱得更深了。

"因为这关系到我回家的问题，嗯……还有一个母亲的请求，所以我真的非去不可。"苏晴说。

"如果您非去不可，最好先去找森林里的奥德女巫帮忙。"老蟾蜍说。

"奥德女巫，她是个好女巫吗？"苏晴问。

"她可是个好心眼儿的女巫，经常帮助森林里受伤的动物。我相信她会帮助你的。"小蟾蜍急忙回答，"走，我可以给你带路。"

苏晴向老蟾蜍道谢之后，就跟着小蟾蜍走入森林深处。"快点，再过几小时天就快黑了，奥德女巫可不太喜欢别人晚上拜访她。"小蟾蜍催促道，它奋力向前跳着。不知是巨大的树冠遮住了光亮，还是太阳快要下山的缘故，没走多一会儿，森林里一下子变得黑暗起来。苏晴向来对天气没有什么研究，只能想起自然老师讲的一些知识，比如，晚上如何辨别方向，如何根据太阳下影子的长短判断时间，一个人在森林里或是野外需要注意什么。

"真是书到用时方恨少（这句是姐姐苏菲教育她时常说的一句话），也许上课认真学习一下，这会儿能派上些用处。"她心想。

森林里，树枝发出沙沙的响声让人感到一阵害怕，尤其此时是在一个陌生的国家。他们又走了好一阵。在树木的掩映下，一个小院子里透出点点光亮。

"您好，有人吗？我们可以进去吗？"苏晴问道。可是没有人回答。

"我记得是在这儿。"小蟾蜍说。

苏晴小心翼翼地推开院子的栅栏门。这是一个杂草丛生的院子，有的青草已经长到半米多高。那确实是青草，而不是灌木之类的。苏晴隐约感觉到那堆高大的青草像是在朝着她笑，又仔细一看，只不过是青草在风中摇晃罢了。那些青草让院子显得有些荒凉。泥土刚被翻过，但那些青草丝毫没有受到影响，肆无忌惮地生长着，大概是没有人修剪的缘故，它们比普通的青草要高很多。院子里铺着一条石子小路，直通向一间屋子的门口。他们顺着小路走到屋子门口。

"这配方总是……怎么搞的……越来越不顺心。"屋子里传出一阵女人的抱怨声。

显然，苏晴又赶上了一个心情不怎么好的女巫。但她还是壮着胆子问道："请问……"还没等她问出口，就听里面的声音打断她的回答，道："自己进来吧。"于是，苏晴推开虚掩着的屋门走进去。

　　一个个子高高、深黄色短短卷发的女人背对着他们，头也不回地正在工作台前忙活着，她还戴着一顶蓝色卷边尖顶帽。奥德女巫对这个陌生人的造访丝毫不以为意，她闷头搅动着一支试管。苏晴不敢上前打搅她，就坐在门口的一把落满尘土的木椅上，静静地看着女巫和她试管中从蓝变灰又从灰变红还冒着泡的溶液。直到夜幕降临，天上的星星也探出头来，苏晴的肚子"咕噜"叫了一声，她这才意识到从昨天晚上到今天晚上已经很长时间没有合眼，没正经吃点东西了。

　　"咕噜"，她的肚子又叫了一声。

　　"你肚子咕噜的叫声弄得人心烦意乱，连我都饿了。"女巫停下手，回过头说。她有一双深褐色的美丽眼睛，比她的卷发还要深很多，嘴唇有些苍白，但她的样子看起来一点都不可怕，就像邻居家亲切的阿姨。

　　"抱歉。我不是故意的。"苏晴有些不好意思。

　　"你会不会做饭？"奥德女巫问。

　　苏晴礼貌地站起来回答道："我……我不会煮饭，不好意思，冒昧地打扰您。"她脸红了，面对陌生人她还是有些害怕和不自在。

　　"不会煮饭？我像你这么大时，已经独立生活了。"女巫说。在家时，都是父母做饭和做家务，苏晴一直觉得自己还是个小孩子呢，其实她真的到了应该学习帮家里做些事情的年纪了。

　　女巫系上围裙，走到灶台前，开始刷锅。"我并不喜欢用清洁咒^①。还是自己刷得干净得多，虽然我也并不喜欢这类毫无技术含

---

① 清洁咒：一种咒语，可以让物体瞬间变得很干净。

量的工作。"她说。其实，从女巫屋子的整洁程度就可以看出她肯定不喜欢用咒语来清洁：床上堆着杂乱的被褥，地上散落着前天晚上嗑过的瓜子皮，扫帚倒在一旁，桌子上满是尘土。

"像你这个年纪的孩子，"女巫又缓缓说道，"也该好好学习如何做家务了。同你一般大时，我已经独自穿越过南北山脉，来到这个森林里。"她把汤锅放在火上，念了一句咒语，菜板上的白萝卜、青萝卜、胡萝卜、蘑菇和生肉跳到空中自动变成若干小块，纷纷落入汤锅里。

"一个女巫做家务可是轻松多了，这些菜这么容易就碎了，要是妈妈做饭，光是切菜就要切上好半天呢。"苏晴撇撇嘴心想。

不一会儿，浓汤的香味从锅里冒出来。面包、蜂蜜、奶油和熏肉也准备好了。

"快吃吧，看你瘦瘦的样子。"

"谢谢您！"苏晴饿坏了，她狼吞虎咽地吃起来。比起之前那个女巫做的饭菜，这顿饭真是美味极了。

"实在太累了。"女巫走到门外，抱来一堆稻草放到地上，又从柜橱里拿出一个荞麦皮枕头扔在稻草上，对苏晴说："今晚你就睡在这里。有什么事明天再说。"然后，她伸了个大懒腰，倒在屋角的床上睡着了。

苏晴来到水池边，这是她第一次刷碗，姐姐苏菲很小就会洗衣服了，而自己却什么都没干过，苏晴才意识到父母其实格外宠爱自己。"你也一定累了，是吧？小蟾蜍。你应该回家去了。"苏晴怕吵醒奥德女巫，蹲下来轻声对小蟾蜍说。

"是的，但我要看到她帮你才能安心离开。"蟾蜍有些虚弱地回答。

"你到水池里睡觉吧，我想这样，你会感到舒服些。"苏晴把水池清洗干净后又放了半盆水。

　　"你想得真周到。我的皮肤也干了。"蟾蜍蹦到水池里，舒服地游了一圈。苏晴躺在干爽的稻草上，透过玻璃窗看着天空中闪亮的星星，带着对父母的想念进入了梦乡。

　　清晨的小鸟叫醒了睡梦中的苏晴。

　　"这些可恶的家伙，我非要除掉你们不可！看我昨天辛苦了一天配制的药水，还制伏不了你们的！"屋外传来奥德女巫的声音，只是不知道她要除掉谁。苏晴揉了揉还没睡醒的眼睛，一下子紧张起来，她多希望自己只是做了个梦，可是奥德女巫的声音是从院子里传出来的，这可不是梦。

第四章　青草又长出来了

　　苏晴走到屋外看见奥德女巫正在把试管里的药水通过一个圆形的喷头往草地上喷洒，接着，她挥动锄头朝青草砍去。可是那些青草像是长了脚，它们东躲西藏，企图逃开女巫的锄头。药水似乎也不起作用，刚刚烧掉了上面的部分，下面的青草却向上蹿得更猛了。

　　"野火烧不尽，春风吹又生。"苏晴念道，只是这些青草比普通的青草要强大多了。

　　"请问，有什么是我可以帮您的吗？"苏晴跟在女巫后面，问正在慌乱奔跑的奥德女巫。

　　"我要除掉这些杂草，它们在我的院子里待得太久了，我要在院子种满五颜六色的花。"女巫一边追着青草一边气喘吁吁地回答道，"别跑，你快帮我揪住它！"女巫对苏晴说。

　　一根青草朝苏晴这边跑来，她一把逮住它。

　　"我逮住了！"苏晴开心地喊道。只见那青草抬起头，眨着一对小眼睛，张开嘴，朝苏晴调皮地吐了吐舌头，"哧溜"从她手里滑下去了。苏晴吃了一惊，鲜血从她手上流下来，她的手被青草划了个口子。

　　奥德女巫回到屋中拿出医药箱，给苏晴涂上药水包扎好，血很快就止住了。

　　"真是可恶，这些青草竟然学会伤人了，我可以勉强忍受它们在我院子里肆意妄为，但绝不允许它们伤害别人，绝不。"女巫愤愤地说。接着，她把更多的各种颜色的药水混在一起，通入圆形的喷头喷洒。她追着青草喷洒，可是青草们却调皮地跑来跑去，喷到它们身上的药水一点也伤害不了它们。

"不知道从什么时候开始，我的院子里来了许多的杂草，如果只是一点，倒也算了，可是它们长得很凶，长满了整个院子。什么除草咒、杀草药、锄头、铁锹通通不管用。这些草拔了还会再长，还会重新长出更深的根茎扎到土里。连我这个女巫都无能为力了……"

奥德女巫没有再说下去，她似乎想起什么，急匆匆地跑回工作台开始新的实验。她走到书柜旁，抽出一本纸张泛黄的书仔细查找。"嗯，白芍、冬曲、蟾蜍的身体……这个……这怎么刚看到，有效的办法……或许可以一试的办法，只是这个——"她顿了顿。

正在这时，和苏晴一道而来的蟾蜍听到女巫提到"蟾蜍"二字，从睡梦中醒来，跳出水池，站到女巫的工作台上，说："您好，奥德女巫。刚才……刚才我好像听到您在叫我。"

奥德女巫抬起头，眼睛一亮，她看到了一只小蟾蜍。"真是得来全不费功夫。"女巫笑道，不过转念又有些伤神，毕竟她在女巫中算是善良的一类，她不能也不愿意为了自己的想法强迫小蟾蜍做它不愿意做的事情，哪怕它只是一只她随手可以捻死的小动物。

"这个……你……那个……就是……要不……"奥德女巫竟然不知所措地结巴起来，她不知道该如何向这只小蟾蜍提出自己无理的要求。

"不好意思，打断您一下，请您帮助我的朋友。"小蟾蜍先开了口，"我的朋友，就是这位小仙女，她找不到回家的路了，必须去城堡找线索，希望您能带她去。去城堡的路太危险了，我相信您

一定能够帮助她。如果您愿意帮助她，从今以后，我——一只虽然有点丑陋但还算善良的蟾蜍愿为您做任何事情。"

惊喜又有些难为情的神色掠过奥德女巫的脸庞："你是说，任何事情？我没听错，对吧，任何？"

"对，没错，是的，任何事情。"小蟾蜍站起身来，一只手下垂，一只手握拳，细细的胳膊举起，坚定地回答道。

"甚至包括付出生命的代价？"女巫试探道。

"是的。"这只小蟾蜍倒是没有一丝犹豫，或许它并没有意识到危险的降临。

"可爱的小家伙，你可真是一个让人感动的朋友。只是我不得不遗憾地告诉你，我的实验需要一只蟾蜍，你明白吗？"

"亲爱的女巫，我不太明白。"蟾蜍回答。

"我是说，这会要了你的命。"女巫指了指工作台上一只盒子里面的溶液，"看见那液体了吗？现在，我的除杂草剂里还需要一只蟾蜍的身躯。当然，我不会勉强你，也不愿意伤害你，但是没有办法了，我确实需要一只蟾蜍。如果你愿意，我会保证护送你的朋友到城堡去，还会把她顺利带回来。"

"您是说用我做配方？"

"是的。"

"我需要怎么做？"

"到那个盛溶液的盒子里去。"

"奥德女巫是最讲信用的，希望您不要忘记您的承诺。"说着，小蟾蜍毫不犹豫地跳进工作台上装满黄色溶液的盒子中。瞬间，小蟾蜍像是凝固了似的，一动不动，笔直地漂浮在溶液里。

苏晴从外面走进来，看到这一幕尖叫起来："这是怎么了，它怎么在水里一动不动的？"

当她正要把手伸到溶液中救她的朋友时，女巫拦住了她，说："你的手伸进去会像你的朋友一样凝固在里面。"

"它怎么了？发生了什么事情？"

"我要配制除草的药水，刚好需要你的朋友。它可是自愿跳进去的，我绝对没有强迫它。"女巫回答。

"那它过一会儿会醒过来吗？"苏晴问。

"过两天它就会溶化掉，药水就可以用了。"

苏晴不敢相信自己的耳朵，这只小蟾蜍将要死掉。

"我可没强迫它跳进去。"女巫强调道，"你的朋友，我猜它是你的朋友，对吧？它让我带你去城堡，所以才自愿作为我药水的配方。放心，我会护送你到城堡，那里可是有很多你搞不定的玫瑰，但那些玫瑰可难不倒一个女巫。"

"我不愿意它这么帮我！虽然它只是一只蟾蜍，可也是一条小生命啊！求求您，让它出来吧。"苏晴拽着奥德女巫的袖子，哭着哀求道。

奥德女巫没理她，她对那些杂草反感极了，想要抓住任何机会除掉它们。

苏晴见女巫无动于衷，看来女巫是下定决心不打算救她的朋友了。苏晴擦干眼泪问："如果说，我能够帮助您消灭杂草，您能救救我的朋友吗？您不是很善良、很喜欢帮助小动物的女巫吗？"

奥德女巫抬起头说："如果你真的有办法，我可以让蟾蜍恢复过来，不过只有一天的时间。一天过后，你的朋友就会溶化在溶液里，到时候我也没办法了。"奥德女巫算是勉强同意了，她终究属于女巫里善良的一类。"你一个不会魔法的小丫头又能有什么办法呢？不过你愿意试试就试试吧。"奥德女巫走出院子，到森林里找草药去了，留下苏晴独自面对疯狂的杂草。

"记得，只有一天时间！"临出门时，女巫强调道。

苏晴鼓起勇气，走到院子里。那些青草全都张着嘴朝苏晴笑呢。早上，她已经亲眼见识到青草的厉害了，一个女巫都没办法对付它们。其实，苏晴刚刚只是意气用事，她哪里有什么好办法，平时都是姐姐帮她想办法，妈妈帮她想办法，老师帮她想办法，朋友帮她想办法，这回该轮到她自己了，遇到困难总要开动脑筋想办法试一试才行。她拿起铁锨，翻起泥土，泥土里长满了青草的根茎，她举起锄头，朝青草的根挥舞过去。

"哎哟，你这小姑娘力气够大的，砍得我好疼啊。"青草开口说话了。

苏晴这回没有被吓到，她已经见识过会说话的花了，草会说话也就不奇怪了。"你是什么怪物？"她一边挥舞着锄头一边问道。

"我们可不是怪物，我们是青草，不是杂草。你不要白费力气了。"一群青草移了过来，把苏晴层层包围住。真让人担心，那些青草似乎会随时伸出手把她抛向空中，或是缠住她。其中一根青草张开嘴，露出一排锯齿状的绿色牙齿，问道："害怕了吧？小姑娘。"随后，这群杂草竟然在微风中唱起歌来：

离开吧，小姑娘。

我们是青草，不是杂草。

我们有小草的精神，我们坚韧无比，我们顽强异常。

我们不会被你轻易摧残，我们不会被你轻易打击。

纵使你将我们铲倒，纵使你将我们连根拔起。

我们还会站起来，我们还会重新生长。

我们会结出新的种子，我们会生根发芽，我们会蓬勃生长。

我们不会被打倒，任凭那风吹雨打，任凭那烈日狂沙，我们还会站起来，我们还会站起来。

这歌声抑扬顿挫，很是好听。那些青草也并没有伤害苏晴，它们向四周散开，跟着歌声和清风自娱自乐地舞动起来。

苏晴坐到地上，沮丧地听着青草们唱着歌，还和青草聊起天来："别人的院子里有青草，可没有这么多、这么高的青草。我家的院子虽然也有草坪，但还种了花和蔬菜。我很喜欢雨后混着泥土芬芳的青草味道。"她没指望青草能回答些什么，但一棵青草停止了歌唱，说："我们喜欢这里。"

"那长得矮一些、少一些，不好吗？"苏晴问。

"自由生长，不好吗？"

"可是……"

没等苏晴说完，青草们又唱起来："爱让我们成长，爱让我们坚强，我们爱这里的一切。我们要尽情地生长，努力地生长，顽强地生长。啦啦……啦啦……啦啦……"

说老实话，如果不是这些青草长得太杂乱，挤满了整个院子，苏晴真的要被这种精神打动了。

"停——"苏晴不得不打断青草们的自娱自乐，"说实话，我很佩服你们顽强的精神。你们是青草，没错，可要是超过了一定的量，超过主人家欢迎你们的量，你们就成了杂草，别人眼中的杂草。你们虽然喜欢这里，可这里并不需要这么多的你们。你们要多为别人着想一下。"

"主人家喜欢我们。"一棵青草争辩道。

"可是她都说了要在这里种花。"苏晴说。

"我们可比花好养活多了。"青草说。

"你们影响了她的生活，要不然她为什么调配那么多药水，只为了除掉你们？"苏晴说。

"她在考验我们，看我们是不是真的有毅力，能坚定地陪伴着她。"青草说。

"她在逗我们玩。"另一棵青草说，"她爱和我们闹着玩。"

"抱歉，我不得不给你们泼点冷水，事实并没你们想得那么好，她是多么不喜欢杂草，你们难道看不出来吗？她为了研究除草剂，要了我朋友的性命，现在我的朋友正躺在黄色的药水里。"苏晴说，"虽然，我很抱歉，这么说可能会伤害到你们。"

青草们面面相觑，不敢相信她所说的话，它们的确有些过于自我感觉良好了。

"她那么讨厌我们吗？！"

"她不喜欢我们，难道就要让我们都死掉吗？我们也是生命，不是吗？"一棵颜色最深、年纪最长的青草站出来严肃地问。

"这个……应该也不是，我想也不是这样的，她需要你们，只是不需要这么多，家里有块草坪是件别提多好的事了，就像我家一样。我和家里的狗狗最爱在充满阳光的假日里躺在草坪上打滚了。"苏晴想起了温暖的午后，笑着说。

"那么，一部分继续长在院子里，另一部分呢？烧掉、毁掉，还是怎样？"那棵颜色最深的青草追问道。

"我想，你们中的一部分应该到更能发挥你们作用的地方去，而不是在别人家的院子里到处乱长。"

"可我们不知道去哪里。出了这个门就是森林，森林里已经长了很多草了，那里大概也不需要我们。"青草们难过地说，好几棵草都低下了头，露出痛苦的神色。

苏晴想了想回答："如果你们信得过我，我想，我应该能够带你们去一个合适的地方，而且那里肯定也需要你们、欢迎你们。"

"可是，你怎么带我们去呢？这么一大堆草。"青草问。

此时，太阳正高高挂在天空，炙热地烤着苏晴的脸，忙活了一通，大滴的汗水从她脸颊上流下来。苏晴抹了抹脸上的汗水，突然想到了什么。"对，水可以使种子发芽生长。对！就是种子。"她笑道，"只是，你们能不能变回原来的种子呢？"

青草们点点头，变回种子，再重新生根发芽对它们这群特别的青草来说，并不是难事。

苏晴从背包里翻出一个精致的铁盒子。"请你们到这里来，我一定能把你们带到需要你们的地方，我保证。到时候，人们都会欢迎你们自由地生长，发挥你们的能量。"苏晴说出这些话，绝不是一时的大话，她心中已经有了大概的规划，但后来发生的事情恐怕连她自己也没有想到。

青草们叽叽喳喳地商量起来。

"我不相信她的话。"

"我不愿意离开这里，我已经待习惯了。"

"可我希望别人喜欢我。"

"我想要发挥我的用处，而不是被别人拿着锄头追得天天跑。"

"我觉得这儿的日子过得还不错。"

"我想要过新的生活。"

这些可爱、善良的青草最终选择相信苏晴说的话，其中一部分愿意离开的青草变成一粒粒种子，飘浮在空中，最后纷纷落到铁盒子里，还有一部分青草留在院子的一角继续生长。

在奥德女巫回来之前，苏晴在她的工作台上找到一个贴有"鲜花生长剂"标识的瓶子。她在土地上滴了一滴，没一会儿，长出两朵金色的郁金香。她往土地上又洒了一些，院子里便长出了各式各样、五颜六色的鲜花，有玫瑰、郁金香、月季、牡丹，还有许多苏晴从没见过的花卉，真是美丽极了。她又在工作台上发现了一个贴有"蔬菜生长剂"标识的瓶子。她把里面的液体洒在院子的另一边，没一会儿，卷心菜冒出了芽，白菜生了根，红萝卜冒出了绿叶子，一派欣欣向荣之景。

"如果可以再矮些会更好看，你们觉得呢？"苏晴问。

青草们也觉得自己把周围的花都挡住了，只见它们摇摇身子，渐渐变矮。

"青草们，请大家排好队，漂亮地长在院子里！"苏晴像个长官一样向留下的青草说。

这些青草动作迅速、行动机敏，真的是一群很好的青草。它们迅速地散落在花朵四周，点缀在蔬菜之间，绿油油的，美丽极了。

夕阳西下，当女巫推开栅栏门走进院子时，难以置信地张大了嘴巴，因为她根本就没有想到这么久以来她花了这么多心思也没能解决的杂草问题，竟然被一个貌不惊人的小姑娘轻易地解决了。

"很抱歉，没经过您的允许，我种了些花和蔬菜，我猜您可能喜欢，如果不喜欢也可以重来。"

"这些花和蔬菜正是我喜欢的。你是怎样办到的？"奥德女巫高兴得跳了起来，在院子里跑了一大圈，像是个欢乐的小女孩一样，她对着自己焕然一新的院子惊喜不已。

"和它们谈了谈，它们不坏，是有着让人敬佩的精神的青草。"

苏晴回答，然后她拍拍脑门，想起还泡在溶液里的蟾蜍，飞奔进屋里，"请您快救我的朋友！趁时间还来得及。"

她们跑到屋里。女巫把一只手伸到盒子上方，旋转了几圈，口中振振有词。黄色溶液涌动起来，盒子也在震动，女巫的额头上渗出大滴的汗水。小蟾蜍终于又活过来了，随着一个黄色的波浪，它跳到了盒子外面。

"我睡着了吗？"它问，"脑袋有些僵，身上还黏糊糊的。"

"你差点送了命，真是个可爱的小傻瓜。"苏晴用手摸了摸它光溜溜的脊背，"也不想想就跳进去。"苏晴努着嘴嗔怪道，心里却感动得很，泪水还在她眼里打转儿。

蟾蜍拍了拍沾满黏液的脑袋，这才想起来发生了什么。它满不在乎地嬉笑道："你救过我，现在我帮你，就算搭上性命也值得。"这时，苏晴想起了妈妈常说的"滴水之恩当涌泉相报"，大体的意思就是说要记住别人曾经对自己的恩惠，当别人需要帮助的时候也去帮助别人。一只小小青蛙大概也学过这个道理，苏晴心想，不过帮助别人还是要讲究方法，不能鲁莽。

"可总有别的解决办法，你不应该这么冲动，帮助别人也得讲究方法。"苏晴说，她用手指轻轻地点了点蟾蜍的小脑袋。

"现在不是好了，我没事了。"小蟾蜍站起身用前爪揉揉腰，又转了转脑袋。然后它跳到女巫面前，挺直胸脯站了起来问，"您没有忘记和我的约定吧？"

"当然没有，明天就出发，我会保护你的朋友顺利到达城堡的！"奥德女巫自信满满地说，她开心地笑了起来，黄色的卷发在空中一跳一跳的。

第五章　向着城堡前进

第二天一早，奥德女巫和苏晴一起踏上拜访国王的道路。奥德女巫决定不但要保护苏晴安全抵达城堡，而且要同她一道拜访国王，虽然她只是一个住在森林中不问世事的女巫，但是好奇心还是驱使她去看看城堡发生的一些怪事。

"很谢谢您陪我走这一趟。"苏晴感激地说道。

"信守承诺，这是我应该做的事情，也要感谢你让我有理由去城堡看看。"奥德女巫说。她换上了一件紫色棉布裙子，帽子也换成了缀有粉红蔷薇花的圆顶帽。这样一看，她真是一个端庄、优雅的女人。

"我该出发了！马上就可以见到王后，然后就可以回家了。谢谢你，小蟾蜍！"苏晴蹲下身，轻轻点了点蟾蜍的小脑袋。

小蟾蜍贴着苏晴的胳膊恋恋不舍地说："祝你好运！真舍不得你，我亲爱的小仙女。真希望以后还能有机会再见到你。"

苏晴笑了笑，她知道或许以后再也不会回到这里了。"记得，要小心那些荷梗。"她叮嘱道。

奥德女巫和苏晴出发了，她们在茂密的森林里穿梭了好一阵。路途中，不时会有小动物跳出来礼貌地向她们致敬，还有一只松鼠提着一篮子松子放到她们面前，可见，奥德女巫在森林里是多么受欢迎的人物。渴了，她们在森林边缘的小溪捧一口清澈的泉水。鸟儿不时在树梢高歌几曲，一路上没有怪兽，也没有坏人，这是个美妙的森林。苏晴相信一切都在向着好的方向发展，不久她就可以顺利回家，向朋友们讲述她的奇妙经历。她不是个喜欢冒险的人，她的朋友也不是，所以在这里发生的一切，包括与花草对话、发现女巫的房子以及同一只可爱的小蟾蜍成为朋友，便足以让她的朋友们目瞪口呆。但事实上，故事才刚刚开始，事情也远远没有她想得那么简单。

不知走了几天，她们终于穿过森林，来到一条空旷的大道上。这是一条蜿蜒向远方的石子路，看不清路的尽头，远方雾气缭绕，雾中隐约有一片红色的影子。

"不远了，是该它派上用场的时候了。"奥德女巫掏出一块看似再普通不过的藏蓝色花绒地毯铺在地上。她们在毯子上坐好后，奥德女巫轻轻念了句咒语，地毯稳稳地起飞了。"这样就省力气多了。"奥德女巫说。

"要是早些用就更好了。"苏晴坐在毯子上，揉着酸胀的双腿说。

"可不能事事都靠魔法。你自己的双腿不是也很管用嘛。"奥德女巫说。

风吹拂着脸庞，地毯越飞越高，超过了她们身旁飞翔的小鸟。没过多久她们就冲进一片浓雾里，苏晴这才看清楚那红色的影子原来是许多带刺的玫瑰。大片的玫瑰越来越高，朝她们行进的方向涌来。玫瑰伸出芒刺，张牙舞爪地想要抓住她们。毯子躲来躲去，可是越来越多的玫瑰花涌过来，快要将她们包围了。

"玫瑰会把毯子割破的。"苏晴担心地说。一枝尖细的玫瑰朝她手臂伸过来，想要把她拉下去。突然，飞毯不再柔软，变成了坚硬的钢板，开始下沉，并且四周向上卷曲起来，飞毯变成坚硬的钢壳将她们包裹在里面。

"前进，哈哈。"那些带刺的玫瑰被阻挡住了，尽管玫瑰极力刺向她们，但终究无法攻破坚硬的钢板。那些玫瑰愤怒地在周围敲打着，然后很不甘心地渐渐落下去了。

很快，她们来到了城堡门口的桥上，玫瑰已经消失，大片的雾气也消散了。一座高耸入云的城堡出现在她们面前。城堡是由几座哥特式尖顶高楼相连组成的，主体的一座高楼最为恢宏，位于正中央，也是最高的，好像要直刺云霄似的，这是苏晴到目前为止所见过的最高的建筑。城堡是古旧的砖灰色，窗户镶嵌着彩色的玻璃，在阳光的照射下发出绚烂夺目的光彩，左右两侧高楼上的窗户则由灰色和黑色的玻璃组成，透出诡异、神秘、哀婉的气氛。

"你们好！"一个苗条的姑娘从城堡大门走出来，那神情和言语好像早就知道她们要来似的，"亲爱的客人们，王后已经在餐厅等候各位了。请随我来，我为二位准备了礼服。"

"王后怎么知道我们来，难道她已经和她妈妈联系过了？说不定她已经回过家了，看来我这一趟是白跑了。"苏晴想着想着，不由得高兴起来，"如果真是这样，那么我也算是完成任务了。"然而，事情绝对没有她想得那么简单。

苏晴和奥德女巫跟着侍女走过架在护城河上的长长的铁桥，终于来到城堡的大门前。城堡四周没有守卫，空空荡荡、冷冷清清的，并不像一般的皇宫那样戒备森严。进入城堡后，她们来到一间衣帽间。苏晴换上了王后准备的桔粉色的漂亮礼服，顿时觉得自己像童话里的小公主，她从没穿过这么漂亮的蓬蓬裙子。而奥德女巫则坚决不肯穿王后准备的衣服。

"我为什么要穿上你们准备的衣服？难道因为我自己的衣服不够庄重，还是脏得不能够见人了？你们这是对来访者极大的不尊重。"奥德女巫说。侍女拿她没有办法，只得随她的意了。

"这边请。"一位身穿红白色制服，肩上缀有黄色穗子，胸前佩戴蓝色勋章的年轻卫兵朝她们做了个"请"的手势，"王后陛下为远道而来的各位准备了丰盛的晚餐。"

"这位王后可真是细心，我正觉得饿呢。"苏晴心想。

卫兵带着她们穿过金碧辉煌的大厅，大厅高高的黄金穹顶和四周的贴金立柱让这座城堡显得气派无比，光洁的大理石地板锃亮得可以反射出每位走过去的人的影子，这个国家大概是很富足的。她们跟随卫兵来到一条盘旋向上的走廊，每到一层楼梯的中央就会换成另一个卫兵带她们继续向上走，而这些卫兵长得几乎都是一个模样。

"你们是亲戚吗？"苏晴好奇地问。这无聊的、漫长的走廊，让她想说会儿话打发时间。

"下面的是我哥哥。"

"上面的是我弟弟。"

"上面的是我哥哥。"

就这样，上了不知道多少层楼，她们终于来到了王后招待客人的餐区。真不知道，城堡里的人是不是每天都要走那么老远才能吃到饭。

餐厅中央是一张大约五米长的餐桌。餐桌上摆满了美味的食物，要是把每样食物都吃上一点，那非得撑破肚皮。

"你们好，远方的客人。"王后嘴边挤出一个笑容，她拖着长长的裙子，在五个侍女的陪同下走到长餐桌的一头，坐下来。

"您就是茜茜王后吧？"奥德女巫说。她脱帽致敬并行了个屈膝礼，苏晴也学着女巫的样子恭敬地行礼。

茜茜王后的确是一位非常美丽的女人，有着金黄色的头发和小麦色的皮肤。

"二位请就座吧，想必大家都饿了。"王后面无表情地说。

苏晴此时的确饿得肚子咕噜作响，但是她极力捂住，好让自己不显得太过失礼。在王后身后有一排站立的侍者，她们走到苏晴和奥德女巫身旁，开始往烤得金黄的面包上抹蜂蜜，把烤鹅切成块儿放入盘子里，将蔬菜沙拉放在两个小花篮形状的瓷盆里，端到她们面前，又把散发着浓郁香气的熏肉夹在烤得松脆的卷饼里，再将冒着泡的白葡萄酒从银制的壶里倒进她们面前的银制酒杯里，最后还给奶油蔬菜汤洒上罗勒碎。黄油和小牛排在铁板上发出"嗞嗞"的响声，黄紫相间的浆果乳酪放在一个布满雕花的精致盘子里。桌子中间摆放着一个三层奶油巧克力松露蛋糕，右边是冒着热气的煎羊腿配蔬菜，左边放着德式烤肠配土豆和坚果。这真是丰盛的一餐。苏晴每样都尝了一点，她们刚吃完一点，侍者们又会忙忙碌碌地帮她们添些新的。

"你们有什么事情？皇宫是不轻易接待贫民的。既然你们能穿过那些玫瑰来到这里，想必也不是等闲之辈。"王后有些高傲地问。

"我想，我身旁这位小姑娘是最有资格见您的贫民。"奥德女巫不卑不亢地回答，"请说吧，苏晴。"

"您好，王后。我，我叫苏晴。"苏晴有些紧张，王后不耐烦地打断她问："我不管你叫什么名字，快说，你们究竟为了什么而来？我已经热情地招待了你们，你们也就不要再提一些不合理的要求了。"

"我，我。"苏晴更紧张了，因为第一次见到王后这样的人物和这么大的皇宫，对于一个十二岁且从来没出过远门的小女孩来说，紧张是再正常不过的了。她鼓足了勇气，深吸了一口气，极力保持镇定。"在另一个地方，就是一个树林里。"她极力解释道，她也不知道自己来的那个地方距离这里有多远，"我遇见了您的妈妈，她不方便来看您，这也许您是知道的。她让我来告诉您一声，希望您能回家看看，她每天都把您的房间收拾得干干净净，等着您回去。"

提到妈妈，王后突然眼前一亮，眼角出现一滴泪水，但她吸了吸鼻子，没让眼泪滚下来。"快说说，我母亲，她现在怎么样了？"

"她住在树林深处的一个木屋里，等着您回家看她，不过看样子，她很不重视自己的身体健康，总是吃一些营养不均衡的食物。"苏晴知道的情况大概就只有这些了。

"哦，我可怜的母亲，她竟然住到树林里去了。"

苏晴从书包里拿出女巫交给她的水晶项链，说："这是您妈妈交给我的，她说您认得这个，而且您还有一条一模一样的项链。"

侍者将苏晴手中的水晶项链传给坐在长桌一端的王后。她仔细地反复看了看，随手又放到了桌子上。"项链我见过不少，可这种叶子吊坠的一点都不漂亮，我从没见过这么一条，也不记得我母亲有过这么一条。"她说。

"这就奇怪了。"奥德女巫自言自语道。

"您的妈妈已经告诉我带您回树林的方法了。请您找找这样一条项链，有了您的那一条，我们很快就能回去了。"苏晴说。

"我都说过了，我没有这样一条项链。你说'回去'？很快回去？即便派出腿脚最快的马车也要好几十天才能到北方，她是在北方的某处树林里吧？"王后问。"我没办法完全相信你。"王后皱了皱眉，又补充道。

　　"都是女巫告诉我的，只要您能找到项链，依她所说，咱们真的很快就能到家了，大概就像我来得这么快，只是我不知道那里算不算是北方。"苏晴回答。

　　"女巫？"听到这个词，王后先是一惊，然后站起身，既生气又紧张地问道，"我就知道一定是什么人派你来的。她能好心地让我回去看我的父王和母后吗？是不是有什么阴谋？"

　　苏晴一下子被问得云山雾罩，完全听不懂王后在说什么，也不知道该如何回答，她只得结结巴巴地说："没……没什么阴谋。您的妈妈，虽然……虽然我不知道她算不算好心的女巫，可她确实没打算伤害我，也没有什么阴谋。"

　　王后听到她的话先是一愣，而后脸色变得阴沉。她又静静地思考了一会儿，问道："我母亲和你说，她自己是女巫？"

　　苏晴回答："嗯。是这样的。"

　　王后沉思了一会儿，突然又大笑了起来："我明白了，看来，有人和我一样命苦。我倒是弄懂了半分。小姑娘，你真是带来了一个好消息，我好久都没有感到这么愉快了。好了，就这样吧，你们就好好地待在皇宫里吧，我会好好款待你们的。"说完，她放下刀叉，拖着长尾裙，在侍者的簇拥下走出餐厅。

　　"请问，您什么时候和我回去？"苏晴在后面朝她喊道，但王后并没有回答。

　　两位穿着黑色制服的卫兵从门外走进来，说道："请二位随我到休息区。"

奥德女巫和苏晴也跟着走出餐厅。此时，餐厅外的走廊两边都站满了穿黑色制服的卫兵。她们在这些守卫士兵的注视下，穿过长长的走廊，又顺着回旋梯向上走了好几层，来到一间很漂亮的大屋子。"请二位好好休息。"卫兵说。

卫兵离开后。苏晴坐在柔软、华丽的床上发呆。她绞尽脑汁也想不明白，王后为什么会是这种态度。"您说王后为什么不着急回家呢？她一会儿高兴地招待咱们，一会儿又很生气的样子，一会儿又哈哈大笑，真是怪极了。而且她也不急着回家吗？她不想自己的妈妈吗？"苏晴给奥德女巫抛出一连串问题。

"或许她作为王后想和女巫的身份决裂。或许她根本不是真正的王后。"奥德女巫随口回答。

奥德女巫推开屋子的门，探出头，看到许多卫兵守在门口。她缩回头说："的确有些问题，看来我们这次真的有麻烦了，我觉得我们被囚禁了。不过，这点卫兵根本困不住一个女巫。明天有很多事情需要我们调查，虽然城堡里的事与我这个在森林里生活的女巫毫不相干，但是我很好奇，我会帮你查个究竟的。在此之前，先睡个好觉。"说着，她钻进天鹅绒被子里，很快就"呼呼"地睡着了。

苏晴却被这些疑团折磨得翻来覆去，直到深夜也难以入睡。

"哔哔。"一条绿色毛虫从苏晴的背包里钻出来，原来，树林里的毛虫也跟着她来到了这个国度。

"你好，小家伙。"苏晴轻声说。

黑暗中，小毛虫发出绿色光芒，不慌不忙地向门口爬去，还回过头示意苏晴跟过去。

"它一准儿是又想带我到什么地方去，但这里可不是它熟悉的树林，而且外面还有很多卫兵在把守。"苏晴心想。她透过门缝的光亮向外张望，夜里仍然有四位卫兵守在门外，其中三位坐在椅子上已经昏昏欲睡，还有一位一直笔直地站在门口。

"我出不去。"苏晴对小毛虫说。毛虫没理她，独自从门缝钻了出去。"哔哔。"它发出响声。那位卫兵警觉地发现了正闪着绿光的毛虫，他一脚踩下去，没有踩中，又是一脚，苏晴真为毛虫捏了把汗，但毛虫敏捷地躲了过去，没有丝毫畏惧地向前爬着。毛虫一边向前跑，卫兵一边追了过去。"奇怪的虫子，我不可能抓不住你。"卫兵说。

苏晴趁机溜了出去，远远地躲在走廊的一根立柱后面。卫兵没追多远，就对踩死一只毛虫失去兴趣，他重新回到门口继续守卫。另外一名卫兵，大概是这名卫兵的上级，他被这名卫兵"嗒嗒"踩脚的声音吵醒了，从椅子上跳起来，紧张地问道："没事吧？"

"没事，只是一只有些奇怪的虫子。"卫兵答道。

"王后说了，不准让任何人进出，连一只蚊子都要看紧了。你还是注意点。"但他刚说完这话，自己的眼皮就又耷拉下去，坐在椅子上睡着了。

毛虫回到苏晴身边，领着她穿过长长的走廊，下了几层楼梯，沿着走廊，向右转，向左转。灯光昏暗的走廊里一个人也没有，凉风阵阵，寂静无声，只有自己的脚步声在空旷的走廊里发出回响，这让苏晴感到一阵害怕。毛虫突然在一道雕花的梨木大门前停下，这道门显然比其他的门要大很多。毛虫顺着门栏爬到钥匙孔处，钻了进去。"咯噔"一声，门开了。苏晴犹犹豫豫地扭开门把手，走了进去。

一个人正背对着她，孤独地坐在皎洁的月光下，静静地看着窗外。苏晴吓了一跳，她屏住呼吸，想要退回门外时，这个人却突然转过身，发现了她。

　　"你是什么人？"这位男子轻声问道。

　　"我是苏晴，我不是有意打扰您的。"她鼓起勇气轻声回答。

　　"我是这里的国王，你不必害怕。"男子说。借着月光可以看出，他虽然服装简单，但身姿挺拔，神态威仪，气度不凡。

　　国王打开灯，顿时，屋内灯火通明。

　　"小姑娘，我从没见过你。你怎么会跑来这里？直觉告诉我，你是能帮助我的人。"他说。

　　苏晴把她来这座城堡的目的一五一十地讲给国王听，并希望他能劝劝王后，和她一道回去看看妈妈，这并不是件难事。

　　"她当然不会和你一块儿回去。因为她根本不是真正的茜茜。"国王平静地说。接下来，国王从头至尾地讲述了一个苏晴从来没听过的故事，一个茜茜王后的母亲没给她讲过的故事，因为，树林里的女巫自己大概也不清楚或者没想到故事的最终结局会是这样。

　　这是一个忧伤而漫长的故事，尽管在苏晴那个年纪，并不能完全听懂这个故事，但她还是认真地听着国王缓缓地讲述：

　　很多年前，在茜茜王后还没有嫁给国王的时候，她只是居住在森林里的一个女巫的女儿，不出意外，在不久的将来，她也会成为一个精通许多魔法的女巫。然而有一天，命运却悄然改变了，很难说，这种改变是好还是坏。

　　就在一个明媚的午后，刚刚成年的茜茜独自一人跑到她向往已久的城堡外面玩。那个城堡就是苏晴现在所在的城堡，只不过，在很多年以前，它的外表要明媚和美丽得多，通往城堡的道路上也没有那些阻挡人前进的玫瑰。现在的国王，当时还是个王子。

在城堡大门口，一群负责守卫的士兵正小声谈论着。茜茜使用了刚刚学会的隐形术走到他们身边，谁也没有发现她。

"国王这次举办的舞会可真够盛大的，派了那么多工匠装饰大厅。"城堡门口的士兵们议论道。

"当然了，听说这次邀请了不少国家的公主来参加舞会，国王要从中挑选一位做他的儿媳妇。"

"除了北国公主，各个国家的公主都已经到齐了。距离舞会只有一天了，大家都打起精神来。"一个高个子的士兵对大家说。他低头看着手中的花名册，显然是这里的头儿。茜茜走到他跟前，看了看高个子士兵手中拿着的到访登记的花名册，上面的确只有北国公主的名字没有勾画。

"会不会不来了？"一个士兵问。

"少来个公主也不是件大不了的事情。"

"这不是你们该议论的事，做好自己的事。"高个子士兵严肃地说。其他人都默不作声了，转头看着前方，身板站得笔直。

茜茜在隐形术快要失效前，就得离开城堡门口。离开前，她突然心中有了一个主意，她决定进去看看这次舞会。可怎样才能进入城堡里面呢？

"什么？你要去参加那个舞会？参加城堡里面的舞会？咱们和那里的人向来是井水不犯河水的。"茜茜妈妈得知她疯狂的想法后，惊讶地问。

"城堡离我们这么近，可是我却从来没进去过，我甚至从没走出森林和外面的人交流过。听说这次将是史无前例的盛大舞会，我想去看看。"茜茜说，"我用隐形术，不会被人发现的。"

“你要用隐形术进去？那可不行，你还维持不了那么久。”

“妈妈，那去给我借一件隐形斗篷吧。”

“宝贝，真的不行，我可不认识有隐形斗篷的亲戚。”

茜茜突然想起卫兵说北国公主不来参加舞会的事情，她决定冒名顶替北国公主去参加舞会。

“就这么决定了，反正城堡里的人没见过住得那么远的一位公主。”茜茜心想。

她给了森林里一个擅长魔法的老女巫两枚金币，老女巫为她变出一套华丽的衣服。

“你不是要扮成一位公主嘛？公主没有马车和仆人可不行。”老女巫要求茜茜再多加五枚金币。老女巫拿出一个快要熟烂的南瓜，捉来五只白色的老鼠。她用魔法把南瓜变成了一辆非常漂亮的橘红色的椭圆马车，把五只老鼠变成了五匹白色的骏马。

“看上去像样多了，你们一定会为你们生命中曾经当过这么一段时间的骏马而骄傲的，只是回来后，你们还要继续做你们的老鼠。”老女巫摸着骏马的马背说，“等等，还差一个驾车的人。”

“根本不用那么麻烦，其实来套裙子就可以了。”

“总得像那么个样子，才有人相信你是个公主吧。”老女巫说，“我这可不是想多赚你金币。”

这时，老女巫家的小狗走到她们面前，点点头。“你想担任这个角色，是不是？”老女巫用手杖轻轻一挥，眨眼间，小狗已经挺立起身子，变成了一个黄色短发、身穿制服的中年男子。他坐到马车前面，拿起缰绳，说道：“亲爱的主人，不，是亲爱的公主，我们走吧。”

茜茜顺利地冒充北国公主进入城堡，因为大家确实都没有见过受到邀请的北国公主。

舞会正如他们所说，是极其盛大的。在装潢漂亮的城堡大厅里，各个国家的公主们一个个出场，她们举止优雅，美丽动人，穿着镶满钻石的华美无比的礼服，站在大厅里，是那样的光彩照人。国王、王后和王子就坐在大厅最前方的正中位置。

"北国公主到！"一个站在大厅门口站得笔直的士兵高声通报道。

茜茜小心翼翼地拖着华丽的舞裙走进大厅，大厅里的明亮灯光照得她有些睁不开眼睛，她没想到还要一个一个走进大厅，不过她并没有因此紧张。她微微卷曲的金色头发透着蜜糖的香甜，她小麦色的皮肤散发出青春的光泽，这是她长年在森林里同阳光嬉戏的结果。她粉红色的小嘴犹如夏日的樱桃，她珊瑚绒的黄色礼服上镶嵌着彩色的贝壳，显得与众不同。在众人中王子一下子注意到她。

王子按照父亲的要求礼貌地与公主们一一跳舞，当他和别人跳舞时，与茜茜擦肩而过，他发现她的眼睛竟是如此清澈，好像碧波荡漾的湖水。

第二天，各国的公主在城堡的花园里展示自己的才艺，以表示对国王热情款待的感谢。有的公主弹起竖琴，姿态优雅美丽；有的公主选择唱歌，歌声婉转动听。轮到茜茜时，她坐在花园里的秋千上，吹起笛子。她荡着秋千，就像在森林里一样，秋千高高飞起，悠扬的笛声吸引来许多美丽的蝴蝶。

"那真是不像样子，一个高贵的公主怎么能在秋千上飞得那么高，以为在自己家的花园里吗？"一个漂亮的公主议论道。

"有些人啊，就喜欢与众不同，博人眼球，可却失了公主的礼仪。"她身边另一位公主说。

"王子和国王可不会喜欢她那样没家教的人。"

茜茜可没想这么多，她没想讨好谁，她在森林里就是这么玩的，更何况，她不会弹竖琴，也不会舞文弄墨。

事实上，老国王的心中早已有了儿媳妇的人选，那就是早与他们结盟的南国的公主。这次舞会上，南国公主的美貌和才艺也令老国王颇为满意。

"不，您应该让我自己来选，无论如何那是我的人生。"王子说。他在心里已经决定了自己想娶的公主。

老国王是位开明的国王。"这个国家反正将来要交由你来管理，我也希望你能够快乐。"他说。

就像许多童话里所讲的那样，王子爱上了公主，公主爱上了王子，只是，这个公主是个冒牌的。不过，茜茜坦诚地向王子说明了一切，王子却说："我爱上的是你这个人，不是你的家族。不论你是女巫、白丁还是公主，都无法改变我对你的爱。"

本想去北方国家提亲的老国王，听到王子的坦白，当然不肯同意这门婚事。但幸运的是，最终，经过千百般努力，老国王还是同意了，毕竟，他是个通情达理、开明睿智的人。在婚礼过后，他把国家交给王子，自己带着老王后到另一个城堡享福去了。这个美好的故事本应该到此结束，然而，接下来发生的事情却令人意想不到。

这里，大家不要忘了被冒充的北国公主，她因为磨磨蹭蹭，在途中耽搁了太久。当她到达城堡外面时，听说舞会已经结束了，便返回北方国家，反正耽误一次舞会对她来说算不得什么，她照旧做她养尊处优的公主。可是，当她听说有人冒充她，而冒充她的那个人现在竟成为那个国家的王后时，她怒不可遏，并且做出了改变所有人命运的举动。她先是怀着满腔的愤怒带着人冲到城堡里。"这个女人抢了我的幸福！我才是北国公主，她是个冒牌货！你们要明白这个事实。"她咆哮道。

"不，没有谁抢了你的幸福。我早就知道了，我身旁这位王后并不是一位公主，但那又算得了什么呢？现在一切都过去了，我娶的就是她，而不是什么国家的公主。"已经成为国王的王子站起来说，"请你赶快回到你的国家，你会找到属于你的幸福的。"

北国公主失望地跑回家，她向父亲和母亲哭诉。

"亲爱的孩子，他只是爱上了另一个姑娘而已。我想，你也并不爱他。"北国国王摇摇头说。

"就算我并不怎么爱王子，可她凭什么冒充我的身份去参加舞会，还成了王后，成为王后的应该是我。"

"孩子，就算你去那场舞会，也未必会成为王后。听说王子早就知道了那个女孩不是公主的事情，还是娶了她，这说明那女孩并不是因为顶替了你的身份而成为王后的。你不要任性了，赶快忘了这件事情，以后还会有很多国家邀请你去参加舞会的，或许很快你就会遇到自己喜欢的人，或许很快你就成了某个国家的王后呢。"北国王后安慰道。

北国公主还是不甘心，她不顾众人的劝阻，驾着马车连夜跑去找神秘而又令人胆战心寒的北方女巫。北方女巫是魔法世界拥有最强大魔力的女巫，据说寒冷的冰雪让她的肌肤白若凝脂，她的面容永远青春美丽，但她的心肠却不似她的容颜令人心醉。她最喜欢和别人谈条件，也乐于见人心甘情愿地向她臣服。她从山上城堡里的魔镜中看到了北国公主的到来，早在山下等着她了。

"既然这样，你总该付出一定代价。"北方女巫说。

"我愿意，什么都愿意。"北国公主被这种莫名其妙的愤怒冲昏了头脑。

公主带着北方女巫来到她的城堡里，国王对这个面容美丽的女巫并没有什么好感，她的到来使城堡里的地板冻得粉碎。如果不是为了公主，国王绝对会让士兵把她挡在门外。

"我的条件是——你的城堡和你的国家。作为交换，我有办法让你们的女儿成为最美丽的王后，拥有幸福的生活。"女巫对北国国王说。

"这绝不可能，我绝不可能把国家交给你，这真是太荒谬了。我也不可能让女儿嫁给一个不爱她的人，去过所谓的幸福生活。这真是太荒唐了。"国王回答。

"看来，你的父亲并不愿意让你成为一个王后。"女巫对公主说。

公主任性地大哭起来。她的哭声惊起了飞鸟，她的哭声让草木凋零，她的哭声让四周的百姓无法工作。她走到哪儿，哭到哪儿，河水因为她的眼泪涨了潮，淹没了好多村庄，果树不再结果，小鸟不再欢唱，北方的人民失去欢笑，坐在她身边看着她，哀求她不要再哭泣。

"我的宝贝女儿呀，我唯一的女儿呀，求你不要再哭了。"北国王后说。

"这样下去不是个办法，一切怎么会混乱成这样。"国王叹了口气。自从北方女巫离开后，国王的工匠花了一个多月的时间修葺好了大厅的地板，但欢乐不再，这里再没举行过一场舞会或是接见过一次外来的使者。

"我的人民因为我的宝贝女儿遭殃了。我的宝贝女儿，请赶快停止你的无理取闹吧。"

北国公主没有答应。

"我们答应女巫的条件吧，毕竟女儿有了幸福，咱们也开心。"王后央求国王。

"真的会幸福吗？不过，是该让女巫停止这一切了，就算是为了我的人民。"国王动摇了。他们最终同意了女巫的条件。

他们被女巫带到了黑森林里，从此，他们失去了城堡和所有的财产，生活在无尽的黑暗中。

"只要她过得幸福。"王后默默地说。女巫拿出一面镜子，让他们看到公主正被一辆豪华的马车送到王子的城堡里。

"这森林里的果树可养不了你们两个。"女巫不怀好意地笑着说，她的手杖一挥，竟然将国王变成了一头猪，又对王后说，"作为补偿，我会给你建一座还不错的房子，不至于让你受蚊虫叮咬。"女巫说完，一间小木屋就在森林里拔地而起。

"不，不，你做了什么！快把我的国王变回人形！这可不在交换的条件之列。"王后痛苦地喊道。这回，女巫并没有给她商量的余地。所以，教训就是，不要轻易地和一个邪恶的女巫谈交换条件。

北方女巫把北国公主带到王子的城堡前，把她变成了茜茜的模样。

"以后，你只能戴着面具生活了，你会习惯你的新面容。"女巫笑了笑，"王子会爱上你的，他已经成为这里的国王了，你马上就是王后了。"

"那原来冒充我的人呢？"公主问。

"她会离开这里的。"

"我要她被关起来。"公主说。

"好。她不但会被关起来，而且她会变得苍老无比。"女巫诡异地笑起来。

另一方面，北方女巫去森林里找到了茜茜的妈妈，告诉她北国公主找她来的事情，但她并没有讲出全部。

"求您不要伤害我的女儿。"茜茜妈妈说。她深知自己只是森林里的一个普通女巫而已，根本不是北方女巫的对手。

"好，但凡事总得讲条件。"北方女巫说。她的条件就是茜茜妈妈自愿放弃所有的魔法，离开这个国度。

为了女儿不受伤害，茜茜妈妈不得不答应她这个要求。

一阵黑色的龙卷风吹过城堡的上空，正在花园里无忧无虑地荡秋千的茜茜失去意识，晕倒在地。再次醒来，她已经被北方女巫关在了冰雪城堡里面。

"放心吧，我答应了你的母亲，不会伤害你的，但你要一辈子生活在这儿了。"北方女巫对茜茜说。

"我的母亲在哪儿？既然你已经把我关在这里，请不要再伤害我的母亲和国王了。"茜茜说。

女巫当然也不会放弃这个交换条件的好机会，她因此得到了茜茜的青春。而茜茜变成了一个头发苍白、行动不太灵活的老太婆。她只能独自望着窗外无尽的冰雪，感受无尽的寒冷，以苍老的样貌生活下去。而可怜的茜茜妈妈独自一人生活在树林里，她还以为自己的女儿一直幸福地生活在城堡里面，她也一直等着，有一天女儿可以过来看看她这个妈妈。

北国公主则代替茜茜，每天戴着别人的面具和毫不知情的国王生活在一起。

当然，谎言终究是谎言，面具终究也掩盖不了内心。国王很快感觉到茜茜的不对劲，无论是言谈举止，连脾气秉性都不对劲。这个王后根本不是国王曾经爱过的茜茜。

有一天，国王不小心把果汁洒到北方女巫送给北国公主的镜子上，镜子呈现出不同的影像，它展现了发生的一切。

"我可怜的茜茜。她被女巫关了起来。"

国王秘密地派出一队人马去营救茜茜，却被北国公主发现了。她要北方女巫阻止这些人，并变出飞舞的玫瑰，阻止一切人进出城堡，她通过女巫给她的镜子观察城堡四周的情况。国家因此变得日渐颓败。

国王慢慢地讲述着一切，天空已经泛起了鱼肚白，红茫茫的阳光照了进来。

"噔噔——噔噔——"门外传来一阵卫兵的踏步声。

"快藏起来！"国王对苏晴说。

然而，没等苏晴反应过来，卫兵们已经走进屋子。他们恭敬地单膝跪地，向国王请安。"很抱歉，国王陛下，有刺客擅闯皇宫，王后让我们前来护驾。"带头的卫兵说。

"就是她！"后面的卫兵指着苏晴说。

"抓起来。"

"不，她并没有……"没等国王说完，苏晴就被两个卫兵按着胳膊带了出去。

"她并不是刺客，放了她。"身后传来国王温柔的声音，可是卫兵并没有听从国王的话，这些卫兵对待国王的行为显然并不像他们的言语一样尊敬。

苏晴被关进了一个阴暗潮湿的地牢里面，这个地牢连个窗户都没有，只关了她一个人。

"快放了我，放了我！我不是刺客！不是！"苏晴敲打着冰冷的铁门，长长的、黑暗冰冷的通道里回荡着她的声音，可是没有人理睬她。

她泄了气，坐在一堆干草上。地牢里的老鼠发出"吱吱"的叫声，这叫声把苏晴吓得哆嗦起来。一连三天，每天有人给她送来并不好吃的食物，那味道连苏晴这个不挑食的孩子都觉得难以下咽。地牢里没有窗户，苏晴凭借微弱的灯光，无从分辨白天与黑夜，她懊悔没有听小玲的劝阻，后悔没有听妈妈的话，老实地待在家里。

"天哪！我竟然被关在了牢房里，妈妈知道会疯掉的。难道我要一辈子被关在这里吗？有没有卖后悔药的？我要出去！我要出去！"她急得直掉眼泪。

"后悔药没有，但你也不会一辈子被关在这里。"一个声音说道。苏晴确定这个声音是从她周围发出的，可是她向四周望去，却没有看见一个人。地牢外面的守卫趴在桌子上"呼呼"地睡着了。

"完了，我一定是疯了，产生幻觉了。"苏晴自言自语道。

"人哪里是能那么容易被击垮的。"那个声音又在说，越来越近。苏晴冷静了下来，她突然觉得那个声音好熟悉。

接着，奥德女巫的脑袋在半空中出现，朝她温柔地笑着，然后显露出她的半个身子。

"是您来救我了！"苏晴高兴地抱住奥德女巫，"我还以为您也被关起来了。"

"我是一个有魔法的女巫，你可别忘了。"奥德女巫笑着说，"我答应过会保护你的。快换上你的衣服，瞧你还穿着睡衣。"奥德女巫把苏晴的书包递过去。

"您是怎么找到这里的？"

"现在不是多说话的时候，我们得马上离开，我可不想与别人发生正面冲突。"说着，奥德女巫把苏晴卷进一个巨大的黑色斗篷里。

"现在离开？我们必须得见见国王，有些话还没有问清楚。"苏晴在斗篷里说。

"不知道是食物的关系，还是这个城堡被施了法，我的大部分咒语失去了作用，我可不想冒险。"她们推开牢房门，旁若无人地径直走了出去。

"求您了，只去一下。再说，有了这个隐形斗篷，别人就看不到我们了。"

"你倒是认得这个是隐形斗篷。"

"求求您了。"

"那好吧。我看，不去冒险，你是不会死心的。"奥德女巫同意了她的请求。

她们走过一群巡逻的卫兵身边，这些人连看也没看她们一眼。她们又来到了大大的雕花梨木大门前，门仍旧没有锁，国王仍旧独自一人坐在窗前黯然神伤。

奥德女巫脱下斗篷，她和苏晴出现在国王面前。国王有些惊讶，但很快平静下来，问道："你不是离开城堡了吗？王后说她已经放你离开了，你怎么又回来了？"

"没有人放我走，我被关在了一个黑暗潮湿的地牢里，是奥德女巫救了我。"苏晴回答。

"看来，她又骗了我，我以为她会悔改的。"国王叹了口气，摇摇头。

"我想去找茜茜王后，您和我一起去吗？"苏晴问国王。

"抱歉各位，我这件斗篷只能盛下两个人，把国王带出去可不是个好主意。"奥德女巫打断他们说。

"可是，您不是国王嘛，您可以光明正大地离开。"苏晴问国王。

国王叹了口气，说："这里的一切都不同了，我没办法大规模地调遣部队去救茜茜，现在的王后控制了所有的人。而我走了只会惊动这里的人，甚至包括北方女巫。"

"控制了所有人？"苏晴想了想，也并不觉得惊讶。从城堡里那些带刺的玫瑰和卫兵们奇怪的态度上，就早该看出来了。

"那么，我怎样才能找到北方女巫呢？"苏晴问。

"听说，北方女巫占据了北方的城堡，现在就生活在那里。北方国家可怜的人民正生活在水深火热之中。小姑娘，我真不希望你去冒险，我也不知道你是否有办法能够阻止这一切，可我已无他人可以信赖和依靠，而且你机缘巧合地来到了这里，这不是一般的孩子可以做到的。既然你一定要去找北方女巫，请你在能力所及的范围内帮助我吧，希望你能救出可怜的茜茜，不知道她现在生活得怎么样了。"国王说，"我相信上天会保佑你的。如果真的遇到危险，请千万要保护好自己。"

国王站起身行礼，把手放在胸前，说："爱和希望会指引你前进。"

"我们该走了。"奥德女巫拉着苏晴说。只见她把屋里的一张小柜子搬到了壁炉旁，接着，她推着苏晴钻进柜子里，自己也弯腰钻了进去。柜子那么小，苏晴觉得好挤。

"再会！"奥德女巫说完，关上柜子门。

柜子剧烈地震动起来，苏晴只觉得一阵眩晕，身体随着柜子上升，大片的烟灰呛得她喘不过气。又过了一会儿，柜子停住了，她们钻出柜子。此刻，苏晴和奥德女巫二人正站在屋顶的烟囱上，洁白的云彩围绕着她们。苏晴顺手抓住一片刚刚移动过来、像棉花糖似的、还有些湿漉漉的云彩。云彩融化在她的手里，成为水珠。

"该离开这里了。"奥德女巫取出飞毯，将其对折，这样飞毯和她们两个人都裹在隐形斗篷里了，她们顺利地飞过城堡上空，又顺利地飞过那些带刺的玫瑰，来到树林边缘，没有人注意到她们。

"说说城堡里发生了什么？"奥德女巫好奇地问，"我可真不明白那里是怎么了。我醒来后，就发现你不见了，卫兵闯了进来，要把我带走。"

"他们没把您怎么样吧？"

"我当然不能让他们如愿，别忘了，我可是一个女巫。在他们要把我关起来时，我放倒了几个卫兵，穿上了隐形衣。只是，你被关起来的地方可太难找了，我在城堡里搜索了三天三夜才找到你，那个地牢真是太隐蔽了。"奥德女巫说，"你是怎么见到国王的？王后呢？快说来听听。"

接下来，苏晴向她讲述了发生的一切。

"我明白了，茜茜王后抢了北国公主的身份，北国公主抢了茜茜王后的容貌。一切恶果皆有因，说不好究竟是谁对谁错，但这是个悲剧，两个家庭，不，加上国王，三个家庭的悲剧。"女巫很快捋清了思路，简单地做了总结，又叹了口气问道，"那么，接下来，你想去哪儿呢？"

"我想找北方女巫，最好能说服她放了茜茜王后。"苏晴回答。

"说服？那恐怕是件困难的事情，你要想清楚。"

"如果现在有人能送我回家，我倒是真想赶快踏出这个是非之地，可是，您有办法吗？"苏晴试探着问道。

"我确实无能为力。"奥德女巫回答。

"我只好向前走走看了，而且，如果最后能帮到他们，也是一件好事。"

"那我只有祝你好运了，我善良的孩子。我只能送你到这里了，未来的路要靠你自己去闯了。"奥德女巫说。此刻，她们已经来到森林边缘。

"谢谢你，好心的女巫。"苏晴说，"我相信自己可以做到。"其实，苏晴心里也没底气，但她还是握紧拳头，鼓励了一下自己。

"善良的人会有好的结局。"奥德女巫说，"对了，对了，这个或许能帮到你，带上它。"她掏出三个手掌大小的圆形塑料盘，像是三个玩具飞盘。

"这是什么？"

"它们叫作塑料陷阱盘，当有人踩在上面时，就会掉入陷阱里。每个陷阱盘只能使用一次。"

"谢谢您！"苏晴和奥德女巫拥抱，十分感谢她护送自己前去城堡，并且救了自己。此时，她还不知道漫漫前路会遇到什么危险呢。

"记住，朝着向北的方向一直走下去，希望你能顺利找到北方女巫，也希望你能早日回家！"奥德女巫挥挥手，指了指通向北方的一条道路。

第六章　让人变小的农田

　　苏晴独自沿着奥德女巫指给她的方向走了一会儿，但她觉得心里像是揣了一只小兔子似的，跳跃不已，越来越不安。于是，她找了一块大石头坐下，静下心，捋了捋思路。找到北方女巫，救出真正的茜茜王后，自己可以和她一起回家，也算做了件好事。可是，只凭自己能打败北方女巫或者逃过女巫的眼睛救出茜茜王后吗？苏晴从来没这样冷静地思考过，但她仍想不出个结果。她只好继续迈开脚步，向前走。

　　这是一条由石砖砌成的小路，小路四周长满了杂草。一路上，别说人了，连个动物的影子也没有，苏晴觉得很孤单。

　　中午的太阳晒得她汗流浃背。之前，她已经脱了来时穿的羽绒服，现在把毛衣脱了也不能让她感到一丝凉快。她口干舌燥，双眼发花，希望眼前赶快出现一条小河让她痛痛快快地喝上几口水，可是向远望去，只有连绵的群山和无尽的草地。"总得在太阳落山之前找到户人家，那样我就可以吃些热乎的东西，休息一下了。再坚持一下！"苏晴在心中给自己打气，尽管未知的漫漫前途让人充满了怀疑和无助感。

　　走着走着，她终于惊喜地发现了大一片碧绿的农田，田里有绿油油的青菜、红彤彤的西红柿、亮油油的茄子。蜜蜂和蝴蝶在花丛间起舞。苏晴顾不得欣赏风景，她又累又渴，一屁股坐在一棵苹果树下。这棵苹果树旁立着一个低矮的牌子，坐下时刚好可以清楚地看见上面写的字迹：

伽马挖佳阿路木亚

苏晴没读懂这行字的意思，也没有心思研究这些奇怪文字。她顺手从苹果树旁边的藤架上摘下一个西红柿，用手绢擦了擦，然后大口吃起来，酸酸甜甜的果汁流进她嘴里，这真是她这辈子吃过的最好吃的西红柿。苹果树四周，碧绿的蔬菜叶子随着微风上下起伏，带来阵阵凉意。渐渐地，困倦让苏晴合拢了双眼，她蜷在树下睡着了。等她再次睁开双眼的时候，吃惊地发现自己正躺在茂密的丛林里面。在她头顶上，一片连一片的巨大叶子遮住了阳光，而这些"树"的枝干不是常见的棕色而是绿色，上面还长满了短小的毛刺，有些枝干里面流动的液体清晰可见。有些"树"顶开着巨大的黄色花朵，从花朵里飘来浓郁的油菜花的香气。在她身后，一个比她高好几倍的软烂的红色物体，正冒出泛着酸味的红色液体。红色液体流到脚下，把她的鞋弄得黏糊糊的。苏晴揉了揉眼睛，又拍了拍脑门，才确定她不是在做梦。

"不对，不对。"苏晴摆摆手，"刚刚我只是睡着了，睡前我只是吃了个西红柿而已，而且是在农田里。难道是西红柿让我产生了幻觉？"

此刻，苏晴站起身，不得不向与红色物体相反的方向行进，她觉得那软软的红色物体有点像刚刚吃过的西红柿。苏晴觉得自己完全迷失了方向，也不知道这里是什么地方，她只能向前走着看了。

地面坑坑洼洼的。"这究竟是哪儿？我睡着时被别人挪动了吗？"她想了想，开口问道，"有人吗？有人吗？"

这里的草长得很高，她还辨认得出那是草，因为她在女巫院子里见过长得很高的青草，只是这些草太高了，比人还要高。苏晴用手拨开前方阻挡她的青草，像撩开窗帘那样。

没走多远，一条平静的大河横在苏晴面前。河水是土黄色的，只有在风吹过时才卷起一丝波澜，翻滚着夹杂泥土的泡沫。巡视四周，苏晴找到一块长长的木头，木头背面十分粗糙，像是一块棕色的树皮，两头微微向上翘起。她用力把木头推到河里。"这是一艘简易的船，确实很像船。"她自言自语道。她又找来一根小木棍代替船桨，颠颠簸簸地划着这艘从大自然找到的、未经加工的小船，行驶到了大河的对岸。下了船，她总算松了口气，很庆幸这是一条不深的大河。虽然苏晴曾和爸爸在公园里划过船，但自己划船还是头一次。

然而就在这时，危险悄悄靠近了。苏晴正用手绢擦着被河水打湿的衣服时，一条巨大的、浑身长满绒毛的绿色怪物悄悄从她身后的"树"干上爬了下来。当那怪物发出"窸窸窣窣"的声音的时候，苏晴回过头发现了它。而它已经爬到苏晴身旁，低下头，张着嘴，正准备像吃掉一只昆虫那样吃掉她。苏晴吓了一跳，任谁遇到这样的情景都会吓得双腿发软的，可她不得不迈开发软的双腿拼命奔跑起来。

"救命，救命！"她大喊起来，期盼着附近能有人听到她的呼喊声。那怪物拱着它柔软的绿色身体灵活地向前移动着，紧追不舍。突然，天空下起雨来，怪物没有再追她，而是躲到附近的一个泥洞里去了。苏晴松了一口气，但很快，她意识到哪里似乎有些不对劲。

一滴巨大的雨滴从天而降，将她包裹在里面，她双手向前拨开水滴，终于呼吸到空气。紧接着，又是一滴。她向前奔跑，企图躲过那些巨大的雨滴（她已经不确定那是不是雨滴了）。"咣咣，咣咣，咣咣……"她耳旁回荡着吓人的巨响，这是那些巨大雨滴打在头顶的"树叶"上发出的声音。有的雨滴穿过"树叶"砸了下来，有的则被"树叶"挡到了别处。苏晴的身上湿漉漉的，浑身发抖，脚踩在变得又湿又滑的土地上，步子慢了下来。很快，周围汇集了许多条小河，眼泪和雨水也汇集到一起，在她脸上奔流。又是一滴雨朝苏晴的脑门重重地砸了下去，她体力不支，晕晕乎乎地倒下了。

当苏晴再次醒来时，周遭又变了模样。这回，她正舒舒服服地睡在一张柔软的床上，而她的床前围了一圈又一圈的人。

"我没见过她。"

"我也没有。"

"你见过她吗？"一位大婶问。

"没有，从来没和她玩过。"一个年幼的女孩子回答。

"看来是新来的。"一位大叔说。

"问问再说。"

"是新来的也不足为奇。"

"能来到这儿，是一个幸运儿。"一个人说。

"我可不那么认为。"另一个人接着他说。

"快看，醒了，她醒了。"一个老奶奶喊道。

苏晴恍恍惚惚地坐起来，好奇地看着周围的人，问道："请问我这是在哪里？刚刚好像做了个奇怪的梦。"

"欢迎你来到小人儿国，成为我们国家新的一员。"一位身材胖胖的秃顶男人从人群中间一摇一晃地挤到苏晴面前。他大腹便便，光光的头顶上戴着一顶由金黄色的玉米穗子和蓝白相间的小花编制成的皇冠。"我是这个国家的国王。"他接着说，"你不必拘礼，我们这里是个欢乐、富足的国家，有丰盛的食物，你可以尽情地吃喝玩乐。"

"除了要小心田鼠怪。"旁边的一位小声补充道。

苏晴下床，站起来后鞠了一躬，感谢道："谢谢您。我不知道这是哪里，但我很快就要离开这里的，能不能麻烦您给我一些水和食物？"

国王点头示意了一下旁边一个大臣模样的人。很快，盛着丰盛食物的托盘被端到苏晴面前。

国王又摇了摇头说："不是我想留下你，而是你自己不得不留下。外面的世界对于现在的你来说，太危险了。"

"十分感谢您。外面虽然危险，但我还有一些事情急着去办，而且我还要回家，我不回去，妈妈会很着急的。"苏晴回答。

屋里的人发出一阵议论声。国王叹了口气说："那你还是先和这位谈谈吧。"说着，他把一位穿着粗布衣服、皮肤晒得黝黑、农夫模样的男人叫到苏晴面前，自己带着众人转身离开了。

"不要想离开的事情，不可能离开了。"农夫叹了口气，坐在圆桌旁的椅子上。

正在苏晴纳闷为什么的时候，他又接着说："我来了有一年了，当初和你现在的想法一样，整天想着怎么回家，可是到了现在还是一样留在这里，唉。在这里除了不能和家人团聚，小心不要被那些田鼠吃掉外，其他的都还不错。"农夫无奈地叹了口气。

"为什么不能走呢？"苏晴好奇地问道，"又没有士兵把我困住。无论如何，我还是要走的。"

"不是不能走，关键是你走不了多远。你没法恢复成原来的样子，就算走出菜园，也可能被人当成蚂蚁踩死。就算侥幸没被踩死，回了家，还要被家人当成蚂蚁来养着，不如不回去算了。"农夫难过得皱着眉头，痛苦地摇了摇头。

　　"不……等一下，是不是我年龄小的原因，您在说什么，我实在是听不懂。"苏晴说。

　　"哦，对了，对了。你可能还不清楚自己已经变小了吧？"农夫说。

　　"变小？"苏晴走到附近的镜子旁照了照，"没有，我并没有变小。"

　　"呵呵，那面镜子也是很小的，怎么比得出来。"农夫笑道，"你是不是也吃了菜园里的水果？"

　　苏晴点点头，这才回忆起晕倒之前发生的事情，她确实吃了个西红柿，醒来后一切都变了模样。

　　"这就对了，当初我和你一样，都是吃了园子里的水果变小的。有一天，我在附近的树林找丢失的山羊，迷了路。走出树林，发现了这个菜园，便爬到树上摘了个苹果。我坐在树枝上，刚吃了一半，谁知身体突然变小了，剩下的大半个苹果就掉到地上了。我变得比一只毛毛虫还小，根本没办法从树上跳下来。一只大鸟冲了过来，好在它没有把我当作饭后的点心，而是好心地驮着我，带我飞到地上。"农夫喝了口水，继续说道，"这里生活着一群很小的居民，也有不少像咱俩一样到这儿的人。这里的居民都挺善良的，很乐意接受外来的人，这里的食物非常多，再说我们这样的小人儿又吃不了多少，一个西红柿就够我们吃上十天半个月了。"

　　"难道就没有什么办法再变大了吗？"苏晴着急地问，她可不想永远留在这里，她还没见到北方女巫呢。

"我也想过法子，但什么也做不了。虽然我很想我的家人，但我现在的样子，只会让他们吃惊。我没法回到以前的生活，没法为他们做什么了，我可怜的儿子一定以为他的爸爸已经死了吧。"农夫开始抽泣起来，用了一张又一张纸巾。

苏晴第一次看到一个大男人哭得如此伤心，但她不知道该怎么安慰他，而她也同样绝望起来。

"难道其他先来的变小的人就甘心一辈子待在这里吗？"

"唉，日子长了也就这么过了，哪里能找到办法呢。"

但苏晴还是不死心，说："既然能变小，就总能有变大的方法。"

男人擤了擤鼻涕，擦干眼泪说："开始新的生活吧，不管怎样，生活还得继续下去。如果没法子变回去，在这里，至少我不会成为家里的负担。小姑娘，走，我再去给你弄些吃的。"

"国王的食物够我吃的了。"苏晴指指放在桌子上的两大盘菜。

"都凉了，再说，你难道不想看看我们是怎样采摘食物的吗？这里的食物可都是上好的，应有尽有，新鲜极了。"农夫推开房门，外面的阳光从浓密的枝叶间照射进来。具体地说，是阳光从大棵的菠菜叶子和小白菜叶子间照射进来。他们走到一个红色的庞然大物前，农夫用一根木棍捅了一下，庞然大物从藤蔓上掉下来，发出"咚"的落地声，苏晴觉得脚下的地面狠狠地震动了一下。

"这个红色的大东西是西红柿？"苏晴摸着西红柿红色的外皮问。这个西红柿高出她好几倍，苏晴要踮着脚，仰起头才能看见西红柿顶上的绿蒂。农夫用小刀在西红柿外皮上划了个长方形，里面的汁水喷涌而出，流进农夫手里的碗中。他用勺子挖了一些果肉放进碗里。

"我原来就是个地地道道的庄稼人，在这里干这些活顺手得很。以后你要学会这些，才能在这里生存。"农夫说。

他们又来到一棵好高的"树"下，实际上，这是一根高高的玉米秆。农夫灵活地爬上去，用刀割开叶子，拨开金黄的穗子，里面的玉米粒露了出来，农夫开始收割玉米粒。

"拿围裙接着！"农夫冲着下面的苏晴喊道。

苏晴打开农夫交给她的围裙，金黄的玉米从天而降，真是有意思极了。装满围裙后，农夫又将玉米叶子重新包好，爬了下来。

"虽然这里的资源丰富，但是，我们还是要好好珍惜大自然赐予的每一份食物。收割后包好叶子，防止玉米粒变干，以便后来的人可以继续食用。"农夫边走边说。

"那刚刚的西红柿呢？"苏晴问。

"我们都尽量摘家门口的，这样节省了不少力气。等明天，那西红柿也坏不了，我出了门就可以继续吃它了。"农夫回答。

"您真聪明。"

"这是在这里生存的规矩。"

接下来，他们走进层层叠叠的翠绿的叶子里面。农夫拨开外面的叶子，走到最里面。

"这是卷心菜。"他说，"里面的部分最新鲜。"他小心翼翼地割下叶子放进一个大布袋中，满满地装了一袋，而这满满一袋相对于那个庞大的卷心菜来说，也只不过是上面的几个窟窿眼儿。

"原来，过去妈妈买的菜上有窟窿眼儿、玉米上粒子不全，不都是因为虫子咬的，还有可能是这些小人儿搞的鬼。真是有趣。"苏晴心想。而她现在也成为这些小人儿中的一员了。

他们回到屋里，农夫开始生火熬玉米粥，香喷喷的气味飘在空气中。卷心菜炒西红柿、凉拌青菜，香喷喷的家常菜摆上餐桌，苏晴又想起妈妈做饭的味道，不禁心中又有些伤感。"后悔死了，如果老老实实待在家，这会儿也许能吃到妈妈做的饭。他们发现我不见了一定急坏了，不论如何，都要想办法回家。"苏晴暗暗下定决心。

吃完饭，农夫决定带着苏晴四处看看，提前适应生活环境。农夫吹了声口哨，不一会儿，一只巨大的蚂蚁出现在他们面前。他敏捷地顺着蚂蚁毛毛的黑腿爬到它的背上，又伸出手，把苏晴拉了上去。

"它们吃这里的食物不会变小吗？"苏晴问。

"据我观察，只有人吃了才会变小，动物不会。"农夫回答。

"这里有这么多大大的动物，我们生活在这里岂不是很危险？"

"也不是。"农夫回答，"这里的大部分动物都是友好的，只要你不主动发起攻击，对它们好，它们会把你当成朋友。"

"可是我刚变小那会儿，有个绿色的怪物追着我，想把我吃掉。"苏晴说。

"我不知道你说的是不是毛毛虫，它们不是什么危险的动物，它们爱和人闹着玩儿，顶多吓唬你一下。这里最危险、最要当心的是田鼠。它们体型很大，十分凶狠。如果只是吃些粮食也就算了，可是它们喜欢攻击人类，这里不少人都被它们吃掉了。你要当心一点。"

"被田鼠吃掉？人会被田鼠吃掉？"苏晴想到田鼠吃人的样子，吓得差点从蚂蚁背上摔下来，幸亏农夫扶了她一把。

"没办法，这里不愁吃喝，但最让人担心的就是田鼠。有些人被吃掉了，又有一些人吃了菜园的果子变小了，继续生活在这里。所以，这里的居民总数不算太多，但也不至于灭绝。"农夫说。

苏晴虽然害怕，但这里的美景很快让她忘记了烦恼。这里有高山，当然，那其实是一堆沙石和泥土堆成的。这里有河流和瀑布，当然，那不过是雨水积成的小水洼，以及从地势稍高的土地上流下的积水。但如果你变小了，你也一定会认为那是真正的河流和瀑布的。这里有漫天飞舞的黄花，那是随风飘荡的油菜花瓣，你完全可以坐到一片花瓣上，在空中浪漫地飘上一会儿。小虫儿在叶片上欢唱，蝴蝶在田间起舞，螳螂拉响美妙的奏鸣曲。

"你好！螳螂先生。"苏晴情不自禁地和一只螳螂打起招呼。螳螂伸出有力的前爪朝她挥了挥。

知了们弹奏着夏日的赞歌。"你好！知了女士。"苏晴挥着手朝一只黑色的知了问候道。

那只知了正朝她眨着眼睛，答道："知道了，知道了。"然后，又接着边弹边唱道：

夏日多么美妙。

太阳出来得早，我们起来得早，早睡早起身体好。

欢唱这新生活，不问秋天的来临，只过好这灿烂的今天。

我们爱这夏日，灿烂多美妙！

苏晴站在蚂蚁背上摘了一把玉米须子放在头上，摘了一片莜麦菜的叶子绑在腰上，用花瓣和菜梗编成花环戴在头上。她变成了一位头戴花环、身穿绿裙的金发姑娘。

"这打扮不错。"农夫笑道，"这里的人手很巧，他们也可以用玉米须和蔬菜的纤维织出漂亮的衣服。"

苏晴打开身边小一点的豌豆荚，用手指敲在豆子上面，发出了好听的声响。"我想，这儿的居民一点都不会孤单。"她说。

"那是自然。"

她跳下蚂蚁，把一个小南瓜的瓤挖出来，坐到里面。"应该给南瓜装上轮子再配两匹小马。"她说。

　　她又跳到一片长长的叶子上，像坐滑梯似的，"哧溜"从上面滑了下来。苏晴完全沉浸在这美妙的丛林探险中。

　　"不好，快上来！"就在这时，一旁的农夫突然发出惊恐的喊声。

　　前方，一只巨大肥硕、毛茸茸、嘴巴尖尖、看起来脏脏的怪物从一棵"树"下的洞穴里跳出来，正用闪着绿光的眼睛盯着他们。这只怪物比苏晴他们大好几倍。还没有等苏晴反应过来，聪明的蚂蚁伸出一条腿把她接到了蚁背上。蚂蚁快速地向前爬行，怪物紧追不舍。蚂蚁拼命地爬着，但那只怪物行动敏捷，三步两步就追上了他们。就在怪物向他们扑来的时候，两颗熟透的苹果从上空掉落下来，正好砸在那只怪物身上。怪物发出"吱吱"的惨叫声，掉头跑走了。

　　"谢天谢地，总算捡回一条命。"农夫说，"要是没变小，我早一棍子打死它了。"

　　苏晴吓得哆嗦成一团，问："那是什么怪物？太可怕了。"

　　"那就是田鼠，你原来应该见过的。"农夫说。

　　"我见过田鼠，可它们没这么大，也没这么吓人。"苏晴说。

　　"当然，那时你多大，现在你多大。"农夫说。

　　"如果有个老鼠夹子就好了。"苏晴仍然止不住地哆嗦着，她被吓坏了。

　　"看来我得回去给你煮些番茄蜂蜜糖浆，那会让你好受些。"农夫说。

　　他们回到农夫的屋子里，天色已经渐渐暗下来。吃过晚饭后，苏晴在心中暗暗祈祷："希望这只是个梦，赶快醒来，赶快醒来。"苏晴睡着了，在睡梦中，她梦见自己和妈妈一起去买菜，一颗白菜上面爬着的毛毛虫突然变大要吃掉她，她拼命向前逃跑，直到被吓醒。当她睁开眼，已经是第二天了，自己仍然还待在这间泥土砌成的圆形屋子里。她决定面对现实，振作起来。

"我要去见国王，请您带我去。"苏晴对农夫说。

"你是要去问国王变大的办法吗？"

"嗯，是这样的。他是国王，总会知道些什么。"

"唉，我也问过了，可是没从他那儿得到半点有用的东西。"

农夫把她带到一座房子外，这座房子比起农夫的家要大多了。房子四周用红辣椒作装饰，显得喜气洋洋，而不常吃辣椒的人，则会被呛得睁不开眼。"这些辣椒可以防御田鼠的攻击。"农夫说。

"请禀报国王，我们有事求见。"农夫又对守卫在房子外面的士兵说。

当他们走进国王的房子时，胖胖的国王正坐在用冬瓜制成的沙发上吃玉米饼。"你们要不要来一个？"国王问，"今年的玉米特别香。"他圆圆的肚子一颤一颤的。

"很抱歉，在吃饭的时候打扰您。"苏晴说。

"我说过，不用拘礼。有什么事吗？"国王放下手中的玉米饼问。

"我希望您能把我变回原来的大小。"苏晴说。

"这个嘛，不太可能，不，是不可能。不是让你和他谈过了吗？"国王指了指苏晴身边的农夫。

"您总有办法的，我必须离开这儿。"苏晴坚决地说。

"我要是有方便的办法，早让和你一样来这里的人回去了。难道他没有向你解释清楚吗？"国王甩甩手，"我可以把你安排在李大婶家，她会好好照顾你的。"

"可是，我真的想回家。"苏晴哭着说。

"我也可以把你安排在王大婶家，她家有一个和你年龄差不多大的小姑娘，还有一个和你一样迷了路，变小后来到这里的小姑娘。到她家生活，你会有回家的感觉。"国王安慰道。

"可我要回自己的家，妈妈见不到我会很难过的。"苏晴哭着说。

"这个嘛，不可能。"国王皱了皱眉。

"可我就是要回自己的家。"苏晴哭着说。一想到回不了家，她管不得那么多了，坐在地上蹬着腿哭起来。

"快起来，快起来！"

苏晴才没有理他，仍然坐在地上蹬着腿哭。

"大部分和你一样来到这里的人，刚开始都会想要回家，过一段时间就会适应并爱上这里的。不要哭了。"胖胖的国王有点不知所措，流了好多汗。

苏晴仍旧没有理他，坐在地上继续蹬着腿哭。

"不可能，不可能。你这个小孩吵死人了，哭得我直头疼。快来人，把她请出去。"国王挠挠头，朝士兵们说。两个士兵们把苏晴架了出去，她仍不死心地蹬着腿。

转天，苏晴又来到国王的房子。和昨天一样的对话又在她和国王之间重复着。第三天还是一样的结果，第四天，第五天，第六天……直到第十天的时候，国王厉声问道："你这个小姑娘，怎么这样折磨我？当初，为什么不看清楚木牌子上写的字就吃水果？都是这样，自己造成的后果还要来烦扰别人。我的头快被你吵得爆炸了。"

"我没看见什么字。"苏晴摇摇头回答。

"牌子上写得够清楚了。"国王掏出手绢擦擦脑门上的汗，"我们费了好大劲、好多人力才竖起那么个大牌子。"

苏晴想了想，她记起变小前在苹果树下确实看到个小木牌上写着一行奇怪的语句。"我好像是看到木牌上写了一些我看不懂的字。"

农夫上前帮忙解释说："国王陛下，也许她和我一样不认识字。"

"我认识字。"苏晴说，"或许你们的字和我认识的字不太一样。"

"现在告诉你，木牌上写的是：不要随便吃菜园的水果和蔬菜，危险！"国王说，"罢了，罢了。看不懂也好，看得懂也好，总之是警告过你们，可不能怪我。你们这些变小的人之中有多少人看懂了木牌上的字仍然不守规矩，不听劝告，吃了菜园的果实。自己做错了事，就得为自己的行为负责，也得承担后果。"

苏晴觉得国王说得确实没错，做错了事，就得为自己的行为负责，但是，做错了事情最应该做的就是改正错误。她想了想，再次央求国王说："我同意您的话，而且您好心地收留我们，我真的很感谢。但是有了错误就要改正，改正了才是好孩子啊。求求您帮帮我吧。您是了不起的国王，一定有办法的。我要改正我的错误！"

"哈哈，你这个小丫头说得倒是好听。"国王哈哈大笑道，"想要变大可不是那么容易的事。"

农夫和苏晴都从国王这句话里听出了想要变大似乎是有法可循，但又很不容易的意思。

国王也觉得说漏了嘴，悻悻地坐回宝座，那是一个用玉米梗制作的王位，上面用红萝卜做点缀，还放了一个玉米须编制的松软的垫子。

"再难我也要试一试。"苏晴说。

"对。关键是您能告诉我们办法。"农夫说。

"好了，好了，你们快走吧。别提什么办得到办不到了。"国王擦擦汗，为难地答道。这时，一个瘦高个儿的大臣凑到国王的耳旁嘀咕了几句。国王更为难了，脸涨得通红，紧张地思考起来。

"求您了。"苏晴仍然不死心。

国王叹了口气，无奈地说："真没见过你这样固执的孩子。不是我不告诉你们方法，而是告诉你们了，也只能让你们白白去送死。"

"我不怕死，愿意试一试。"农夫抢先回答。

国王又不停地擦汗，尽管天气并没有这么热。"首先，你们要除掉田鼠王。"他说。

"这和田鼠王还有关系？"农夫问。

"杀掉田鼠王，然后从它的地窖里找到让种子迅速生长的药水。为了我的子民，你必须杀掉田鼠王，我才能告诉你接下来怎么办，况且要从它的地窖里找到药水，才能谈接下来的问题。"国王回答。

"让种子迅速生长的药水？也可以让我们变大吗？"苏晴问。

"你们先找到再说。以后的事，我自然会告诉你们的。"国王回答，"不过，这么困难的事想必你们也不愿意去干。"

"我们找到药水后需要做什么？"农夫问。

"你们能办得到就办，办不到也就不用知道以后的事了。虽然我很希望能消灭田鼠王，让国家得到安宁，可我并不指望你们能做到。你们最好听我的，快快打消变大的念头，好好地在这里生活，小心田鼠，什么都别提了。"国王又开始紧张起来，苏晴也不知道他在紧张什么。

"国王，请让我们商量一下。"农夫把苏晴拉到一边。

"小姑娘，凭咱们两个人的力量，根本不可能消灭田鼠王，更别提找到药水了。而且，国王所说的'以后的事'也不知道是什么。你还愿意试试吗？"农夫问。

"谁是田鼠王？"苏晴问他。

"我和你说过，这里最要小心的就是田鼠，田鼠王就是他们的头领。"

虽然，苏晴心里对于消灭田鼠王的事一点底气都没有，可为了回家，她决定无论如何都要试一试。

"国王陛下，我们愿意试一试，但请派些勇敢的士兵和我们一起去消灭田鼠王吧。"农夫又对国王请求说，"就算不能变大，我也愿意为国家的安宁尽一分力量。"

"好！这些可恶的田鼠杀害了多少子民，我早就想和他们打一仗了。既然你们非要去，我也不拦你们了。"国王高兴地说，尽管他笑得有些沉重。

国王召集了所有的子民，宣布要攻打田鼠的消息。有的人担忧，有的人高兴，大家议论纷纷。

"太危险了，白白送死。"一个人说。

"就是，我们现在生活得很快乐。"一个人说。

"但是，快乐是快乐，却不安定，今天快乐，明天很可能就被田鼠吃掉。我们应该支持攻打田鼠，把田鼠赶出我们的土地，才能获得永久的安宁。"一个人说。

"太危险了，我们不要去主动招惹它们，躲还来不及呢。"

"好了，大家都静一静。如果这次计划成功，杀掉了田鼠王，那些因为误食果子而变小的人说不定可以变大重返故乡。这次战斗，我身边的这两位子民已经决定加入。"国王指了指苏晴和农夫，说，"你们还有谁愿意加入这次计划，可以站出来。"

"国王陛下，我愿意前去打头阵。"一个率领士兵的将军首先站出来，说，"誓死保卫我们的国家。"

"真是我国的好将领。"

"我们愿意追随将军，保卫国家。"一队士兵说。

"我愿意去。"一个白发苍苍只有一条胳膊的将军也站了出来，在上一次和田鼠的搏斗中，他失去了另一条胳膊。

"国王，我愿意去。田鼠伤害过我的亲人。"一个人从人群中挤过来。

"国王，我也愿意去。只是不知道，您说的可以让我们重回故乡，是不是可以实现？"一个年轻人站出来问。

"我只能说有这样的机会。"国王抓抓脑袋答道。

"我愿意，我愿意保卫我的亲人们。"

"我愿意。"

"我也愿意。"

"我也愿意。"

"我也愿意。"

很多人站了出来。

国王向众人致敬。他让大臣取来一支别致的针，针头部分用绿色的植物裹成了手柄状。他把针交到苏晴手里。"这是我先辈留下的佩剑，也是我唯一能给你的武器，但愿你能用它来刺穿敌人的胸膛。现在我封你为副将，和他们一起去战斗。既然是你发起这件事的，你不但要对自己的性命负责，也要对我子民的性命负责。这几天你要和将军、大臣们想出好的对策来对付田鼠王。"说完，国王转向众人扬声道，"正义终将战胜邪恶！"

"正义终将战胜邪恶！"将军带领士兵喊道。

"正义终将战胜邪恶！"人群异口同声地高声呐喊道。

第七章　大战田鼠王

　　在接下来的三天里，大家都在商量如何除掉田鼠王的问题。其实，谁也没有十足的把握。在此之前，小人儿国的人民也尝试过对抗田鼠，但都失败了，因为他们个子太小，田鼠却硕大无比。

　　"只能智取，不可力夺。"一条胳膊的将军说，"我参加过几次战斗，比较熟悉田鼠们的活动地形。"他在沙土上画着地图。

　　"擒贼先擒王，我们要先擒住田鼠王。"另一个将军说。

　　"想要擒住田鼠王得打入它们内部的地洞。"一条胳膊的将军说，"这不是件容易的事，先得打败外面防守的田鼠。"

　　将军和士兵说着，还有几个格外有经验的民众也都各抒己见。苏晴有点插不上话，她脑子拼命转着，想要想出一个好办法。这次，国王还封了她个副将，真是没想到，可是，她是个手无缚鸡之力的小孩子，对战斗一窍不通，要让她对大家的性命负责，真是有些困难。

　　"制作老鼠夹子。"好半天，她终于在大家都不说话时提议道。

　　"不错的想法！我会弄这个。"农夫说。

　　"可是我们没有制作老鼠夹子的材料，比如钢铁，如果只用植物做绳子，用不了多久，就会被它们挣脱的。"一个年轻男子说。他也是变小后来到这里的，而小人儿国的原住民，根本没有见过老鼠夹子的样子。

"挖陷阱。"农夫提议。

"它们的跳跃能力很强，很容易就能跳出来。"将军说。

"编制大网，困住它们。"苏晴提议。

"虽然我们这儿的人织布裁衣没什么问题，可是没人会编那种很结实的网。"将军说。

苏晴想起，在家时妈妈教过她编网兜的方法，她说："我会一些，不知道可不可以试试。"

国王发动小人儿国最心灵手巧的妇女们，按照苏晴提供的方法，将玉米叶子搓成一根根结实的绳子，再编织起来。编出来的网兜果然很结实。他们派出最强壮的士兵在田鼠老巢附近挖了几个陷阱，并盖上杂草，铺下大网，调遣了一部分动作灵活的人，在田鼠们睡觉时把大部分洞穴堵住。他们还听了苏晴的建议，在下雨天用橙皮制成的罐子接满了水……

经过十几天的艰苦准备，他们终于决定在一个天气晴朗的中午发起进攻，这是一天中田鼠最昏昏欲睡的时候。当尖尖的木棍刺向田鼠们的时候，那些负责守卫的田鼠也没能完全反应过来。他们往田鼠的洞穴倒了些事先用橙皮储存好的水，田鼠们惊慌失措地逃了出来，一个挨着一个，只顾向前挤着逃命，根本没注意到脚下被杂草覆盖的陷阱，纷纷掉进陷阱。士兵们赶忙抬着橙皮罐子，将雨水倒进陷阱。那些田鼠喝饱了水，沉了下去。一些跳过陷阱侥幸逃脱的田鼠踩在由玉米叶子编织而成的大网上，被吊起来，悬在半空挣脱不得。还有一些田鼠被士兵用由泥土、玉米和番茄制成的炮弹打得落花流水，仓皇而逃，跌进了附近的积水里。

在将军的带领下，苏晴和一队士兵冒着生命危险从另一个秘密

入口进入了田鼠王的洞穴里。

"田鼠王的住处在洞穴最隐蔽的地方，那些水进不去。"一条腿的将军颇有经验地说。

他们在又潮又湿的田鼠洞穴里摸索前进。前面人点亮火把，照亮了黑暗的洞穴，这里面散发着让人恶心的臭味，地上还有一些没有完全腐化的白骨，那是被吃掉的小人儿国的可怜子民。

"太残忍了。"一个人恨恨地说。

洞穴悠长曲折，他们拐来拐去，在洞穴里来回穿梭，始终没有找到田鼠王的住处。这里压抑的气氛让人胸口憋闷，喘不过气，可大家还是不得不打起十二分精神来应对随时可能出现的田鼠王。这是一群爱好和平的小人儿国子民，他们不擅长进攻，更不愿主动挑起战争，也没有受到过多少训练。如果不是那些田鼠最近愈加频繁的侵略，他们此刻应该还可以待在温暖的家中吃水果。

大家又下了好几个陡坡才进入洞穴最深处，终于找到了田鼠王的住处。四周静悄悄的，火光照亮洞穴，这是一个宽敞的大厅。大厅里，只有一只胖胖的大田鼠窝在一个金黄色的大座椅上，头上还戴着皇冠，而那皇冠其实不过是它不知从哪里找来的黄色瓶盖，它的身体比其他田鼠更加肥大，这就是田鼠王。

它丝毫没有意识到危险的靠近，空荡荡的大厅里只有它轰隆的呼噜声。将军冲到前面，静悄悄地接近田鼠王。在将军距离它只有一米左右，准备刺向它时，它突然睁开了大大的眼睛，那眼睛射出一道绿色的光亮，众人都被吓了一跳。

"你们这些小人儿竟敢来我的巢穴，看我今天就吃了你们这群小不点儿。"说着，它就扑了过来。好在最前面的将军用西瓜皮做的盾牌挡住了田鼠王插过来的两颗锋利的牙齿。好险！牙齿插在了西瓜皮里，否则裂开的就是将军的胸膛而不是瓜皮。

　　不过，这边危险没有解除，那边又冲出三只田鼠扑向后面的人。大家四处逃散开，大厅的立柱后面又窜出七八只田鼠。在洞穴里，混乱的交战真正开始了。有的人举起削得尖尖的木棍抵挡；有的人投掷事先准备好的西红柿炸弹；有的人投掷浸了大量洋葱汁的玉米棒，那些洋葱汁辣得田鼠们睁不开眼；有的人向地面上洒绿豆，田鼠们个个站不稳，当然，小人儿国的子民们穿着特制的防滑鞋，这是苏晴想出来的主意。

　　将军扔掉瓜皮盾牌，趁着田鼠王的牙齿还卡在瓜皮上，用力把手中的木棒刺向田鼠王。它惨叫了一声，用爪子扑倒了将军，锋利的牙齿透过西瓜盾牌刺入了将军的胸口。田鼠王冷笑了一声，从地上抓了一把土捂在胸口，又抬起眼盯着苏晴，亮闪闪的目光射过去。田鼠王朝苏晴追了过去，苏晴慌忙躲在附近的立柱后面，田鼠王扑了空，撞在立柱上，将黄泥土堆砌的立柱撞了个粉碎。田鼠王没有善罢甘休，它胖胖的身体矫捷而灵敏，继续扑了上来。苏晴头也不敢回，沿着离她最近的一条细长的地洞拼命地跑去，企图躲过田鼠王的追杀。

　　"不行，我得像个勇士一样和它搏斗。可是，我没有锋利的牙齿，也没有它力气大，唯一有的只是国王给我的针，可我根本不知道该怎样把它当成一把剑来用。"苏晴边跑边想。"只能智取，不可力敌。"她脑子里突然冒出一条腿将军说过的话。可是怎么智取呢？

　　她的心紧张得扑通乱跳，她的腿也从来没有跑得这么快过，她的脑子快速地思考着，终于，她记起背包里奥德女巫送给她的礼物。"不知道这个管不管用？"她心想，但管不了那么多了，眼前的危险越来越近。她边跑边脱下背包取出塑料陷阱盘，向后面扔过去。田鼠王没有注意到这个小小的陷阱盘，它一脚踩在上面，却不想，塑料陷阱盘突然越变越大，越变越深。田鼠王深深地陷了进去，被困在了里面。苏晴走到附近更高的坡上朝陷阱里看。那田鼠王在陷阱盘里怎么向上跳都跳不出来，它愤怒地朝上面发出一声震耳欲聋的咆哮，周围的洞穴墙壁都被震得"吱吱"作响。苏晴哆哆嗦嗦地举起国王给她的佩剑，使出全身力气朝田鼠王扔过去。那剑正好扎住田鼠王的背部，鲜血喷出来，它尖叫着在陷阱盘里面打着滚。

过了一个多小时，田鼠王不动了，塑料陷阱盘渐渐缩小，田鼠王也被缩小禁锢在里面。这一个多小时对苏晴来讲可真够难熬的，她坐在地上喘着粗气。"吓死我了，吓死我了。"她说。

接下来，她平静了一下心情，很快想到要和自己的队伍汇合。但她来时只顾着躲避田鼠王，拼命地跑个不停，根本没有记住来时的路，而这条细长的路中间又有多个小洞的分叉口，苏晴也不知道自己应该往哪个方向走了。于是，她选择了中间的一条路。

这会儿，洞穴里的火把熄灭了，还好背包里的手电筒也变小了。苏晴打开手电筒照明，保持着警惕，生怕再有田鼠蹿出来。在静悄悄的洞穴里，她的听觉变得格外灵敏。

"滴答，滴答"，不远处传来滴水的声音。苏晴顺着水声进入一个很小的洞穴里。

"这里绝不是来时的路。"她好奇地看了看里面，对自己说道。

洞穴中到处堆放着酒坛、肉和水果。原来，这是田鼠王储存食物的地窖。地窖左边有一个泥巴堆砌的高台，苏晴爬上去，看到上面摆放着一个贝壳。

"准是用来夹人的，我才不会上当呢。"她心想。她用从地上捡来的一根木棒敲了一下贝壳。"嘣"的一声，贝壳打开了，里面有一个盛满液体的玻璃瓶子。"这难道就是国王所说的让种子迅速生长的药水？"苏晴心中兴奋不已，小心翼翼地把瓶子放在背包里。

突然，手电闪了几下，不亮了。这下可糟透了，苏晴被困在这黑暗里，什么都看不见。她从高台上下来，可是根本没有办法在黑暗里走那么远的路，更何况她也不知道该往哪里走。这下子，她害怕极了。潮湿、黑暗、阴冷的洞穴让她不禁哆嗦起来。

就在这时，洞穴里发出一阵细碎的摩擦地面的蠕动声，又是一阵"滴答"的水声。

"谁？有人吗？"苏晴问道。没有人搭理她，大部队可能还没有找到这里，而田鼠们也绝不会回答她的问题。

洞穴突然被一道绿色的光照亮了。苏晴向脚下一看，高兴地笑了："我的朋友，我亲爱的小毛虫，是你又来为我指路了。小家伙，你在我的书包里睡着了对不对？你也变小了。"原来，是她亲爱的毛虫朋友在她最需要帮助时又不请自来地出现了。

只见，小毛虫在前面爬行，它发出的光亮照亮了四周，苏晴紧紧地跟在它后面。在毛虫的指引下，苏晴顺利地穿过阴暗潮湿的老鼠洞穴，回到了田鼠王的大厅里。这里到处都是刚刚搏斗过的痕迹，地上还堆满了田鼠们硕大的尸体，可是四下里却没有看见小人儿国子民的队伍。

"希望他们已经得胜而归了。"

苏晴独自沿着来时的路回到了国王的住处。一路上，她很担心众人的安危。

此时，国王的住处外已经围满了成群的子民。

"请让一让，请让一让。"苏晴挤进人群。人群中央的空地上，将军、农夫还有其他二十几个人平躺在土地上。国王站在他们旁边哀伤地抹着眼泪，众人也都在抽泣着。

"看，我们的副将回来了！"有人认出了苏晴。

国王抬起头，擦擦眼泪，走过去拍拍苏晴的肩膀，有些激动地说："你没有死，这真是太好了。和你一起的队伍中的大部分人都受了伤或是牺牲了。他们在田鼠王的洞穴里找了半天，也没有找到你。你还活着。"

"让大家担心了。"苏晴回答，"田鼠王死了。"苏晴把塑料陷阱盘扔在地上，变小后的田鼠王还被禁锢在里面。苏晴感到一阵头晕和恶心。

众人们都围过去，仔细看着这个塑料陷阱盘里面的田鼠。

"是田鼠王，瞧它的脑袋上还戴着个皇冠呢。这个小姑娘消灭了田鼠王！"众人惊喜地大声高呼。

"瞧，这个田鼠王也变小了。"

"你是怎么把它变小的？"

"一个小姑娘消灭了田鼠王，真是太不可思议了。"国王说。

"禀报国王，附近发现许多灰溜溜逃离农田的田鼠。"一个侦查的士兵跑回来禀报。

"我亲爱的子民们，为我们的勇士而欢呼吧！从此，我们将获得和平和安宁！"国王激动地说。他兴奋地掉下眼泪，脸上的肉激动地颤抖着。

"这个小姑娘是我们了不起的勇士！"子民们振臂高呼。

周围的民众都凑过来和她拥抱。然而，苏晴的心情很是低落，她一点也高兴不起来。那二十几个小人儿国的善良居民永远地离开了。农夫平静地躺在那里，永远看不到他的孩子了，还有那位勇敢的将军和其他牺牲的人。如果不是她提出要去和田鼠王战斗，可能他们还能继续欢乐地生活着。苏晴站在那里止不住地流眼泪。

国王安慰道："将军要是知道田鼠王被消灭了一定很开心，他向来以保卫国家、保卫我们的人民为荣。"

他们来不及庆贺这次伟大的胜利，只是简单地奏了几支欢快的乐曲，而后乐曲就变得沉寂而哀伤，他们悲伤地埋葬了这些勇士。

最后，苏晴问道："国王陛下，我已经找到了您说的药水。这个可以使我们变回原样吗？"她掏出从田鼠王地窖里找到的蓝色药水瓶子。

国王叹了口气，显然事情并不是那么容易。

"是把药水喝下去吗？"苏晴又问道，她看国王不出声有些着急了。

国王摇摇头，支开所有人，独自把苏晴带到小人儿国储藏室里的一个雕刻着精致雕花的柜子跟前。国王从柜子里面取出来一枚核桃，将核桃打开后，一颗青豆映入眼帘。

"亲爱的勇士。"国王缓缓说道，"我和我的子民都很感激你消灭了田鼠王，可是如果你想要变大，接下来恐怕还有一重考验。正如我之前所讲，那并不是件容易的事情。"

第八章　巨人的树屋

　　那瓶药水喝下去当然不能变大，否则那些田鼠早就靠喝下那瓶药水变得更大了。当国王说出所谓的"另一重考验"时，苏晴差点没气晕过去。

　　"这瓶药水可以让这颗青豆长到天上去。"国王神秘兮兮地小声对她说，"而你要做的就是顺着豆藤爬到天上，敲开巨人屋子的大门，拜托他给你所需要的变大药水。"

　　"什么？爬到天上去？巨人？"苏晴以为国王在跟她开玩笑。

　　"对，巨人在天上，很高的天上。当然，如果你可以飞到天上去就更方便了。"说着，国王比画着飞行的动作，挑了挑眉毛补充道。

　　苏晴觉得国王的语气中带有一种嘲弄的态度，突然有种上当的感觉，但这又能怪谁呢？农夫早就提醒过她，国王不是也一再强调这是一个不能完成的任务嘛。

　　"我怎么可能会飞？您别再跟我开玩笑了，好不好？豆藤怎么可能长那么高，就算长得了那么高，那还不得十年半载。"苏晴皱着眉生气地说道。"哇——"想到可能再也回不了家，见不到妈妈时，她突然又急得大哭起来，她甚至开始想念姐姐的唠叨和同学的捉弄。

"我可没有要糊弄你。那瓶药水虽然不能让你快速长大，但是却可以让青豆快速长大。你如果打算变大就得那么做，否则我也无能为力。我早就说过你不要自讨苦吃，否则会搭上性命。罢了，你还是留在这里吧，这里的子民会一直把你当作英雄，好好照顾你的，我也很欢迎你留在这里。"国王说。

"把青豆种下去再说！"苏晴有些郁闷地大声说道，胡乱发起脾气来。烦闷和愁苦一股脑儿涌上来，加上身体上的疼痛，令她心情极差。好在，好脾气的国王并没有和她计较，他真的是一个和蔼可亲、不摆架子的国王，再说苏晴还是他们国家的大英雄呢。

国王带领着苏晴和士兵向菜园中央一块最大的空地走去。一路上，周围聚满了看热闹的民众。

"快回去吧，回家好好休息去，田鼠王被消灭了，你们都可以回去睡个安稳觉了。"国王挥着手对他们说。他大概并不想让人们看到这条长高的豆藤，总之，知道的人越少越好。可一旦豆藤长高，谁又会看不到呢？众人磨磨叽叽地跟在国王的队伍后面，不愿意回家。

苏晴并不太相信青豆可以迅速长高这件事，那只是动画片里的故事而已。说实在的，国王也没见过能长到天上去的豆藤，但他坚信祖辈的传说。国王命人将青豆埋在土里，他亲自把苏晴带回来的药水小心翼翼地洒在埋着青豆的土地上。众人都目不转睛地盯着眼前光秃秃的土地。不一会儿，也就是众人又眨巴一下眼睛的工夫，一个豆绿色的细小苗芽儿从土里冒了出来，青豆开始发芽了。接着，它抖了一抖，冲出地面，快速地向上生长，而且豆茎越长越粗。很快，刚刚还只是小拇指粗细的豆藤就长大了好几十倍。豆藤"突突"地向上长着，转眼间，它的最顶部就钻到云霄里面，看不见了。众人被眼前的情景惊呆了，只有国王仍然保持着泰然自若的表情，显然，他对眼前这一切是有些心理准备的，他只是长长地舒了一口气。

传说，云层里有间树屋，里面住着一个高大的巨人。有人说，巨人长着九个脑袋，每个脑袋上都有一双眼睛和两个嘴巴，因此他可以看到四面八方。哪里有不听话的小孩，他就会趁着半夜，爬下豆藤，用其中一个嘴巴咬他们。对于孩子，他也只是吓唬他们一下，让他们的屁股痒痒一下而已；而对于某些作恶多端的成人，他会咬掉他们的鼻子。也有人说，巨人是个仙女，长着漂亮的长头发，她用魔镜看到迷路的小孩儿，就会飞下来，用她的长头发为他们指引方向。但别以为仙女都是好脾气，如果谁敢不请自来地跑到她的树屋里，她会用她的长辫子卷起那人，将其从空中摔到地面。但事实上，没有人见过巨人真正的模样，况且这棵豆藤消失那么久了。在小人儿国国王的祖辈传下来的秘密中，记载着关于豆藤生长的方法，也同时记载着巨人善于配制各种药水，这其中就包括可以让人变大的药水。不管你相信不相信，小人儿国的国王坚信巨人和他们的祖先有着某种密切的联系。

巨人和小人儿有着某种关联，听上去有些离谱，但是现在，这条已经长出来的豆藤就是最好的证明。这终归是个秘密，所以国王才会犹豫很久不肯说出来，但为了国家的子民，他还是做出了选择，并最终信守了承诺。可接下来的事情也是真够麻烦的，这可不是谁能控制得了的。

听过这些传说的居民极力劝阻道："请不要上去，那上面有巨人，吃人的巨人。"

"还是留在这里安安稳稳地生活吧，我们的英雄。"

"这是不是和变大有关系？国王不是说打败田鼠王，我们就能变大吗？"其中一个人猜得一点也没错。

"我们什么时候能变大离开啊？"有人问了国王最不想回答的问题。

国王瞥了他一眼，问："你们之中，谁善于攀爬？"

"我们爬过最高的地方也只不过是一根高高的玉米秆啊！"一位农夫回答道。

讨论来讨论去，谁也不愿意爬上去看看。最后，苏晴决定告别大伙儿，亲自爬上去看一看。

豆藤最顶端会在天上自动寻找和它关联的树屋，苏晴只要顺着豆藤向上爬就可以了。这是说起来容易、做起来困难的事情，想要爬到顶端真的不是件容易事，这需要惊人的耐力和毅力，即便是最擅长爬高的人也未必能做得到，更别提苏晴这样一个小女孩了。可是，对于苏晴这个渴望回家的人来说，任何困难似乎都算不上什么。

国王吹响哨子，一只小鸟落在地面上。"坐到上面去吧，这是珍珠鸟，虽然这只鸟很小，也飞不太高，但总归还是能帮上你一些。"国王对苏晴说，"如果两个月后你还回不来，我只能表示抱歉了，我们必须砍断豆藤。这是祖先的忠告，我们必须遵从，我得保护我的子民免受其他危险。"说完，国王命令几个士兵抬来一个大筐，里面装满了各种食物。他又接着说："你会用得上的，爬完这个藤怎么也得用上几天几夜或者一个月的工夫。谁知道呢？反正没有人爬上去过。这些食物够你吃一段时间。现在，我只能祝你好运了。"国王是个很细心的人，说完，他和苏晴拥抱了一下。其他小人儿国的子民们也明白了即将发生的事情，他们也纷纷过来和苏晴拥抱，祝她好运。

还有位大婶送给苏晴一副玉米穗编织的手套，说："这也许能让你的双手舒服一些，我可怜的孩子，千万要小心点儿。"

苏晴背起篮筐，戴上手套，毅然决然地坐到珍珠鸟的背上。"我会回来的！"她朝大家挥手。

"再见！"

"再见！"

"再见！要好好回来！"

珍珠鸟带着苏晴向上飞了一段就坚持不下去了，它把她放到豆藤上。苏晴顺着豆藤向上攀爬了很久很久，久到她感觉四肢麻木，在此之前她甚至没有爬过一棵树。困了，她就把自己缠在豆藤上，睡一会儿。有几次，她真的累得虚脱了，汗水把她浸得湿透，当微风吹过，她才清醒一点。有几次，她真的快要被高空的寒冷给冻僵了，眉毛都结了冰，当温暖的太阳升起时，她才像一条从冬眠中复苏的蛇一般活了过来。有几次，她真的坚持不住，想要放弃了，可是没有退路，眼前是看不清边际的天空，下面也已经望不到底，她只能向前。

每天夜里，待在树藤上的清冷和孤独是难以想象的，只有太阳再次升起时，她才微微感到希望又充满胸膛。她心中是害怕的，因为随时都有掉下去的危险。偶尔，她在夕阳西下的时候坐在树藤上看着蓝蓝的远方，心中感到些许的平静。渐渐地，她已经习惯了每天向上爬的日子，不再感到害怕了。

在树藤上，她也不止一次想起远方的家，可是生活终究不能重来，只能向前，向前。

空中的小鸟成了帮助她的朋友，它们衔来盛满水的叶片，喂进她的嘴里。当然也有来捣乱的老鹰，她只好挥舞玉米棒驱赶它们。也许，因为她太小了，老鹰并没有把她当成食物的意思。

饿了时，她卸下背在后背上的大筐，把筐别在豆藤上，取出食物，坐在弯出来的豆藤枝杈上，在空中吃起东西，她这一系列的动作已经驾轻就熟。

马上，苏晴又面临一个新的危险，上方的豆藤穿过了一大片云彩。"自然课学过，云彩是由无数小水滴组成的，我会不会被淹没呢？"苏晴心想。但她没办法绕行，还是钻进了云里，顿时感觉湿漉漉的。

一个小纸片似的尘埃闪着光和她打招呼："你好啊！你来这儿干吗？一会儿，上面的云彩姐姐和我要下一场雨。"

"我要向上爬，爬到云的顶端。"苏晴回答。

"那你要小心点儿，可怜的小虫子。"尘埃说。它把苏晴当成一只小虫子了。

"谢谢你的提醒，我会小心的。"苏晴说，"如果能有件雨衣就好了。这里面都是水。"

她穿过这片云彩，上面又是一朵，那朵云彩黑黑的，天色也黑起来，刮起大风，大风吹得豆藤左右摇晃。不一会儿，下起雨来。苏晴倒掉所剩不多的食物，把大筐扣在脑袋上，待在豆藤的一片叶子下，总算躲过了这场暴风雨。这是她这辈子做过的最无奈的赌注，如果再过几天才能到达树屋，她可能就会被饿死在上面。

幸运的是，好运气这次还是伴随着她，云彩被大风吹散了，一个爬满青绿色藤枝的树屋出现在了她的眼前，这大概就是传说中的巨人的树屋。

千年的老藤枝盘缠交错在树屋周围，树屋的四角还长着深绿色的苔藓。苏晴艰难地爬上树屋湿滑的台阶，看到了一扇大门。她根本用不着敲门，径直从大门的缝隙间通行而过，进入了巨人的屋子。"变小也有变小的好处。"她心想。

对苏晴而言，这当然是个很大的屋子。她巡视四周，只能看到大长桌的桌腿和远处墙边冒着熊熊火焰的壁炉。

"我得去火炉那儿把自己弄干，刚刚的雨水真是太冷了。"她想着，深吸了一口气，准备快速地冲到壁炉旁。她在深棕色的木地板上跑起来，在快要接近壁炉时，一阵"咚咚"的脚步声震得木地板晃动起来，她也跟着上下晃动起来。一双穿着黑色棉麻拖鞋的大脚从她眼前经过，走到壁炉旁的橱柜前。苏晴抬起头向上看，只见一位年长的巨人头戴一顶红色的睡帽，身穿一件带有黑色斑点的蓝色睡袍和一条红色棉绒睡裤，他黄色的胡须长而密实，包裹住了脸颊，又从四周垂了下来，他的大鼻子通红，像是刚刚得了感冒，他的脑门上还有几道深深的皱纹。

"这可恶的天气。"巨人抱怨道，从衣兜里掏出一只手帕擤着鼻涕。他开始在火炉边烤起一根用铁棍串着的玉米，玉米在火上发出"啪啦啦"的声响。巨人丝毫没有留意到后面的苏晴，这也没什么可奇怪的，此时的苏晴比一只蚂蚁还小，他或许得戴上花镜、弯下腰才能看到她。

"嘭嘭"，玉米发出爆裂的声音。"哈哈，今天烤得不错。"巨人高兴地说，"吃一半烤玉米，吃一半爆米花。"

苏晴看了看四周，并没有其他人。难道这个老头就是传说中的巨人吗？虽然他个头很大，可他的样子看起来一点也不可怕。巨人用他的大汤匙搅动架在壁炉上的大锅里的浓汤。"西红柿浓汤，再加点小人儿当作料。"他自言自语道。

苏晴吃了一惊："难道早有小人儿国的人被抓上来了？这怎么可能？他要吃人了！"

只见，巨人从旁边橱柜上的罐子里取出些细长的东西，当他正要把这些"小人儿"放进锅里时，苏晴情急之下跳到他面前挥舞着双手，大声喊道："不可以，不准！不准吃小人儿！"她根本没来得及考虑巨人会不会听她的意见，或是将她一起丢进锅里。

巨人瞪着两只灯泡似的眼睛尖叫起来："有蟑螂，有蟑螂，我的小屋怎么会溜进了蟑螂！"那叫声中带着惊恐，他的大脚四处踩着。很快，那只大脚踩在了苏晴的鞋子边上，就在苏晴以为这下子自己会一命呜呼时，巨人蹲下了身，用两只粗壮的带有轻微毛刺的大手小心地把她捏了起来，嘴里还默念着："不杀生，不杀生。"

"放开我！放开我！"苏晴在半空中，使尽全身力气拼命挣扎。

"咦？奇怪，不是蟑螂？怎么好像有人说话的声音？"巨人问道。他把苏晴放到长桌上，透过一个圆圆的放大镜仔细看着。突然，他哆嗦了一下，跳了起来。苏晴本以为先被吓得跳起来的应该是自己，没想到却是巨人。

"噢，天哪，是个小人儿跑到我屋子里了。"他尖叫道。

"这下你可如愿了，刚好把我也放进锅里。"苏晴小声嘟囔道。

巨人慌慌张张跑到屋子门口，打开屋门，四下张望。然后，又紧张地关闭屋门，锁好门闩。他松了口气，走到书桌前，从抽屉里翻弄出一只喇叭形状的铜质扩音器。苏晴本想趁着这时溜掉，但不知是累得还是被吓得，她浑身乏力，瘫软在长桌上，动弹不得。

巨人把扩音器放在苏晴面前，低下了头问道："你是谁？你怎么跑到这儿来了？"他口里带出来的空气吹得苏晴头发立了起来。

"别伤害小人儿，别吃他们，小人儿国的居民是好人！"苏晴喊道。屋子里回荡着她通过扩音器发出的巨大响声。

"嘘——小声点儿，快把我的耳朵震聋了。"巨人说，"我什么时候吃人了，我只吃素。"

"你刚才不是说往西红柿浓汤里加些小人儿吗？"苏晴问。

"嗯？哦，你是说这个？"老头掏出口袋里的一把小杏仁儿。原来巨人口中所说的"小人儿"不过是些"小杏仁儿"。

苏晴有些不好意思，吞吞吐吐地回答："你……你刚刚可没说清楚，我……我以为你要吃小人儿国的居民了。"

"我为什么要说得很清楚？这屋子里本来就只有我一个老头子，说也只说给自己听。"巨人说得确实没错，他一直都是一个人生活在这间屋子里。巨人掏出一块洗得发黄的白色手帕使劲地擤鼻涕，吹出一股很大的风。"更何况小人儿国的人怎么会来了这里？不是早都说好了嘛，可是……可是，你……你是谁？你怎么跑到这儿来了？是不是还有其他人和你一块儿来的？不是早就说好砍断豆藤，谁都不会来打扰我嘛。"他用擦过鼻涕的手绢擦了擦脑门的汗，紧张地注视着苏晴，问了一连串问题，他的声音很小，好像生怕被其他人听见似的。

"我叫苏晴。"她回答了他第一个问题，"您叫什么？"

"我叫……我为什么要告诉你，我可没有请你来。快回答我其他的问题。"巨人小声地督促道，"快回答，快回答。"

"我想请您帮忙。"苏晴站了起来，此时，她觉得巨人并不怎么可怕，毕恭毕敬地请求道，"请给我使小人儿变大、恢复成正常人类的药水。"

"明白了，你来自小人儿国，这不难明白。"巨人点点头，"只是我很久没配制变大药水了，得一千多年了吧，我早就忘光了。"他捋了捋胡子接着说。这个时候他终于松了口气，一屁股坐在椅子上。

"求求您帮帮忙吧。这个对我来说很重要。"苏晴哀求道。

巨人是个个子巨大却心地柔软的人。"让我想想怎么配制。"他轻易地答应了苏晴的请求，这让苏晴感到十分意外。

巨人走到书柜前从一大堆书中抽出一本，掸了掸落在上面的灰尘，显然，这书放得有些年头了。他翻开书，看样子那本书中很可能写着如何配制变大药水。

"不行，不行。"巨人合上书直摇头，"配制这个药水还需要睡龙的胡须。"

"睡龙？睡龙是只龙吗？哪里可以找到它？"苏晴问。她对一个接一个的麻烦事已经见怪不怪了，再多一件也没什么大不了的。

"它……它是一只很大的龙，它……它离这儿……很近。"巨人吞吞吐吐地回答道。

"那正好。您是巨人，恐怕连龙也不是您的对手，就让我们去会会它吧，说不定它愿意主动给我一根胡须呢。"苏晴赞美了巨人几句，赞美会让人心情舒畅。

"巨人？我？"巨人指了指自己，"你是说，我是巨人？哈哈，哈哈。"他大笑起来，笑得前仰后合的。"那不过是散播到世间的传言罢了，用来吓唬那些想要上来骚扰我的人，我不过是个胆小怕事的矮人。"

"矮人？您在和我开玩笑吗？我看您的确是个巨人，一个很高大的巨人，这里的一切都很大。"苏晴说。

"别忘了，你现在是多小一个人。"巨人拿出一颗小杏儿竖在苏晴旁边，比画着，"瞧，你只有一颗杏儿那么点大，这可是一颗普通的杏儿。"

事实上，的确像他所说的那样，他只是一个个头很小的矮人，比一般的人类还要矮小。他属于矮人一族，成年的矮人个子也不高，就算他们种族中最高的矮人也超不过一米高。不过，他们个个长寿，活了多久有时连他们自己都记不清呢。

"无论您是巨人还是矮人，都请帮帮我吧。"苏晴双手合十，恳求道，这是她唯一能做的。

"还是我求求你吧，赶快回去，回到属于你自己的地方去。"矮人说，"乖乖，豆藤没了，就算有人想上来也是不可能的事情，可现在豆藤竟然长出来了，你竟然大胆地跑上来了。冲你这份勇气，我是应该帮你，但是呢，睡龙，我现在还不太愿意见它。"

"那请您告诉我在哪儿可以找到它，我可以自己去见它。"苏晴问。

"它不轻易见别人，你不可以自己去见它。"矮人摸了摸他的红鼻子，搪塞道。

"我外公比您年轻些的时候，还可以徒手和狼搏斗呢，他说人长大了，胆子也会变大的。"苏晴说。

"你言下之意是我年纪大了，应该胆子更大才对？乖乖，年纪太大了，胆子也会变小的。我都一千六百八二十岁了，不，不，是两千三百八十五岁。大概是这样，唉，老得连我自己都记不住自己的年龄了，你难道让一个老头子再去干那些冒险的事？"矮人说，"除了我那几个喜欢冒险的兄弟外，谁能年纪这么大了再去冒险？提到他们，我还真是有些想念呢，也不知道他们是不是不再参与任何冒险，回家好好享福去了。他们应该回到城堡去享福，而不是到处跑，去干些冒险事。"矮人一边说，一边坐在长桌旁开始叠纸。

在他们的谈话差不多快要结束的时候，矮人已经叠好了一个不错的纸盒放在苏晴旁边。

"正好九点钟，一分也不差，我要去睡觉了。每晚准时入睡，别熬夜，对于长寿很有帮助。我多好，以后再告诉你一些长寿的秘诀，准保你做一个长命百岁的小人儿。"矮人打了个哈欠，"你可以把纸盒当作床，将就一晚上。明天，你怎么来的就怎么回去。"他又细心地把一块小棉布铺在纸盒里。"这一紧张，搞得我都吃不下饭了。"他念念叨叨着，把铁锅从炉火上端下来，然后走向自己铺着天蓝色被罩的柔软舒服的床铺。

灯熄灭了。

"我才不会轻易离开呢，好不容易才爬上来。我一定要待到你肯给我配方才行。"苏晴暗暗下定决心。

第二天一早，天刚刚微亮，苏晴就被外面的歌声吵醒了。矮人已经不在床上。从长桌上向四周望去，这个树屋并不只有苏晴进来时的一扇门，在屋子的另外两侧还有两扇同样大小的木门。变小也有变小的坏处，苏晴只好顺着桌腿滑下来，跑了半天才来到传出歌声的那个木门前。她从门缝钻出去，不禁被眼前的美景惊呆了。

"好美啊！"她发出赞叹。

是啊，那里确实很美，简直就是一座美丽的空中花园。空气中弥漫着香甜的味道，吸一口气都让人舒服极了。天空湛蓝湛蓝的，各种颜色的小鸟在空中无忧无虑地飞着，太阳闪着金光。苏晴第一次感到太阳离自己那么近，好像伸出手就能碰到似的。地面由一些粗壮的藤条错落交织而成，透过藤条网格状的空隙可以看到下面不见底的天空。对于苏晴这样的小人儿，走在上面像走钢丝似的，要小心保持平衡才行，但对于有着宽大脚掌的矮人却不成问题。花园里种着各种绿色的蔬菜，蔬菜茂盛地打着卷儿，翠绿翠绿的。这里还有苏晴从来没见过的各种水果，盘曲在树架上，蜿蜒在藤蔓间。有的水果不算大，连苏晴这样的小人儿都能抱上一颗尝尝鲜。到处盛开着各色鲜花，五彩缤纷，好些花的品种也是她从来没见过的，美丽极了。

"啦啦啦，啦啦啦，啦啦啦。今天阳光真正好，心情多愉快。每天都有好心情，处处好风光。忘掉烦恼和忧愁，来来来，来来来……"矮人挥舞着锄头，唱着有些跑调的歌曲，看起来心情不错。

苏晴沿着脚下的藤条前进，一摇一晃的，像走在一条特别粗糙的绳子上面，她尽量不看下面，好不容易走到矮人跟前。"您早！"她朝上面喊道，可是矮人一点也听不见似的，继续哼着歌。苏晴只好又一次发挥她这些日子所练就的攀爬本领，顺着矮人的裤腿向上爬，最后，绕过他密匝的胡子，爬过他的肩膀，凑到他的耳旁。"您早！"苏晴又喊道。

矮人果然是胆小的，尽管昨天才说过话，他应该记得苏晴的声音，但他还是被吓得打了个激灵，这才发现了站在自己肩膀上的苏晴，松了口气。

"是你啊，你早！"

"昨天说好的事呢？"苏晴问。

"我们哪有说好什么？"矮人向后跳了一下。

"就是帮我配制变大药水的事。"苏晴说。

"别以为我老糊涂了，我可没答应你什么事情。"矮人擦了擦脸上的汗水回答道。他摘了一篮子果子和蔬菜，走回树屋，把苏晴放到长桌上，扔给她一颗樱桃。苏晴抱住香甜的樱桃咬了一口，汁水喷了她一脸。

"我可以派个大鸟送你下去，如果你不想费力爬下去的话。"矮人坐下来，往面包上抹着果酱。他撕下一小条面包，放在苏晴面前的盘子里，又把一个盛满西红柿浓汤的小瓶盖放在盘子里，还插了一根中空的青菜茎当作吸管。

"谢谢您。"苏晴感激地说。她心里很感动，这个矮人竟如此细心，她确实饿坏了。狼吞虎咽之后，她还是不得不唠叨起来，她别无选择。

"我是不会走的，我要变大，我得恢复成正常的模样。"苏晴坚决地说。

"不行。我怕是做不到。"矮人为难地说。

"我是不会走的，我要变大，我得恢复成正常的模样。"苏晴重复说了一遍。

"不是和你说过了嘛，不是我不帮你，实话告诉你，我和睡龙闹翻了，谁知道它会什么时候醒来，我可不想去冒险。"矮人说。

"我可以去冒险。"苏晴说。

"你也不能去冒险。"矮人说。

之后，重复着苏晴问、矮人答的模式，直到苏晴问得矮人连回答都懒得回答了。

"我是不会走的，我要变大。"苏晴这一早晨一直重复着这句话。你要是想起她是如何劝说小人儿国国王的事情，一定就不会对她又来这一套感到奇怪了。

矮人抓耳挠腮地说："真是烦死我了，烦死我了。"他把扩音器收了起来，这下任凭苏晴再怎么大吵大叫，他都听不见了。

苏晴又跳又喊，比画着。矮人倒是耳不听，心不烦，他哼着小曲，干自己的活。这回苏晴可真是如泄了气的皮球一般，没有了办法，一头倒在矮人给她叠的纸盒子里。她躺在纸盒子里，想起爸爸、妈妈，开始流泪。泪水停不下来，把整个纸盒子都给淹湿了。

矮人就在长桌的另一旁，雕刻着一根树枝，他不时朝这边看看，眼睛也潮湿了，他真是个非常善良的人。"有人哭弄得我都高兴不起来了。"他说。又过了一会儿，苏晴的泪水都蔓延到桌角了，他实在看不下去了，说道："好，好，我答应你，和你一起去拜访睡龙，快别哭了。只是你得答应我，药水配制好，你就赶快离开，而且和你一起变大的人都要忘掉这一切，永远不要再来打扰我。"

"当然！我答应您！"苏晴听见他这话，立即高兴地从满是泪水的纸盒子里跳了起来。

第九章　拜访睡龙

　　矮人开始翻箱倒柜。苏晴坐在长桌边，两腿耷拉着，无聊地等了他几个钟头。

　　"找藏宝图吗？找大龙住处的地址吗？找给大龙的礼物吗？"苏晴自言自语地问道，反正矮人听不见，是不会回答她的。

　　最后，矮人从一个大木箱底翻出一套皱皱巴巴的绿色西装和一枚有些褪色的棕色领结，外加一件泛黄的白色衬衣。他把所有的衣服都丢进一个饼铛似的盘子里，盖上盖子。盖子再次打开时，衣服已经平整如新。矮人换上西装，戴上领结，那样子好像是要去参加一次重要的宴会，尽管那件绿色西装不怎么时髦，但穿在矮人身上还是显得神气极了。

　　"你是准备穿着这身衣服去和大龙打一架吗？"苏晴拿起矮人给她的扩音器，问道。

　　"我可没准备和谁打架，打架可不是解决问题的好方法。"矮人回答。

　　他们走到树屋的另外一扇门前。矮人紧张地左右张望了一下，又小心翼翼地取出藏在大门旁边花瓶里面的一把生了锈的钥匙，他用纸使劲擦了擦上面的铁锈，然后小心地将钥匙插进门孔里。

　　大门缓慢地打开了，发出"吱扭吱扭"的响声，显然这扇门好久都没打开过了。眼前的情景让苏晴吃了一惊。在他们脚下是漫无边际的黑色深渊，只有一条摇摇欲坠、长满苔藓的青藤伸向看不清边际的远方，一阵潮气扑面而来。幽暗的环境和迎面袭来的冷风，让苏晴不禁打了个寒战。

矮人把苏晴放到肩膀上，摇摇晃晃地走上那根细长的青藤。四周潮湿昏暗，阴森森的，只有微弱的光亮刚好让他们看到脚下的青藤和一米以内的距离。苏晴紧紧拽住矮人的衣领，生怕被甩进无底的深渊里。

"别往下看！抓紧喽。"矮人语气严肃地说，他那穿着黑色皮鞋的大脚踩在青藤上。底下黑漆漆的，青藤两边没有扶手，如果掉下去，后果不堪设想。看来矮人很擅长走这么细窄的青藤，像走钢丝一般，没过多久，他就能稳稳地保持平衡了，如同走在平地上一般稳当。

周围的黑暗里，不时传来大鸟们"呜呼——咿呀——"的凌厉叫声和拍打翅膀的声音，它们的眼睛还不时射出让人胆战心寒的绿光。就着那光亮，苏晴看到了它们可怕的巨大身影、长满毛的翅膀、尖锐的如钩子般的喙，以及周围不远处黏湿的青黑色的带着棱角的岩石峭壁。

就这样，他们心惊胆战地走了一会儿，至少苏晴觉得确实是心惊胆战，矮人看起来倒是很从容，只不过他不时搓弄着自己的手。终于，他们靠近了一个发出光亮的洞口。

"真希望它正睡着。它已经睡了很久，这次应该也还没有醒吧。没有那么巧，应该睡着，或许睡着。大概，一定，是这样的。"矮人嘴里嘀嘀咕咕着，他并不是和苏晴说话，而是喃喃自语。他又开始擦汗了，尽管这里并不热，甚至是潮湿阴冷的。矮人似乎很怕睡龙，更准确地说应该是很紧张睡龙，苏晴也不明白为什么，或许，那真的是一只很可怕的龙。

他们悄悄走进洞里。洞里点着火把，那是一支永远不会熄灭的火把。睡龙就趴在那里，很大，很长。但不知为什么，苏晴觉得它并不十分可怕。睡龙背上疙疙瘩瘩的，还盖着些青苔，看样子很久没有醒来过了。

矮人松了口气，睡龙纹丝不动地闭着眼，呼呼大睡，正如睡龙的名号，它多半时间都在沉睡。他们刚好不用费力和睡龙打招呼并请求它给他们一根胡须，也不用和它激烈地搏斗以便弄到一根胡须了。矮人蹑手蹑脚地走到睡龙跟前，用极轻的动作把手探过去，捻一捻睡龙的胡子，轻松地拔了一根下来，又迅速收回手，睡龙一点反应都没有。

矮人长舒了一口气，他摸了摸自己正怦怦直跳的胸膛。当他们转身将要离开时，睡龙突然睁开了一只眼睛，喘着粗气，发出沙哑的声音，问道："老伙计，怎么来了也不打声招呼，这么急着要走？"

矮人站住了，定在那里，过了半天才扭扭捏捏地回过头，掏出手帕一边擦汗一边回答道："嗨！好久不见，老伙计，别来无恙。"看这情形，矮人和这只不太可怕的睡龙似乎是好朋友，这让苏晴惊讶不已，但同时也放心多了。毕竟，睡龙大概不会为难他们了，只是矮人那副惨兮兮的样子分明像是做了什么亏欠睡龙的事情。

"上回……上回那事，是……是我做得不对。"矮人低着头，面带愧色地补充道，没敢直视睡龙的眼睛。

"别提了，都过去这么多年了，我早不记得了。"睡龙满不在乎地吹了吹自己的胡须，"只是，老伙计，你怎么这么长时间都不

来看看我呢？上回我醒来时，你就不在，上上回我醒来时，你也不在，每次我都是好不容易才醒来的。难道你忘记了我们之间出生入死的朋友情义了吗？"

矮人又用手帕擦了擦汗，很难为情地说道："没……没有，当然没有。"

"哇哈，这不是当年咱们获得胜利后，你穿的那身绿色西装嘛！没想到这么多年了你还留着。"睡龙眯缝着眼，看着矮人说道。它露出一排整齐的牙齿，友好地微笑着。

矮人深深地鞠了个九十度的躬，坦诚地说："我真诚地向你道歉，这就是我这么多年不好意思来的原因。"

"哈哈哈。"睡龙笑道，"原来你还想着那件事呢。相比咱们的朋友情义，那又算得了什么呢？"

"我问心有愧。"矮人拍拍胸口说，"老伙计，这么多年了，你怎么也一次没去我家敲门？其实，每天我都准备着一壶你最爱喝的茶，我真是既期望你来，又害怕你来，没办法面对你。"

苏晴还是搞不清楚他们之间发生过什么事情。

睡龙咳嗽了两声。"老伙计，我好像是噎着了，又或者是胃里扎了个刺，特别不舒服。我觉得自己几乎动弹不得，一起来就特别难受，一难受就想睡觉。"它又重重地咳嗽了好几声，"你今天来这儿，我真是太高兴了，心情一下子舒畅多了，身体也没那么难受了。"

矮人难过得流着泪说："早知道这样，我早就来了，以后我常来。"他用擦过汗的手绢抹了抹眼泪，又接着说，"老伙计，我得给你检查一下身体。"

睡龙半耷拉的眼角也冒出泪水，它也是只重情义且多愁善感的龙。

矮人爬到龙背上，拨开青苔，拍拍它穿着铠甲的后背，睡龙痛得"嗷嗷"直叫。

"看来我得进去看看。"矮人说。

"不，不，我最近喉咙肿得厉害，我可不想你卡在当中。你比原来可胖多了。"睡龙说。矮人忘了，自己早已比年轻时胖了好几圈。

"要不，我去吧，我个子比较小，不会卡在喉咙里。"站在矮人肩膀上的苏晴说。她刚一说完就有些后悔了，她完全没有经验，完全不知道自己在说什么，也不知道要做什么，要进到一条龙的肚子里为它做检查？她对于睡龙肚子里的情形一点也不了解，就这样站出来，完全是个冒失愚蠢的决定，但她一看到矮人和龙之间温暖的友情，还是感动地站了出来。

睡龙的听力很好，它听见了苏晴微弱的说话声，注意到矮人肩膀上小得像一只虫子般的苏晴。睡龙笑眯眯地说："你带来的新朋友可真小。"苏晴也看着睡龙，相比于睡龙，她简直小得如同尘埃一般，那家伙比矮人还要庞大不知多少倍呢。它墨绿色的龙身上穿着一件闪闪发亮的金黄色铠甲，脊背上拱着上下起伏的墨绿色尖刺，很威武的样子。不过，这只睡龙看起来一点都不凶恶，它的表情温和而友善，讲起话来语调温柔，甚至充满着一种有趣、幽默和滑稽的腔调。

"这是我昨天才刚刚认识的小人儿，求我来帮忙，刚刚拔了一根你的龙须来用。"矮人不好意思地掏出放在口袋里的龙须，给睡龙看了一眼。

"拿去吧，你的朋友也是我的朋友，我愿意帮她的忙。"睡龙说，"你刚刚也说愿意帮我的忙，是吗？"睡龙这句话显然是问向苏晴的。

苏晴颤抖地点了点头，用最大的力气喊道："那我就试试吧。"

睡龙张开大嘴，里面冒出一股难闻的臭气，它通红的喉头上下颤动着，这简直是一扇超大的门。苏晴捂住鼻子，小心地跨过睡龙嘴巴前排尖尖的牙齿，小心挪动着步子，她尽量让自己不去注意四周那雪白而锋利的牙齿，全当它们是客厅里的石柱。她踏过睡龙柔软的舌头，毫不费力地通过睡龙的喉头进入弯弯曲曲的食管里。苏晴脚下一滑，像坐滑梯似的沿着弯弯曲曲的食管滑了下去，那感觉还不错，比滑梯要温暖和柔软。但很快，她就要捏着鼻子前进了，睡龙的胃口发着红光，还有很重的腐烂的味道。她绕着这个巨大的收缩运动的胃囊转了一圈，发现有一根白色的像鱼骨头似的尖刺插在睡龙胃部的中央，尖刺四周的胃壁上还不时渗出几滴血来。虽然只是一根细小的鱼骨，但相对于苏晴的体型来说，那鱼刺像一把大而长的利剑，比她高好几倍。她爬上胃壁，用尽全身力气，拔了好几次才将鱼刺拔了出来。

由于用力过猛，苏晴一个没站稳，只觉得脑袋朝下，翻滚着从胃壁上跌落下来，又被柔软的底部弹了起来。她在睡龙的胃里又转了几圈，检查几遍，以确定没有其他的刺。

下来容易，回去可难了。"你要忍着点。"苏晴在睡龙肚子里说道。她脚下来回晃动，有些站不稳，一堆黏糊糊的液体朝她涌来，还好，她终于抓住食管上突出的部分和那些绒毛。

"好在我的攀爬技术已经练习得不错，不然真成了它肚子里消化的食物了。"苏晴心想。她又艰难地爬了一段，突然一股巨大的气流涌来，像龙卷风似的，她被这股巨大的气流喷了出来，还没缓过神来，发现自己正好落到睡龙嘴巴前面的稻草上，细长的鱼刺还紧紧地握在她手里。

睡龙打着哈欠，淌着鼻涕，对她说："谢谢你，小小的朋友。"

苏晴举着拔出来的鱼刺交给矮人，有种胜利的感觉。此时，她身上沾满了睡龙胃壁上流出的鲜血和黏液。

"不错，你很能干嘛。"矮人说，"这下，我可明白你为什么能够单枪匹马地闯到我家里来了。"

苏晴像做了个梦，她也不知道自己哪来的勇气，刚刚竟然跑到一条龙的肚子里去了，连她自己都不能相信这是真的。她缓了缓神，才迷迷糊糊地说："不用谢！这是我应该做的。"

睡龙和矮人都笑了。然后，矮人把一些不知从哪里找到的绿色的叶子扔到睡龙嘴里。

"嚼嚼，咽下去。拔了这么一大根鱼刺，胃里肯定会流血的。这草药可以止血，还能消炎。"矮人说完，又问向苏晴，"里面的刺都清除了吗？"

"我想，大概是的。"她点点头。

"不胜感激，我觉得好多了。"睡龙高兴地咧开大嘴巴。"新朋友和老朋友都来了，真是让人……让人……感到……感到……高兴……高兴的事情。"睡龙哈欠连天地说道，"我觉得……觉得……我……我又困了……"它勉强打起一点精神，可很快，眼皮就止不住向下耷拉，打起瞌睡来。

"我们走吧，让它安静地睡会儿。"矮人又走到睡龙跟前，拍了拍龙背，轻声说道，"老伙计，我会再来看你的，有空常来找我喝茶，我很想你，你一定也想念我泡的茶。"

矮人和苏晴走出山洞，又进入了无边的黑暗中。这回，矮人哼着小曲，脚步更加从容和轻快了，苏晴也没有来时那样害怕了。矮人走在青藤上，不时回头朝洞口恋恋不舍地看看。"我的朋友。"他说。

没花费多长时间，他们就又回到矮人的树屋前。

矮人重新叠了个纸盒，把苏晴放进去。"你一定累坏了，进去休息会儿。"他说。他还是如此细心，又放了很多小水果在长桌上。

矮人并没有休息，他精力充沛地哼着小曲忙碌起来，翻书，拿出试管，放入各种溶液。"睡龙的胡须。"他自言自语道，又去花园里找来一些材料。苏晴惊叹于一个几千岁的老人竟有如此旺盛的精力，她自己则累得睡着了。

苏晴睁开眼，看见天空再次明亮起来，已经是第二天的中午了。

"好了，大功告成。不过，你可不能在我的屋子里面使用。"矮人对苏晴说。矮人忙了一宿，眼睛通红。他把药水放在一个很小的瓶子里，以便苏晴可以把瓶子放到口袋里。

"我需要好几瓶，因为有好几个人。"苏晴说。

矮人又分装了好几个瓶子。"这些药水，能让你恢复到原来的大小，并不能让你变得更大，或者变成巨人。"他说。

"那样就够了，我也不想变成巨人。"苏晴高兴极了，她又凭借自己的努力完成了一件大事。

"你还记得答应我的事情吗？"矮人问。

"当然了！"苏晴回答。她刚想重复自己对矮人的承诺时，矮人打断了她，说："我在瓶子里加了点遗忘药水，唯独第一个粉色的瓶子里没有加。你可以记得这一切，我的朋友。你是个不错的新朋友，因为你，我和睡龙的误会算是解除了。"

"我没做什么，如果您能够面对，或许事情早就解决了。"

"你说得对。"矮人笑嘻嘻地捋着胡子说，"你一个小姑娘都懂的道理，我这个活了千年的老头子怎么就没能做到呢？"

"我姐姐说，道理总是容易说的，可是做起来的确会有些困难。"苏晴不好意思地应声，"只是，您要一直待在这里吗？"

"是的，我习惯了自己一个人。再见了，朋友！我相信你会遵守咱们的约定！再见了，朋友！也许某一天我们还会再见面的。命运啊，谁说得准呢。"矮人又叽里咕噜地说了一大堆，有些是苏晴听得懂的，有些是她听不懂的。最后，矮人擦了擦眼角的泪水，结束了和苏晴的谈话。

当矮人把苏晴送出门时，苏晴惊讶地发现她爬上来的那根粗壮的豆藤已经不见了。

"坏了，坏了，准是国王下令砍断树藤了，没想到我爬到上面花了那么久的时间。这下可坏了，我下不去了。"苏晴急得哭了起来。

"好了，好了，别难过，我的朋友。请不要着急，我会让大鸟儿送你回去的。这样正好，不用我费力砍断树藤了。"矮人说。

矮人有只大鸟，苏晴倒是忘了。只见，矮人掏出一个口哨，悠长地吹了一声。"呼"地，远方天际有一只漂亮的大鸟乘风而来。这只大鸟比珍珠鸟可要大得多，它挥舞着翅膀，乘风而来的样子真是帅气。苏晴坐到大鸟背上和矮人告别，虽然只有几天的相处，可矮人的细致、周到还是让人难以忘记。或许，自己以后再也见不到了矮人，想到这里，她哭了。但正如矮人所说，命运啊，谁说得准呢。有些人分别了，可能一辈子再也见不到了，而有些人总会再见面的。

"这只鸟儿是值得托付的好朋友，你放心地和它一起飞翔吧。"矮人对苏晴说。

大鸟带着苏晴穿过厚厚的云层，在温暖的风中飞翔，在暴风雨里疾行。她看到了雨后最美的彩虹，也感受到了无限接近于太阳的炙热。有时，她躲在大鸟厚实温暖的羽毛里舒服地睡着觉；有时，她站在大鸟的脊背上看着远方的风景，风儿吹拂而过，她和周围的大鸟、小鸟们打招呼。这些美好让她暂时忘记了烦恼。

大鸟在飞行了好几天之后的一个晚上，落在了小人儿国菜园的一块空地上，这里是小人儿国举行集体会议的地方，周围还摆放着许多椅子。

苏晴抱住大鸟的脖子，恋恋不舍地说："可爱的鸟儿，你是多么聪明，多么好看啊！你的羽毛那么柔软，声音那么好听！以后，我再看见别的鸟儿的时候，一定会想起你的。再会了！"

大鸟机灵地闪动着眼睛，张了张嘴，好像在和她告别似的，然后拍了拍翅膀，盘旋着飞到天空中，很快消失在乌黑的云端。

苏晴还记得来时的路。果园里又多了好几条小河，因为刚刚下过雨，道路格外泥泞。一个正在门前铲水的居民发现了她，尖叫道："天哪！天哪！我们的大英雄回来了，她真的回来了！她竟然好好地回来了！"他扔下铲子，不顾满是泥水的道路，边跑边高声喊着："我们的英雄回来了！我们的英雄回来了！"

已经熄灭灯火的土屋子又逐个亮了起来，人们都提着灯跑出来，欢迎他们的英雄。

"果然是我们的大英雄！"有人喊道。

"她竟然毫发无伤地回来了！"

“她没有被巨人吃掉！”

“没有藤条，她也从天上下来了！”

“她真不是一般人！”

“我就说，这个小姑娘，绝不是一般人。”苏晴第一次听到有人把自己形容得这么不可思议。

大家喊着，笑着，惊讶着，消息很快传遍了整个村庄。大家欢呼着，把苏晴抱起来抛向空中。

消息也很快传到了国王的住处，国王在大臣们的簇拥中走到苏晴跟前，他激动地说：“这真是太不可思议了，你平安地回来了！我们还以为你出了意外，不得不砍断豆藤，即便这样，你也平安地回来了！太好了，真是太好了！”

乐队开始演奏欢迎的乐曲，他们在月光下吹着各种叶子和麦梗做成的乐器，敲打着果子做成的鼓，这场面一点也不输给任何一个国家的交响乐团。欢乐的乐曲吵醒了附近的虫子，它们也跟着愉快地弹奏起音乐，唱起歌来。欢乐的聚会持续了好几个小时，直到天色变得更黑了，国王命令停止演奏，熄灭灯火，大家才从兴奋的狂欢中停下来，一切又归于平静。

“为了大家的安全，不得不谨慎从事。”国王慢慢说道，“免得灯光引起过路人的注意，我们也要提防那些路过的‘巨人’。虽说这块儿地方很偏僻，但还是要小心才行。”

苏晴在大家的赞叹中，回到离那里最近的一户人家，她真是筋疲力尽了。

“大英雄，欢迎你来我家！大英雄，欢迎你来我家！”那个妇女又跟旁边的人夸赞道，“大英雄来我家了，真是荣幸啊！”

第二天，苏晴很早就醒了。马上就能恢复正常了，这让她既兴奋又紧张，可是之后的道路还不知道要面临着什么呢。

"我要离开这里了。"她对国王说，"想要变大的人们可以和我一起。"苏晴拿出变大药水。

"真是了不起！你不仅平安归来，居然还说服巨人给了你变大药水。"国王赞叹道。他召集了所有子民，一些意外变小的人还是决定留在小人儿国继续生活，因为他们已经习惯并爱上了这里的生活，而大部分人则对能回归自己原来的生活、见到家人感到很兴奋。

"亲爱的国王陛下，很感谢您对我们的照顾，这里真是个让人放松的地方，真是个美好的国家！"这些要离开的人对国王说道。他们又依依不舍地和这里的朋友拥抱告别。

国王悄悄把苏晴拽到一边，小声问："你们离开后，不会把这里的一切说出去吧？那样，这个国家可能就遭难了。我绝对相信你，小姑娘，但是我并不能完全相信每一个人，这是我最担心的事情。"国王想得确实很多，也很对，可是他的问题，矮人早替他想好了。

"这些药水中加入了让大家遗忘这段记忆的材料。"苏晴凑到他耳边回答。

"哦，嗯……嗯，那我就放心了。"国王松了口气，点点头，"巨人真是个周到的人。我绝对相信他配制的药水，我祖先是这么做的，我也会这么做。"

"亲爱的子民。"国王转过头对众人高声说道，"你们有来去的自由！"大家热烈地鼓掌。"咳咳——"他清了清嗓子接着说，"不过，你们不能从这儿直接变大，会压坏这里的房屋的，我会派出咱们国家最好的坐骑把你们送到菜园边上去。"

只是，看到坐骑的样子时，苏晴尴尬地笑了。

"瞧这些蜗牛，多神气，它们高高的触角，干净而结实的外壳，走起路来健步如飞，也不会颠簸。"国王自豪地说完，又转向苏晴交代道，"我还有两件东西要给你。"他拿给苏晴一张照片，这是一张全家福。苏晴认出了照片里面的中年男人，那是已经故去的农夫。

"这是他临别前交给我的。他说，如果有人真的能够幸运变大，并且碰巧遇见了他的家人，就把这个交给他们，说他永远爱他们。"国王说，"不过，他没有来得及说他家在哪儿，如果你有一天碰巧能遇见他的家人，请把这个转交给他们吧。"

苏晴想起和农夫一起相处的日子，眼眶又红了。农夫为这次行动献出了生命，自己却无法变大，永远看不到自己的孩子了。她强忍住泪水接过照片，心想："希望有一天，我会遇到他的孩子，告诉他，他的爸爸是最勇敢的人。"

"还有一样，是我送给你的礼物。"国王昂起头说。他打开一个别致的盒子，里面有一枚金色的鸡蛋，比普通鸡蛋要大很多。

"这个太贵重了。我做的一切也是为了我自己，您不必客气。这个，我就不要了。"苏晴推辞道。

"现在，田鼠离开了这片土地，我们过上了安宁的日子，这多亏了你。这是我们的心意，无论如何你要收下。或许你以后会用得着呢。"国王说，"再说，再值钱的东西在我们这里也发挥不了作用。"

盛情难却，苏晴推辞无果后，只好把金蛋放在背包里。大家爬上蜗牛的背壳出发了。蜗牛以缓慢的速度向前行进，在泥地上留下长长的一串黏液。

"如果能派个蜜蜂送我们该有多好，坐在上面肯定很威风，而且速度要快多了。蜗牛算什么了不起的坐骑啊，也太慢了点。"苏晴心想，即便是她现在这个小小的样子，也觉得蜗牛爬起来很慢。过了两天，这些蜗牛也没能爬出菜园。其他的人倒是很不着急地坐在蜗牛背上谈笑风生，讨论着变大后的生活，憧憬着和家人团聚后的喜悦。苏晴希望这些蜗牛爬得再快些，可是，不久，她就被蜗牛坚持不懈的精神感动了，也明白了为什么小人儿国的国王说它们是这里最棒的坐骑。那几只蜗牛不吃不喝、不眠不休，一直爬啊爬，丝毫没有怨言，而且蜗牛的外壳确实是干爽凉快的，坐在上面特别舒服，让人都感觉不出天气的炎热了。它们爬起来也很平稳，没有让人感到头晕，坐在上面刚好可以享受清风拂过的爽快。

又过了几天，大家终于来到菜园边上的空地。

"这药水真的管用吗？"

"我们会不会变回原来大小啊？"

"会不会有副作用呀？"

"管不了那么多了。"一个壮汉抢先喝下苏晴递过来的药水。

大家回头望着他们生活过的土地竟有些不舍，相互拥抱后，分散开来，一个个都喝下苏晴交给他们的药水，只觉得一阵头晕目眩，眼前的一切渐渐缩小，头顶上高大的杂草越来越矮。

"我这是在哪儿？"一个大个子男人问。可是，没有人能回答这个问题。

"好像做了一场梦。"一个人使劲敲打着脑袋说。

"怎么这么晚了，明明我记得我是早上出来的，该赶快回家了。"其中一个人望了望西沉的夕阳，转身走了。大家一个接着一个，好像谁也不认得谁了，没有告别的言语，都匆匆离开了，只剩下苏晴孤零零的一个人站在原地。看着眼前这片广袤的农田，她有些伤感，那里居住着几个月以来和她朝夕相处的小人儿国居民。

第十章　一只神秘的黑猫

　　苏晴在一棵树下睡到了第二天天亮，这次，她不敢再吃菜园里的果子了，她可不想把这一切再经历一遍。

　　苏晴沿着一条往北的大道继续前行。一路上遍布着五颜六色的鲜花，这些鲜花可不像苏晴刚来到这个国度时见到的那些张着大嘴吓唬人的花，这些花儿安静而温柔地开放着，向远方延展开去。

　　走着走着，苏晴来到一个分岔路口，有三条路通往三个不同的方向，其中两条比较笔直、平坦，还有一条弯弯曲曲，是有些泥泞的沙土路。如果走错了路，不但到达不了北方女巫的城堡，而且极有可能会碰到危险和麻烦。正当她犹豫不决的时候，一只黑色的猫从离她最近的一块儿石头后面探出头。还没等苏晴看清楚它的样子，它又窜到左边的一条平坦笔直的大路上。

　　这回苏晴看清了那只猫的样子，那是一只很漂亮的猫，光滑干净的皮毛油亮发黑，肚皮上的毛是白色的，白色皮毛中间有一长条黑色的毛，就好像一位穿着白色衬衣、打着黑色领带的绅士，它深棕色的眼睛闪着光芒。黑猫回过头，冲着苏晴"喵"地叫了一声。

　　"你是在叫我吗？"苏晴问。黑猫没有回答她，而是扭过头继续向前奔跑，然后又停下来，回过头看看她，那副模样好像在示意后面的人快快跟上去。苏晴没想那么多，她跟在黑猫后面跑了好一段路。

"你跑得太快了，等等我。"苏晴气喘吁吁地喊道。

那只猫没有理会她，继续向前跑，忽然在前面更宽的大道上钻进了杂草丛中。

"猫咪——猫咪——"苏晴在草丛中找了好半天，都不见黑猫的踪影。她有些生气地回到主路上，向前方继续走着。"反正这只猫也不能把我带哪儿去，而且它好像也不会说话。"她自言自语道。

而前方，不再是荒凉的大路，苏晴惊喜地发现自己来到了一座繁华的小城。街道两旁矗立着一座挨着一座的漂亮房子，每一座房子都刷着崭新的、鲜艳的颜色，比苏晴家的房子还要漂亮。有的房子只有一层，有的房子是两三层的，房子上飘动着色彩艳丽的旗帜。

可是，街上空空荡荡，寂静无人。现在是中午十二点五十分，还处在午餐时间。苏晴迫不及待地想找一家饭馆，吃顿像样的午餐。她看了看离她最近的一座房子，招牌上写着：

饮食 & 零食 & 自选

苏晴透过明亮的玻璃向里面望去，奇怪的是，即便是午餐时间，这家餐厅里竟然也没有一个人。"可能还是有些晚了，午餐时间已经过了。"苏晴叹了口气，推开门，走了进去。

长长的桌台上摆满了一圈热气腾腾的食物，传送带还在转动，带来新的美味。这是一家自选食物的餐厅，顾客可以随意挑选自己喜欢的食物。店里朴素的装修风格有一种家的感觉。

"有人在吗？"苏晴问，店里没有人，可不能随便拿别人的东西吃，"连老板也不在吗？"

"谁说我不在？"一个温柔的声音答道。苏晴顺着声音传来的方向望去，只见，一个个头矮矮的、穿着白色蓬蓬裙子的背影在饮料机前忙碌着，她头上似乎戴着兔子耳朵的发夹，长长的兔子耳朵在头顶上摇摇晃晃，白晃晃的胳膊从抹袖裙子里露出来。她转身来到苏晴面前咧开嘴笑了，露出两颗长长的大门牙。

"请您随便选择。"她客气地说。不，应该用"它"，因为它分明就是一只穿着白色裙子的兔子，它头上的也不是什么兔子发夹，而是它自己长出来的真正的兔子耳朵。

苏晴揉了揉眼，以便确定自己不是眼睛花了。"老板娘？"苏晴试探地称呼着。

"您好！有什么可以为您服务的吗？"兔子对苏晴的称呼欣然接受，因为它确实是这家餐厅的老板娘。

"咱……咱们这里怎么收费的？"苏晴问。她包里的钱不多。

"这里对你这样的小孩子不收钱。"兔子笑着回答。

"您确定不收费吗？妈妈说，商家不会做赔本的买卖，不收钱，不会赔本吗？"苏晴总是喜欢替别人担忧。

"不用担心。"兔子笑着说，她的三瓣嘴向上翘起。

苏晴这才放心地拿起碟子开始往里面装各种食物。

"多吃点，小孩子正是长身体的时候。"兔子说。

"谢谢您。"

传送带传送过来一碟碟精致的食物，苏晴每种拿了一点，装满了面前的大盘子。"鸡腿烤得流油，虾好新鲜，蔬菜也是香香的。"她美美地饱餐了一顿。

吃完后，苏晴没忘记礼貌地向兔子致谢告别。虽然它只是一只兔子，但也应该对它客气礼貌些，毕竟人家辛苦地提供了可口的食物。

"谢谢您！"苏晴鞠了一躬。

"欢迎下次光临！"兔子也礼貌地鞠了一躬，她还将苏晴送到门口。

苏晴走出餐厅就被对面挂着红色旗帜的房子吸引了过去，明亮的橱窗里展示着各式各样的裙子、裤子和帽子。门口的招牌上写着：

色彩装点你的人生，衣服装点你的美丽
服装 & 裁衣

苏晴刚推开门，就有人亲切地招呼："欢迎光临！"她低头一看，又是一只穿着白色裙子的兔子。兔子蹦蹦跳跳地来到柜台旁，指着一件红色的连衣裙介绍道："这件是我们店最新款的裙子。"苏晴走过去，摸了摸裙子的布料。

"如果您不喜欢这款，还有各式各样的裙子，总有一款适合您。"兔子又热情地说，"您的衣服已经有污渍和泥巴了，旁边就是一家洗衣店，但您总得需要一件新衣服换上。"

苏晴一瞧，可不是嘛，她的衣服上沾的都是睡龙胃里的血渍和田地里的泥巴，脏极了。苏晴指了指柜台上挂着的一件宝蓝色连衣裙，问："这件多少钱？"

"不收钱。"兔子回答。

"免费的？"这可真是个奇怪的地方。苏晴换上宝蓝色的连衣裙，在镜子前面转了一圈，正好合身。

"真是像给您量身定做的一样！美极了！也不用修改。"兔子赞叹道。它快速地用一张纸把苏晴的旧衣服包裹起来，递给她。

"谢谢你！"苏晴高兴地说，女孩子穿上漂亮的衣服总是高兴的，更何况还有这么一只热情周到的兔子为她服务。

"欢迎下次光临！"兔子主动为苏晴打开门，它一点也不介意苏晴免费拿走自己店里的一件新衣服，还非常高兴。

苏晴离开这家服装店去了旁边的洗衣店。房子外面的墙上画了一个黄色洗衣机和许多白色的泡沫，以及一些不同颜色的衣服，旁边的招牌上写着：

洗衣 & 缝衣

"老板，请帮我把这件衣服清洗一下。"苏晴说。她不再管老板是人还是兔子，都这么叫了。

一只穿着深蓝色工装裤的兔子急忙跑过来，蓝色的帽子差点掉到地上，脑门上有很多汗。兔子说："很高兴为您服务！您是一会儿取还是过几天取？"

"一会儿取，可以吗？"

"请您稍等。"兔子匆匆地拿着衣服跑走了，黑色的皮鞋踏在地上发出"嗒嗒"声。

店铺一角的柜子上放着一打衣服，从兔子匆忙的脚步就可以看出这是一家生意兴隆的店铺。苏晴在沙发上等了大约半小时衣服就洗好了。兔子恭敬地把干净、平整的衣服递到苏晴手中，说："抱歉，让您久等了。"

"谢谢您！已经很快了。"苏晴说。这回，她忘记问价格了。

正要离开时，兔子叫住了她，不过它不是提钱的事情，而是红着脸说："亲，不好意思，能点个赞吗？"

苏晴回到柜台，在兔子递给她的表格里画了五颗心形。她画的心形又大又好看，兔子满意极了，不断地说道："谢谢了，谢谢了，我店正在收集赞誉。欢迎下次光临！"

跑了这么久，苏晴实在是累了，得找个地方休息。她看到前面有一座房子，从房子的三楼高高垂下一面旗帜，上面画着一张床和一个睡觉的宝宝。门外的招牌上写着：

旅店 & 客栈 & 住宿

"欢迎光临白兔旅店！竭诚为您服务。"苏晴刚一踏进旅店，一只穿着粉色飞边儿裙子的白兔站在柜台后面热情地招呼道。

"我想住一晚。"苏晴说。

"好的。住多久都行，你会爱上这里的。"白兔老板热情地回答道。

"这里好像没什么人？"苏晴问。

"大家都去游乐园了，明天你也可以去玩。"白兔说。

白兔亲自把苏晴带到二楼的一间临街的房间，它毛茸茸的尾巴从裙子下面露出来。这些兔子都是洁白漂亮的。

"这个床干净柔软，外面的风景也好。"白兔老板打开窗户，一阵清凉的微风吹进来，从这里可以看见远方游乐园里的摩天轮正在转动。"那里很好玩的。"白兔指着摩天轮的方向说，"祝您休息愉快！"

"真是一群友好的兔子们，真是一个让人舒心的地方。"苏晴心想。她舒服地躺在柔软的床上，不一会儿，就美美地睡着了。

夜色降临，一阵热闹的嬉笑声和欢快的聊天声从楼道传来，苏晴听到这声音，一下子从睡梦中醒来。她睁开眼，看到外面五光十色的霓虹灯光透过玻璃照了进来，这真是一个极为美好的地方，摩天轮还在转动，上面的一圈装饰彩灯被点亮了，远方黑暗的天空也有了色彩。

苏晴打开房门，一大群和她一样的孩子正涌上楼梯，他们个个笑逐颜开、手舞足蹈地比画着。有几个孩子从苏晴身边经过时，和她打招呼："你好，你是新来的吗？原来没有见过你。"

"你好，我刚刚来这儿。"苏晴回答。

几个孩子在她面前停下来。"这儿好玩得很。"一个胖胖的矮个子男孩一边舔着手中的棒棒糖一边说。

"这儿有很多漂亮的衣服。"一个金黄色卷发的小女孩娇声娇气地说。她穿着一件粉红色的裙子，戴着一顶淡黄色的翻边草帽，草帽上点缀着一朵小粉花，她的确打扮得很漂亮。

"还有美味的食物！"胖男孩兴奋地补充道。他被后面想要从他旁边经过走向三楼的孩子挤到了一旁。"让一让，让我们过去，别堵道儿。"后面的一群孩子说。

"最有意思的是游乐园，明天一块儿去玩吗？"一个瘦高个儿男孩问。

没等苏晴回答，一个戴鸭舌帽的男孩扶了扶鼻梁上的眼镜淡淡地说："这里没有父母的管教和责骂，也没有书本。"

"好了，别说了，咱们再堵在这里，后面上来的人该把我挤成肉饼了。咱们带新朋友去吃这里最棒的海鲜大餐，边吃边聊。"胖男孩提议道。

"就知道吃，怪不得你这么胖。"瘦高个儿男孩笑着说。

"我原来比你还瘦呢。"胖男孩反驳道，"再说了，胖子力气大。"

"你这是虚胖。"

"哼。"胖男孩瞪了瘦男孩一眼。

"大家换完衣服在门口集合。"戴眼镜的男孩冷冷地说道。

说完，大家都各自走回房间，他们几个都和苏晴一样住在二楼。苏晴走到走廊旁，怔怔地望着在楼下大厅里吃喝的孩子们，有种回到学校夏令营的感觉，这里究竟是什么地方？怎么这么多孩子？怎么连一个大人也没有？

刚刚和苏晴说话的那四个孩子重新回到楼下，其中三个已经换了衣服，只有胖男孩还穿着浸满汗渍的衬衫。

"咱们走吧，有好多地方要给你介绍呢！"其中一个说。

他们走在热闹的街道上。傍晚的街道反而不像白天那样冷清，简直可以用繁华和人声鼎沸来形容。街道两旁的小吃铺挤满了买零食的孩子们，他们踮着脚催促老板快点。

"都排好队，一个一个来。"一只穿着灰色夹克的兔子高声喊道。油炸的丸子和鸡排还在锅里翻腾。

临街的游戏厅里，很多小孩儿走来走去，争着把游戏币投进卡槽中，里面传来嘈杂的音乐声。

"去看午夜场的怪兽电影！"几个小男孩举着电影票从他们身旁跑过。

街上五彩的霓虹灯闪烁着，把漆黑的夜晚点亮了，从店铺里传出欢快的音乐声。商店的橱窗里摆放着琳琅满目的电动玩具，还有一家布置成粉红色的商店里摆放着各式各样的毛绒玩具。

街上很多孩子跑着，跳着，叫着，高兴地撒欢儿，忘记现在已经是晚上了。五个同行的孩子走进街角拐弯处的一家餐厅，里面弥漫着浓郁香甜的海鲜味道。

"欢迎光临本店！老位置，对不对？"一只穿西装打领结的兔子热情地招呼着，很从容地为他们掸了掸窗边一处宽敞的沙发。显然，四个孩子是这里的老顾客。

"又是一只兔子。"苏晴心想，"这里可真是奇怪，到现在为止，没有见到一个大人，只有那么多兔子在服务。"

"像往常一样各要一份！谢谢！"胖男孩对兔子说，他又扭头问苏晴，"你要什么？"

苏晴拿起菜谱翻了翻，菜单上的菜品太多了，看得人难以抉择。

"不如试试它们的招牌海鲜饭套餐？"胖男孩建议，一提起吃，他就显得特别在行。

"好。就是招牌海鲜饭套餐了，谢谢。"兔子走开后，苏晴实在是好奇极了，忍不住问道，"这可真是奇怪极了，到处都是孩子和兔子，你们知道这是哪里吗？你们是来参加夏令营的吗？它们不收钱，难道父母们已经提前付过钱了？"

"你的问题可真够多的。"胖男孩说，"不过，我刚来时也像你一样。"

"这里没有父母，也不是夏令营，我们大多都是因为迷路才来到这里的，所以也不太清楚这里究竟是什么地方。兔子是这里的服务员，至于为什么，谁也说不清。"戴眼镜的男孩语气冷漠但思路清晰，他三言两语回答了苏晴的所有问题。

"别问这么多为什么了，谁不想先玩一会儿呢？"胖男孩嘴里塞满了爆米花，勉强嘟囔出这一句话。

"之前我遇到的兔子都不收钱，我猜这里也不用付账吧？"苏晴问。

"是不用付账。"胖男孩抢先回答，嘴里的爆米花喷了出来，他又从桌子上捡起来重新放回嘴里。

"得对那些兔子客气一些。"瘦高个儿男孩低声对苏晴说，"刚来时我捉弄了一只兔子，结果被它打烂了屁股，说起来还挺难为情的，居然被一只兔子打。虽然它们外表挺友善的，可也不好惹。到现在，我还会梦见被兔子打呢。"

"哈哈哈。"大家都笑了。

"不是有句老话，兔子急了也会咬人的嘛。"戴眼镜的男孩说。苏晴第一次看见他露出笑容。

"只要对它们客气些，它们还是很友好的，我喜欢它们，我的衣服就是漂亮的兔子店长帮我挑的。"漂亮女孩说。

"我也喜欢它们，它们给我们提供了这么多美味的食物呢。"胖男孩一边啃着一条螃蟹腿一边说，他一直在吃个不停。

"我有些想家了，你们不想家吗？"苏晴问。

"家？我的父母从不准我出去玩，让我看很多书，如果没有按照他们的要求背诵好，就会骂我，所以待在这儿正好。"戴眼镜的男孩回答。他没有抬头，剥着手里油光光的大虾。

"我找不到回家的路，我拜托过一只兔子帮我，但是到现在还没有消息。"漂亮女孩眼眶有些红了，眼泪流了下来。

"有好多人来了，又走了，大概是找到家了。说实话，我舍不得这儿，可我也想我妈。"胖男孩说着挑起一根海鲜意面，一口嗦到嘴里。

"你怎么来到这儿的？"瘦高个儿男孩问苏晴。

"我走着走着，不知道怎么，就走到这里来了。"苏晴想把之前的事告诉给小伙伴，但又觉得那些事说上三天三夜也说不完，所以还是先不说了。

"对了，咱们还没自我介绍呢。我叫史迪。"瘦高个儿男孩说。

"我叫苏晴。"苏晴自我介绍道。

"叫我阿雄就好。"胖男孩说。

"你好，我叫珍妮。"漂亮女孩微笑着说，露出两个酒窝。

"叫我小宇吧。"戴眼镜的男孩说。

"好了，不要去想那些不开心的事情了，先过好今天再说。"史迪提议，"更何况这里真的很好玩。"他们开心地吃起眼前美味的晚餐。

第十一章　美好的游乐园

第二天，苏晴打算去街上购买一些旅途中所需的用品，尽管这里有很多好吃的、好玩的，但她还是决定从这里离开，一刻也不能耽搁。

温暖的太阳从窗户照了进来，苏晴伸了个大大的懒腰，好久没有睡得这么舒服了。她多想一觉醒来，自己就睡在家里柔软的床铺上，桌边还有一杯妈妈放好的牛奶。可是现在，不知道还有多远的路要走呢。

苏晴觉得，还是应该先跟昨天认识的四个朋友告别，再出发。她坐在旅店一楼的大厅里，左等右等，也不见楼上有人下来。大厅里静悄悄的，除了苏晴，没有一个人。

时钟已经指向了九点整的方向，还是没有一个人。

"您起得真早啊！"这时，站在前台后面的白兔老板首先打破了空气中的寂静，它咧开嘴微笑着和苏晴招呼道。

现在已经九点了，苏晴心想，这个时间并不早了。

"您早！我和朋友们说一声，就准备离开了。谢谢您的服务！"苏晴很有礼貌地感谢道。

白兔皱了皱眉头问："这里有什么让您觉得不满意的地方吗？这么急着要走。"

“都挺好的，只是我还有很要紧的事。”苏晴回答。

白兔没有再追问，但是，她似乎既有些惊讶又有些闷闷不乐。

当钟表在十一点钟的位置敲响的时候，史迪揉着没睁开的眼睛，穿着睡衣，从房间里走出来。

“你早！”史迪从走廊上向楼下的苏晴问好。

“早上好！已经快中午了。我……”苏晴还没来得及说自己要离开的事情，史迪就在上面朝着白兔老板说道：“老板，麻烦您给我一份煎蛋、火腿和牛奶。”刚说完，他又迷迷糊糊地走回自己的房间。

只见，白兔老板钻进厨房里，不一会儿，端着一个托盘走上楼梯，托盘里放着冒着热气的煎蛋、香喷喷的火腿和乳白色的牛奶。它从二楼下来时，笑着问苏晴：“中午了，你要吃点什么呢？你看，我都没帮你做早点。”

“没关系，我吃了自己带的面包。要不您再帮我做点吃的，我肚子确实又饿了。随便什么都好，看您方便。”苏晴回答道。

“好的，一份‘随便’，一份‘看您方便’。”白兔老板朝厨房喊道。

“真奇怪，还有这种菜。”苏晴说。

白兔老板“嘿嘿”笑道：“只有您想不到的，没有我们办不到的。”

孩子们陆续醒来，楼上这边一声“老板”，那边一声“老板”。白兔老板忙碌地跑上跑下，累得满头大汗。这些孩子中也有几个勤快的，自己走下楼，来到大厅里吃饭，大多数人却连楼都懒得下。

“真是懒得像头猪。”苏晴小声嘟囔了一句。这是苏晴犯懒时，妈妈常说的一句话。

白兔老板的长耳朵动了动，回过头朝她看一眼，笑了。苏晴很尴尬，她没想让任何人听见这句话，白兔老板却听见了。"我是说，您把大家都宠坏了。"苏晴连忙红着脸解释道。

"成为一只猪不是挺好吗？猪不用干活，吃喝玩乐，享受生活。"白兔老板笑嘻嘻地说。苏晴更尴尬了，她觉得白兔老板是在取笑自己，没有再接它的话，继续埋头吃自己的饭。她周围的孩子们也埋头吃着早饭，根本没有理会白兔老板和苏晴的对话。

在十二点半时，孩子们终于精神抖擞地涌下楼梯，成群结队地走出旅店。

"咱们去游乐园玩吧！"阿雄走到苏晴面前说。昨天认识的四个朋友已经都围在苏晴身边了，其他的孩子从他们旁边涌了出去。

"我……我得离开这里，我还有事情要办。我是来和你们告别的。"苏晴说。

"去玩会儿嘛，干吗急着走？我们都是孩子嘛，这里的游乐园比任何地方的都好玩，难道你不想见识见识？"史迪说。

"最近添了许多新的游乐项目。"小宇说。

"去嘛，咱们一起去。"珍妮拉着苏晴的手不肯放下。

苏晴确实好久没有去游乐园玩了，妈妈说快要升中学了，要专心学习。"去玩会儿，大概也耽搁不了多长时间。"苏晴心想。

于是，大家伙儿一同出发了。街上挤满了向着游乐园方向前进的孩子们，他们像游行的队伍，很壮观地迈着整齐的步子走着。天空是蔚蓝色的，飘着几朵形状各异的白云，阳光在天空中折射出绚烂的色彩。看着看着，苏晴感觉有几朵白云像白兔老板在微笑。

就在正对着旅店的方向，一个超级大的游乐园呈现在眼前，苏晴也说不清它究竟有多大，反正是一眼，不，不，是几眼都看不到边。孩子们兴奋地跑向四面八方，选择各自喜欢的项目。苏晴的四位朋友也跑散了，只剩下她一个人还待在原地。

"孩子，送你一根棉花糖，去玩吧。"从苏晴身后递过来一根粉红色的蓬松的棉花糖。苏晴转过身，一位穿着粉色飞边儿裙子的年轻漂亮的女人正对着她露出迷人的笑容。这是苏晴来到这里后，看到的第一个大人。

"谢谢！我想问您，我不知道这里是哪儿，您知道去北方的路怎么走吗？"苏晴没有被眼前的一切冲昏头脑而忘记正事。

"我……我不知道啊。孩子，去和他们一起玩儿吧，这里很好玩的，你会喜欢这里的。"女人微笑着，温柔地说道。

一个小女孩跑过来拉着苏晴的手，说："姐姐，和我一起去坐那边的海盗船吧。"

"不是，我说——"苏晴还没来得及继续问些什么，就被小女孩拉走了，再回过头去看那个女人时，却发现她已经不见了。

小女孩拉着苏晴坐上海盗船，里面已经坐满了孩子。这比苏晴坐过的海盗船要大上好几倍，船身上面镶嵌着无数耀眼的宝石，闪闪发光，当它左右飞荡时，能荡得好高，好像船尾将要碰到天空似的，大家发出既开心又害怕的尖叫声。

"真刺激！我还要再玩一次。"苏晴喊道。事实上，她已经玩了好多次了。

"那边还有更好玩的！"苏晴碰上了史迪，他也刚刚从海盗船上下来。他们来到一个巨龙模样的游乐设施前，旁边立着的牌子上写着：

游艺项目：火龙的胃口

136

那个红色的巨龙很高很长，龙身盘旋着，要仰着脖子才能看到它的脸。巨龙大张着嘴巴，还不时有火焰喷出来，一辆敞篷车正从喷着火的龙嘴里探出来。

苏晴和史迪排了好半天队，才坐上敞篷车。刚刚坐稳，那车突然"嗖"地带着大家向上冲去，吓得苏晴"哇哇"大叫。这还不是最惊险的部分，和她一辆车的小伙伴们都比她平静得多。

巨龙身体中间弯曲的部分要平缓些，周围红红的，一会儿发出"咕噜咕噜"的响动，一会发出"啊呜啊呜"的叫声，这是在模拟龙肚子内的动静。不时，还会从两边上喷出一些水和柔软的海洋球，打在人身上。

"这可比在睡龙的肚子里待着有趣多了。"苏晴心想，"不过，他们肯定没有哪个人去过一条真龙的肚子里。"

敞篷车一会儿直直地向上爬去，一会儿又水平地向前开进，直开到火龙嘴巴的部位，在火龙红色的舌头上行进着，四周是白色的牙齿，"嘎吱嘎吱"地一张一合，最外面的龙口里还冒着火焰呢。敞篷车穿过火焰，朝外面飞了出去，在半空中停留了十秒后又缩了回来。车上的人能透过火焰清楚地看见外面的景色，但一点儿也没被火焰烧着。危险的是，敞篷车缩回来时，龙嘴正在闭合，只见火龙巨大的牙齿从上向下插向敞篷车，差点把他们咬到，大家不禁发出惊呼声。当然，龙牙并没有真的插中他们，而是插在了他们的四周。

敞篷车从另一条弯弯曲曲的通道开往龙尾，这条道很黑，里面不断发出"咕噜噜""扑哧哧"的怪音。大家尖叫起来，吓得抓紧了座位。敞篷车终于开到龙尾巴，停了下来，大家意犹未尽地下了车。

苏晴跑去游乐园里最长的一列队伍后面排队，她心想："这里排了那么多人，一定很好玩。"队伍旁边立着的牌子上写着：

游艺项目：怪兽花

这项目是两个人共乘一辆车，苏晴和前面一个戴着棒球帽子的男孩坐一辆。车进入山洞时，从洞口左右两边各弹出一个球拍。

"拿上它。你负责左面，我负责右面。"男孩说，他看起来很有经验。车缓缓进入山洞，光线也暗了下来。一个柔软的圆球砸在苏晴的脑袋上。

"你的左上方。"男孩向她喊道。苏晴这才发现山洞左上方，有一朵张着大嘴的花在对她发射炮弹。又来了一枚。这回，苏晴用力挥动球拍把炮弹挡了回去，正好击中那朵花，那朵花做了个鬼脸，说道："打中我了！"说完，就慢慢倒下去了。

车向前行进了一会儿，他们周围出现了很多闪着不同颜色的光亮、张着大嘴发射炮弹的花。苏晴挥动球拍把炮弹一一挡了回去，那些花儿伴随着尖叫声消失了。

"干得不错嘛，你经常玩吗？"男孩一边用力挥动球拍一边问。

"我是第一次来这儿。"苏晴回答。

男孩那边很从容地一一挡回炮弹并击中对面的花。接着他们进入了一个亮着五彩灯光的怪石嶙峋的山洞里。有一些花开始喷水。苏晴慌乱中按到球拍上的一个按钮，球拍面板从网状变成软板，挡回了水柱，水柱向相反方向射过去，击中怪兽花。又是一枚炮弹袭来，正中苏晴的脑袋，但是一点儿也不疼。

"嘿嘿……打中了……"怪兽花点着头，发出怪笑声，又有无数花朵拍手叫好。还有一朵花伸出一条藤蔓，想要抢走他们手里的球拍，幸亏男孩用球拍击中花朵。

车开出了洞口，洞口上面洒下许多包裹着五颜六色锡箔纸的巧克力。

"接好了！这是给咱们的奖励。"男孩说着，举起衬衣一角捧住巧克力，然后把巧克力塞满口袋，又往嘴巴里塞了好几颗。苏晴手里只握住三颗。

"吃太多，你会长蛀牙的。"苏晴好心劝道。男孩没有理会她的建议，一溜烟儿跑没影了，他准是去下一个游艺项目玩了。

苏晴看到离她最近的牌子上写着：

游艺项目：空中飞机碰碰车

这里的碰碰车可不是我们常看到的那种在地上跑的车，而是在天上开着飞机来回相撞，所以，确切的叫法应该是"碰碰飞机"才对。

这里也不全是惊险的游戏设备，还有不太惊险的旋转木马、摩天轮，等等。

那边，有一群小孩子在盛满白色奶油的池子里，扔着蛋糕、巧克力豆，相互打闹着。有人饿了就进入蛋糕屋，那里的桌椅、柜子等都是可口的蛋糕，孩子们一边坐在椅子上休息，一边将用巧克力制作而成的桌子抠下一块来塞到嘴里，直到把桌子吃了个大窟窿。有人正扒在屋顶上，啃着巧克力口味的烟囱；有人挖了一块香草口味的玻璃；有人把摩卡口味的屋子大门咬了个大洞；有人把香芋口味的镜子抓破了。

在人造的海洋里，坐进钢铁制造的鱼肚子里，去看小鱼游泳，也是不错的选择。

丛林冒险项目是去茂密的丛林里看各种动物，当然，这些动物都是人造的，它们会时不时出来吓唬人一下。

玩是孩子的天性，而这里的游乐设备应有尽有。

苏晴碰上了一起来的漂亮女孩珍妮。"咱们去看小猪游泳吧！"珍妮邀请道。

"小猪只会在泥地里游泳。"苏晴笑着说。

"刚刚那边围了一群人，说有小猪表演游泳，听说是最近新出的节目。"珍妮说。

她们走到游乐园西南角，那里有一个很大的游泳池。游泳池外面罩着透明的玻璃，玻璃窗外已经围满了观看表演的孩子们。她们费力地从人群中挤到玻璃窗跟前张望，十几头小猪真的在水里游泳呢！它们有的戴着游泳圈，有的则是游泳高手。不过它们并不像在表演，而是尽情地玩耍。一只穿着蓝白条 T 恤的小猪正尽情仰泳，猪蹄在清澈湛蓝的水里扑棱着，打出洁白的水花。它光溜溜的小肚皮露在水面上，一鼓一鼓地上下动弹着。另一只穿黑色泳裤的小猪正从高处的跳板跳下来，一头扎进水池里，溅起一米多高的水花。在泳池中央，一只穿着粉红色裙子的小猪正躺在充气垫子上，脑袋上别着一朵红色的鲜花，享受着温暖的阳光。还有一只小猪把脑袋潜进水里，屁股却露出水面。游泳池里还有很多各式各样的滑梯，穿着美丽的小猪们坐上滑梯滑到水中，好不热闹。

"多有趣啊！我也想进去玩，做一只猪也挺好的！"苏晴旁边的一个小男孩说道。这声音听起来很熟悉，苏晴回头一看，原来是阿雄，他也来这里看小猪游泳了。

"确实很有意思，它们的动作多灵活啊！没想到猪还能在水里游泳呢，说不定它们也可以和那些兔子一样为我们服务。"苏晴说。

玩耍的时间过得很快，不知不觉，天色已经黑下来，游乐园的霓虹灯亮了，天空中放起绚烂的烟花，一束束美丽的花朵在天空中开放。

"现在，由我来为大家表演魔术！"不远处的舞台上一个声音传来，好多孩子跑向那里。

在铺着红色地毯的高高的舞台上，一只戴着黑色礼帽的兔子举着手里的手帕，从里面掏出一朵玫瑰花扔到舞台下面，接着又是一把糖果，再之后是一只小鸟，小鸟拍拍翅膀飞走了。

"接下来是大变活兔。"说完，它把自己的黑色礼帽从头顶上拿下了，向大家展示了一下，里面空空的。

"是不是空的？"它问台下的孩子们。

"是空的。"

"没错。"

它把帽子重新放在头顶上，用自己的黑色手杖指了指，又转了几个圈，口中振振有词，然后它拿起帽子，一只兔子从里面跳了出来，接着，又是一只兔子跳了出来，第三只、第四只、第五只……直到舞台上已经站满一排兔子，魔术师才结束了这个表演。台下爆发出热烈的掌声。然后，这一排兔子开始表演杂技，一个站在一个上面，最下面的那只骑着独轮车。舞台下面又响起热烈的掌声。

"不要着急，更精彩的表演才刚刚开始！"兔子挥舞着手杖高声说道，"下面的节目是——大变活猪！"它故意拉长声音。

一个穿黄色衬衣的小男孩在一群兔子的带领下走到舞台中央，

他的脸色有些不对劲。

"让我们见证这神奇的一刻！"戴着高高黑色礼帽的兔子说。它站在高高的椅子上，抬起前腿在小男孩的眼前晃来晃去，小男孩渐渐迷糊了，乖乖地合上双眼。接下来，既神奇又让人害怕的一幕发生了。小男孩的脸开始变形，他的鼻子变得又圆又长，耳朵也变大了，变成了扁圆的形状，一点一点地，他的脑袋竟然变成了一个大大的猪头。兔子命令另外一只兔子拿来一块红色的天鹅绒布。"千万不要害怕。"兔子说完，朝小男孩挥舞了一下，就在红布掠过他身体的瞬间，小男孩不见了，一只低矮的小猪正站在舞台上，它"噜噜"地哼了两声，黄色的衬衣被撑破了。兔子们笑哈哈地把小猪牵到了台下。

"这不是真的，你们一定安插了什么机关。我也要试试！"舞台下，一个壮壮的男孩举手喊道。

戴着高高的黑色礼帽的兔子神秘地笑了笑说："你现在变不成猪，还不是时候。"

舞台下的孩子们都笑了。

"变魔术还论时候吗？"壮男孩噘着嘴生气地问。

"当然，过些时候，我们一准儿邀请你。"兔子神秘地笑着说，露出两颗大门牙。

舞台下的孩子们又笑了，等着看下一个表演。

很多小孩子玩累了，就骑上游乐园里的木马。木马可以听从他们的命令，去到任何想去的方向。这里还有气垫棉花糖，累了可以躺在上面休息，饿了还可以揪起一块儿吃上两口。

棉花糖摊铺依旧"吱扭"地摇出脸盘一样大的棉花糖，只是老板并不是那个穿粉色飞边儿裙子的年轻女人了，而是换成了一只穿粉色飞边儿裙子的兔子。

　　烤肉摊的牛肉和鸡蛋"嗞嗞"冒着烟。一个小丑打扮的兔子把气球扭成小狗、小猫、小鸭子的样子，送到孩子们手中。

　　苏晴和所有孩子一样，玩得昏天黑地，忘记了时间。这里没有父母的唠叨，也没有老师的管教。要不是游乐园在九点钟关闭，孩子们还都沉浸在这欢乐中，一点儿都不觉得疲倦。

　　"真是好久都没这么开心地玩过了！"一个男孩说，看样子他也是刚刚来到这里。

　　"回去休息吧！回去吧！别太累了！注意营养！注意休息！那样才能养得白白胖胖的。"一只长了白色胡须、戴着灰色帽子的老兔子把他们赶出游乐园，它边关大门边朝大家喊道。孩子们只好恋恋不舍地朝门口走去，开始返回各自住宿的地方。

　　苏晴回到白兔旅店，既兴奋又疲倦地睡着了。接下来的几天里，她大概是忘记了自己的任务，再也没有提离开的事情。她每天和其他的孩子一样，要不就是跑到游乐园玩，要不就是大吃大喝，好不欢乐。就这样，过了两个星期，她还没有要离开这里的意思。

第十二章　猪形人

　　在这个没有学校、没有图书馆、没有父母、没有老师、没有忧愁的小城里，有的只是好吃的、好玩的、好穿的。在这个只有白兔的小城里，这些孩子尽情地玩乐，过着衣来伸手、饭来张口的生活。他们早已把回家的事情抛到脑后，早已忘记了回家的时间和路。

　　不久，五个好朋友中的漂亮女孩珍妮已经胖了一大圈，她的裙子都穿不了了，可是服装店的兔子只肯给她一件新衣服。它把珍妮原来的衣服都拿去修改，改成大码后再还给珍妮。那个瘦高个儿男孩史迪也从一个瘦高个儿变成了胖高个儿。胖男孩阿雄变得更胖了，每次出门，他都步履蹒跚、气喘吁吁地让大家伙儿等会儿他，而且他去游乐园的频率也减少了，但是，他并没有忘记他喜欢的美食，每天仍旧吃个不停。只有那个戴眼镜的男孩小宇还保持着瘦瘦的身材。至于苏晴，她虽然还没怎么变胖，但是，她变得和其他孩子一样，每天早上，懒惰得连楼梯也不下，就招呼一声："白兔老板！"便又回屋倒头大睡。白兔老板很辛勤地把饭菜端到屋里，在她睡好回笼觉后，便大吃大喝起来。

　　苏晴在这个小城里逗留了整整一个月。然而，就在一天夜里，奇怪的事情发生了。这天，苏晴玩得太高兴了，白天的时候连口水也顾不上喝。夜里，她口干舌燥，喉咙发痒，嗓子冒烟。她艰难地拖着身子爬起来，走到水壶旁打算倒一杯水，却发现右手怎么也拿不起杯子。借着月光，她看见一只猪蹄在眼前晃动，那只猪蹄和自己的胳膊相连，正试图端起杯子。胖胖的、分成两叉的猪蹄碰得杯子"叮当"响，可就是怎么都端不起杯子。她换了一只手端起杯子，喝完水，踉踉跄跄地走回床铺。

"一定是在做梦。"她心想，"这几天感觉身子越来越沉，或许是生病了，得去问问白兔老板，医院在哪儿。"不一会儿，她睡着了，发出"噜噜"的酣睡声，第二天起床，她便忘记了这件事。

因为没有父母的管教和催促，接下来几天，苏晴和朋友们都玩到游乐园闭园才回旅店，也常去那家海鲜餐厅大吃大喝。

这天，是小城的节日。傍晚的大街上放着欢乐的音乐，五彩的礼花不断在上空升起，各家店铺闪烁的彩灯把黑夜照得像白天似的。街上人头攒动，比往常还要热闹。

这群伙伴吃完晚饭，走在拥挤的街道上，苏晴走在最前面。当她低下头想要找挎包里的纸巾时，惊恐地发现自己手上的五根手指正在慢慢地并拢，很快，一只手就变成了分开两个叉的猪蹄。她尖叫了一声，又慌忙用另一只手捂住嘴。她把变成猪蹄的手藏到口袋里，她怕朋友们看到她的怪样子会吓得跑掉。当她回过头，想看看是否有人注意到自己时，却更惊讶地发现，走在左边的小宇，胳膊肿得不像样，肚皮也鼓鼓的，像一只小猪。他旁边的珍妮，两腿变得又短又粗，一双手和自己一样变成了猪蹄，正一摇一摆地前后晃动，珍妮大概还没有发现自己成了那个模样。史迪除了胳膊又肿又粗，还长出了个猪鼻子，喘着粗气，猪一般的大耳朵呼扇呼扇的。

更为可怕的是最右边的阿雄，他肥硕的身体上顶着个猪头，两只猪蹄正在挥舞着赶走头顶上的蚊子。如果不是他还穿着那件紧绷到快要开裂的棕色弹性 T 恤，苏晴简直认不出他了。

"你？你的脸……"苏晴从口袋里伸出猪蹄一般的手，指了指阿雄的脸，不敢相信地问道。

阿雄用他笨拙的手摸了摸脸，张开猪一样的大嘴却只发出了一阵"噜噜"的声音，过了一会儿，他的声音渐渐恢复正常，才慢慢说道："这没什么，有时候会这样。开始，我还吓一跳，不过猪脸也没什么大不了，看看游乐园的那些猪，不是生活得很好吗？"阿雄满不在乎的态度让苏晴有些意外，他竟然对这张脸习以为常了。

史迪插上来说："晚上的时候是这样，白天会变回来的。白兔老板给我找了大夫，它说这是正常现象。"不过，史迪的头脑似乎也不太清醒了。他的脸红红的，像喝醉了酒，可是他们并没有喝酒啊。

珍妮看了看自己的手，又看了看阿雄，哭着说："我可不想变成那副模样。呜呜……呜呜……"

"别哭了，吵死了。"阿雄说，他的嘴巴呼出一股臭气。

"瞧，我的手也这样了。"苏晴安慰着珍妮，"或许，过了今天晚上就会好了，或许这是节日里的玩笑。"

珍妮却哭得更凶了。小宇则面无表情地看着大伙，不屑一顾地摇了摇头。

一路上，苏晴心烦意乱极了。街上不时有孩子回过猪一样的脑袋看看她，还有孩子用猪蹄踩了她的脚。

这些孩子的脚变成猪蹄后就小了很多，鞋子掉得街道上到处都是。不过，没关系，隔壁最大的鞋铺里拥有各种款式和型号的鞋子，白兔鞋匠会亲自为每个人量尺寸，定做最合适、最时髦的鞋子。有的孩子包里还提前准备了鞋子，他们毫不惊讶地换上鞋，继续走着。显然，孩子们已经适应了这种变化，也接受了这种变化。

不时，还有几只低矮的小猪蹭着苏晴的裤腿经过，那不是猪形人，而是几只真正的小猪，他们还在往游乐厅里跑。那些也是小孩子吗？

"成为一只猪不是挺好吗？"苏晴脑子里突然冒出白兔老板的那句话，不由得浑身战栗。

"有一些曾经一起玩的孩子不见了。"回到旅店的房间里，小宇对苏晴说，"可能是受不了这些变化，自己离开了。但更多人既害怕又舍不得离开这里，再说，就算出去了也找不到回家的路，毕竟，猪的脑子总不会更好使。"

"这一切真的不是节日里兔子们和咱们开的玩笑吗？"

"快别自欺欺人了。"小宇说，"难道你的猪蹄只有今天才是这样吗？"

苏晴忽然想起前些日子晚上自己变成猪蹄的手，对，那绝不是做梦。

"你还记得来时的路吗？"苏晴问。

"当然，我只是被父母打了一顿，才会离家出走。我没想永远不回去。我知道他们还是爱我的，只是爱我的方式，令我难以接受。"小宇耸了耸肩说。

"你出来这么久，父母肯定急坏了，你打算什么时候回去？"苏晴问。她也想起自己的父母，如果知道她没有在朋友家，父母肯定会急得像热锅上的蚂蚁，四处寻找她的下落，说不定还会报警。虽然，妈妈平时总是唠叨她，但妈妈是最爱她的，她也爱妈妈。想到这儿，她的眼泪开始在眼眶里打转。

"刚开始时，我也没想待这么久，可渐渐玩得忘了时间。其实，我虽然说认得路，但时间长了，怕是也记不太清楚了。"

"那你走不走？"苏晴问。

"过一阵再走。"

"我打算明天就走，总觉得留在这里好可怕，你和我一起吧。"苏晴说。

"这里的一切变得怪怪的，那些朋友……"小宇不知道该说什么好。

"这里的确怪怪的，你打算和那些朋友商量商量，对不对？大家一起走吧。"苏晴建议道。

"只是，他们不认得回家的路了，这毕竟是个安逸的落脚地。有的人，比如阿雄，是不愿意走的，就算变成猪，他也不怕。和我差不多同时来的史迪也沉浸在游戏中难以自拔，他变化的速度比我快多了。至于珍妮，她根本记不起回家的路，就算想走也不知道往哪儿走。"

"这几个人之中你的变化最小，你是不是有减慢变化的办法呢？"苏晴好奇地问。

"我来的时间也不短了，也发现自己变化得确实比别人慢。我常随身带着几本书，有时候读一读还是挺好的事情，或许就是因为这样才没有很快长出阿雄那种猪脑袋吧。"小宇尴尬地笑着回答。

"总不能留在这里，干等着变成一只猪。只怕再不走会变得更可怕。"苏晴倒了杯水，她的手已经恢复原形了。

"会不会有人没有变成猪？咱们只是个偶然现象呢？"苏晴陷入沉思。

"你真的明天就走？"

"我得赶快离开了。我要回家还有好长一段路要走呢。"苏晴回答道。

"那祝你一路顺风。"小宇托了托鼻梁上的眼镜说，"我再观察一下这里的情形，大概很快也会离开的。"

苏晴点点头，她的心里突然觉得空落落的。

小宇回去睡觉了。苏晴开始收拾行李，准备明天启程。她的衣服可真够多的，都是白兔服装店里的衣服。

"明天还要准备路上吃的食物。"苏晴对自己竟能够冷静、独立地面对这一切感到有些惊讶。

第二天睁开眼睛，已经十一点多了，苏晴本想早点儿起的。"这真是糟糕透了。我已经习惯了这样没有规律的生活。看来姐姐说得没错，'懒惰是种天性，勤劳是种习惯'。要每天坚持，才能养成好的习惯。"

苏晴趁着白兔老板没在楼下时，匆匆溜出旅店，去街上买东西。这里怪怪的，白兔老板也怪怪的。虽然，她很感激白兔老板无微不至的照顾，但是还是狠狠心，决定不和它说再见了。

隔壁，穿着卡其色粗布套装的兔子刚刚懒洋洋地打开店门。

"请您稍等，我今天起晚了。"兔子说。其实，它压根儿没想到会有人在这个钟点儿来买东西。

"没关系，我想要一些罐头、面包、火腿、饼干、瓶装水，如果有够新鲜又禁得住存放的食品，也请给我来一些。"苏晴说。

"您要出远门吗？"白兔皱了皱眉，它用鸡毛掸子掸了掸货架上的灰尘，问道。货架上那些罐头已经好久无人问津了。

"没，没有，谢谢您……"苏晴结结巴巴地回答道。她不善说谎，但不知怎的，她不想让兔子知道她要离开的事情。她把食物放进包里，逃也似的快步走出门口。

这些兔子似乎很喜欢为他们服务，也很害怕他们离开。尽管分文不收，但它们仍然乐此不疲地为大家服务。苏晴走在街道上，食品店的兔子老板仍然扒着门板一直朝她张望。

苏晴觉得脑袋昏昏沉沉的，长长的街道上，每个店铺好像都长得差不多。她走到街道尽头，这里的一切似乎都变了模样，来时经过的灌木丛不见了，取而代之的是两排横在街道前面的密密的铁网。正当她怀疑自己是否走反了方向时，她看到铁网左侧的大门前一个裹着花布头巾的中年妇女和一名男子正在交谈。男子穿着黑色西装、白衬衣，打着一条黑色领带，苏晴觉得这个人很面熟，好像在哪里见过他似的，但来到这个地方后，就从来没有见过穿西装、打领带的成年人呀。

"我的孩子贪玩，出来两个多月都毫无音讯。附近很多地方我都找了，只剩这里还没有找，不知道他是不是不小心进来了。"女人说。

"怎么可能在这里？我没有看见。而且，我不是已经跟你说过很多次了，外人不能入内。"男子粗鲁地回答。

"拜托，让我进去找找看。"女人哀求道。

"如果发现你的孩子，我会派人通知你的。"男子搪塞道。

"拜托了，我就去看一眼，不会耽搁很长时间的。"女人再次哀求道。男子还是拒绝了她。

"让我们进去看看，不会妨碍你们工作的。"这时，几个拿着镰刀的男人从树后面走出来，粗声粗气地说道，他们把镰刀架在大门中间。看来这群人是有备而来，今天一定要进来看看。

"这……这……那好吧。"穿黑西装的男子态度客气了很多，他大概是被这群粗壮的汉子吓到了。男子打开铁栅栏门，等大家都进来后，又立即把门锁上了。这下，苏晴根本没有办法从这个大门走出去，她决定跟着大家看一看发生了什么事。一群人走在街道上，他们四处张望，却并没有走进街道两旁的店铺，只是上看看，下看看，有时蹲下来朝路边看看。

"草丛里没有人。"一个胳膊粗粗的男人说。可苏晴分明看到那里只有一个商店，哪里有什么草丛呀！

"你们要这些破铜烂铁干什么？"另一个男人问。

"我们是干钢铁运输、废铁加工买卖的。"穿黑西装的男子回答，他显得有些不耐烦。

"那边草丛里找找。"

"孩子不可能躲在草丛里。"

"可是这里什么都没有。"

"那些人看到的情景好像和自己看到的不太一样，难道他们没有看到四周的商店吗？不进去看看吗？里面有很多孩子呀。难道这一切只有孩子才能看到吗？"苏晴心想，她开始变得更加不安起来。

"阿雄——阿雄——"中年妇女焦急地喊着。

"'阿雄'不是胖男孩的名字吗？"苏晴心想。她小心地跟在他们后面，保持一定距离，没有弄清事情的真相前，还是先不让他们发现自己为好。

他们转了几个弯，来到游乐园的位置。苏晴看到的明明就是游乐园，可在那群大人眼中游乐园却变成了一堆废铜烂铁。

"好了，这里你们都找过了。我就说没有你们要找的人吧。"

穿黑西装的男子说。

"阿姨，叔叔！"苏晴叫出来，她决定向那一群人求救，可是她的声音刚发出来就在空气中消失了。她又试着喊了几声，和刚才一样，她的话没有人听得到。

一群人什么都没发现，只好失望地从游乐园的后门离开了。中年妇女边走边哭泣着，嘴里不停地喊着"阿雄"的名字。

"如果见到一个叫阿雄的孩子请通知我。"女人对黑西装男子说。

"好了，好了。快走吧。"男子不耐烦地说。

黑西装男子转身朝苏晴的方向走来，苏晴看到右边有一个黑乎乎的草棚，赶紧躲了进去。从缝隙中，她看到黑西装男子快步离开，才松了口气，正要踏出门栏时，却不知被什么动物咬住了裙子，回头一看，是一只穿着蓝白色衬衣的小猪。

"喂，是我。"小猪说。

苏晴吓了一跳，吃惊地问道："你是？我们认识吗？"

"你不记得我了？我是史迪。"它小声说，"和你同住一个旅店的史迪。"

苏晴惊讶地张大了嘴巴，他现在这副模样，自己的的确确是认不出来了。他像一只普通的小猪一样四肢着地，除了穿了件衣服，样子也和普通小猪没什么差别。苏晴环顾四周，这是一个还算干净的猪棚，地上铺着蓬松的稻草，还有几十头小猪正挤在草棚的角落里紧张地看着她。

一只头戴粉色小花、粉粉嫩嫩的小猪壮着胆子小步移过来，一开口，是个女孩的声音："救救我，请你救救我！"

一只穿灰色背心的小猪走过来，对小粉猪说："在这儿，你有什么不满意的吗？我们有吃有喝，还能游泳，不用读书学习。"说着，它伸了个懒腰。

"可……可是，我想回家，我想我妈妈。"小粉猪含着泪说。

穿灰色背心的小猪抬起猪蹄踢了小粉猪一脚，愤愤地说："别坏了我的生活。"小粉猪痛得"嗷嗷"直叫。

"你怎么能踢人呢？她有权发表自己的观点。"苏晴说。

"现在可一点都不好玩了，怎么才能变回人形呢？"史迪指了指正在泥水里打滚儿的一只身穿棕色弹性 T 恤的小猪，说，"瞧，那是阿雄，他现在连话都不会说了。"

苏晴记得那件棕色弹性 T 恤，那是昨天晚上最后一次看见阿雄时，穿在他身上的衣服。

"你们什么时候跑来这里的？"苏晴紧张地问。

"昨天夜里，有人闯进我的房间，把绳子系在我的脖子上，牵着我过来的。"史迪说。

"刚刚我看到阿雄的家人来这里找他了，可是一切似乎都变了模样。他的家人根本看不到这里的游乐园，也看不见那些商店和旅店。"苏晴说。

一只最大最壮的小猪从猪群里挤出来，缓慢地对苏晴说："你赶快逃走吧，不然你也会和我们一样变成猪的，然后被关在这儿，直到被卖掉。"

"被卖掉？"

"嗯，之前这里的一些猪被他们运走了。我猜，大概是被卖到什么地方去了。"

"你说的'他们'是谁？我没在这儿见过大人，除了——游乐园的那个阿姨。"苏晴说。

"好像是一个穿黑西装的男人和一个穿粉色裙子的女人。"小猪说，"我的记性变得不大好了，好像是这样。他们说我还没有变化完，得再留一段时间，我才没有被运走的。"

"说不定是被送到好玩的地方去呢。"穿灰色背心的小猪嘟囔道。

"或许，我得回到旅馆弄清真相才行。"苏晴说。

苏晴踏出猪棚时，天色已经变暗了，几颗星星挂在天空上，狡黠地眨着眼睛。游乐园又恢复了往日的喧闹，苏晴回过头，猪棚竟然消失了。"真希望这一切都是一场梦。"她心想。

电动火车的音乐欢快地响着，五彩的灯光照得人眼花缭乱，孩子们在她身边跑来跑去。一个小男孩拍拍她的肩膀说："那边有个新的游戏项目很好玩。"说完，男孩就跑走了，苏晴隐约看见他的衣服里露出了一个卷曲的猪尾巴。也许，这些孩子不久也都会变成一群只会玩乐的小猪。

这天的街道很寂静，偶尔有几个显露出小猪特征的孩子走在街上，他们并没有对彼此的样貌感到惊讶，只是各顾各地跑进游戏厅。

旅店也很安静，门口大牌子的霓虹灯没有亮，大厅里黑着灯。从挂着布帘的厨房门口传来两个成年人的声音。苏晴摸着黑，小心地走到布帘旁，蹲下身，撩开一个小缝。她看见穿黑西装的男子和一个穿粉色裙子的女人正躲在厨房里窃窃私语，苏晴从来没有在这里看见过这两个人。穿粉色裙子的女人一头棕色卷发，棕色的眼睛里布满红色的血丝，脖子上戴着一条美丽的红宝石项链。

"那些村民竟然找上门来了？咱们得赶快把那些小猪送到南方去。"女人焦虑地说道。

"放轻松，别那么着急。"男子若无其事地拿起案板上的一杯咖啡闻了闻，"他们没发现什么。我们再等些时候，还有几只不错的小猪，等他们都变化完之后再一起送走，否则还要多花一笔运费。"

"还要等？我真是有些害怕了。"女人说。

"好了，别胆小得像只兔子。我们的事业还远大着呢。"男人说。

"可我就是一只兔子。"女人笑着说。

"或许我们应该把一些成年人引来，他们应该也会享受这样的生活。"男人说。

"你是说附近的那些村民？还是城里的那些读书人？他们可都是些勤快、喜欢学习的人，根本没那么容易变成猪。更何况，那些南方的买家只喜欢可爱的小猪。"女人说。

"这倒是对的。我认为那些成年人也会沉迷于这些欢乐的。"男人说，"不过，不是游乐园的欢乐，得另换布景。"

"我还是觉得不值得这么大费周折做有风险的事，再说，孩子至少不会坏了咱们的事。那些成年人，我可没把握。咱们还是先把这些小猪运到南方卖出去再说吧。"女人说。

"当然，它们会卖个好价钱的。没人买的猪就送去马戏团，那里出价虽然不高，但也算个销路。"男人说。

"就这么定了。"女人说，"还有，前些日子来的那个叫苏晴的小女孩，我看要多加留意一些，有只兔子和我汇报说，她好像想要离开。"

"放心吧，没有哪个孩子可以挡得住这样美妙的生活，他们会沉溺其中的。成年人也一样，你就看着好了。"男人说着，从案板上拿起一块鱼干，放进嘴里，"走了。这鱼干真好吃！帮我准备一箱。"

男人朝外面走过来，苏晴慌忙地躲到前台底下，却只看见一只黑色的猫从厨房的布帘后面钻出来，摇着尾巴，消失在大街上。大厅的灯又亮了，趁那个女人出来之前，苏晴赶紧跑上楼梯。在楼梯上，苏晴看见白兔老板端着茶从厨房走出来。

上了楼，苏晴第一个想到小宇和珍妮，决定还是和他们商量一下再说。她首先来到隔壁珍妮的房间，敲了半天门，也没有人回答，她只好推开没有上锁的门，走了进去，却发现一头穿着花裙子的小猪正躺在床上睡觉，她倒吸了口凉气。小猪发出"哼哼"的声音。

她又去了小宇的房间。"请进！"小宇说。他正晃动着两条短小的猪腿，坐在椅子上看书。苏晴谨慎地看了看门外，合上门，才对小宇说："这里有很多人都变成小猪了。"

"我并不奇怪。"小宇头也没抬。

"咱们怎么办呀？"苏晴说。

小宇没有回答苏晴的问题，反问道："你昨天不是说今天一早就离开这里吗？怎么没走呢？"

"我发现了一些新情况。"

"新情况？"

"变成猪的小孩子都会被卖掉。"

小宇指了指自己的双腿，说："我这副模样，已经一天没变回去了，恐怕帮不上你什么忙，也帮不上大家什么忙了。我现在腿沉得很，跑也跑不动了。我发现读书和思考可以让我变得清醒些，所以现在除了坐在这里看书，我什么也做不了。"小宇说。

"得想个办法救救这些伙伴们。对了，我先去看看这里还有哪些人，得赶快让他们离开这里。"苏晴说。

"都在游乐园玩呢。你以为他们会听进去你说的话？还有，你以为这么多人能这么容易地离开？逃过那些白兔的眼睛？"小宇说。

原来，小宇也在怀疑白兔。苏晴隐约想到白兔很可能就是那个穿粉色裙子的女人变的，而那只黑猫很可能就是穿黑西装的男子变的，一定是这些人变成了动物把他们吸引过来的。她想起这只黑猫就是在分岔路上引她来的那只。

"你是说白兔？你也在怀疑它？"苏晴问，"你还知道些什么？"苏晴的胳膊开始变得肿胀，她知道时间不多了，再这样下去，她也会一点儿一点儿变成一只小猪，被卖到南方去。

"我确实不知道什么，只是觉得有些兔子变得越来越奇怪。"小宇说，"也许，即便离开，也不能避免变成猪呢？"

"那样就太糟糕了！"苏晴叫起来，如果变成一只不会说话的猪，回到家妈妈还能认得出自己吗？

小宇又接着说道："或许，有什么实质的解决办法。"

"太好了！你终于开始帮我想办法了。"苏晴说。

"可是，我的头开始痛了。"小宇揉揉脑袋说。

"你不会马上变成猪头吧？"苏晴着急地问。

"对了！"小宇突然想到了什么，他从座位上跳起来。这会儿，他的脚已经完全变成了猪蹄，腿也变成了猪腿，摇摇晃晃地勉强支撑着身体。"是那条项链，红宝石的项链。"他喊道。

"刚刚我看到那个阿姨确实戴着一条红宝石项链。可是，那条项链有什么问题吗？"苏晴问。

"有一天，我看见这里有个戴着红宝石项链的年轻阿姨牵着好几头小猪交给一个陌生男人，她穿的和白兔老板一模一样，当时我并没有在意，可是现在一想，那个人或许就是白兔老板呢。不过，白兔老板并没有戴那条项链。这样子的话，问题是不是在于那条项链呢？不行，不行，我思考不了了，我的头又开始痛了。"

　　"你先别急，慢慢想。"苏晴安慰道。"其实，穿同款裙子是很平常的事情，戴条项链也没什么大不了的。不过，今天，就在刚刚，我看到那个阿姨的确在厨房里，而从厨房里走出来的却是白兔老板。也就是说，戴项链时是个阿姨，不戴项链时是只白兔。对，你的意思应该就是这个。我想，你的怀疑或许是正确的。"

　　"不管是不是真的，先拿到那条项链研究研究，我们的时间不多了。"小宇说。

　　"毁掉那条项链，也许就能破除魔法！"苏晴兴奋地讲，"童话里都是这么讲的啊。"

　　"但愿如此。"

　　这时，小宇的双脚恢复了原形，不再是猪蹄，但双腿还是粗壮的猪腿。

　　半夜三点，大家都在熟睡的时候，苏晴和小宇悄悄地摸下楼。要知道兔子的长耳朵有多灵敏，一点动静也逃不过它的耳朵，当他们脱下鞋静悄悄地进入白兔老板的房间，快走到它身边的时候，它一下子坐起来，眼睛在黑暗里闪烁着红色的光，直直地刺向他们，又立刻向左边望了望。顺着它的眼神，小宇机警地看到一条红宝石项链摆在不远的桌子上。

　　"快去！在那里！"小宇朝苏晴喊道，自己则扑向想要起身去拿项链的白兔老板。苏晴赶在白兔之前拿到了那条项链，白兔此时也挣扎着钻出小宇的胳膊，跑到苏晴面前，跳起来和她争抢项链。

"你们想干什么？赶快还给我！"白兔大声喊道，"你们这些小偷。"

"我没有想偷你的项链，只是……只是借来看看。"苏晴争辩道。

"看也不行，你们大半夜跑来，就是看看？"白兔一边向上跳着一边叫着，看来它对这条项链很紧张，"快给我！"

"是不是你把大伙儿变成小猪的？"苏晴一边把手举得高高的一边问。

"你在说什么，快给我！"白兔说。他们在房间里转圈，你争我夺。

争夺之中，项链"咣"地掉到地上，摔碎了。大家都停住了，白兔老板也愣住了。它惊慌失措地蹲在地上，捧起地板上的宝石碎片，哇哇大哭。

"对不起。"苏晴说，她看到白兔如此伤心，不知道怎么办才好。白兔坐到地上，仍旧难过地哭着。

小宇拉着苏晴跑到楼上珍妮的房间，可是珍妮并没有变回人形。

"难道我们错了吗？不是那条项链的问题？或者不是白兔老板？"

这时，珍妮"噜噜"叫了声，翻了个身，又睡着了。

"咱们还是去问问白兔老板，希望它自己说出些什么。"小宇说。

他们跑到楼下，白兔还坐在地上哭着。

"快说！怎么回事？"小宇大声问它。

白兔反问道："什么怎么回事？你们俩大半夜的，摔坏了我珍贵的项链，还来问我怎么回事。"

　　"白兔老板，对不起。真的很对不起。只是我们都很着急。我们快要变成猪了，不得不这样做。我不想变成猪。您一定知道这一切，请您帮帮我们吧。"苏晴说。

　　"我还是那句话，变成猪有什么不好，管吃管喝。我们是怎么招惹你们了，你们俩闹成这样。赶快回去睡觉！把我的项链弄坏了，明天我可没心情给你们弄早点了。"白兔气愤地说道。

　　"我们都快变成猪了，还用你弄早点？"小宇也气愤地说。

　　"求求你了，帮帮我们吧。"苏晴说。

　　白兔默不作声了。

　　"别求它！"小宇看到自己开始变成猪蹄的双手，暴躁地说。他找了个笼子困住了白兔。

　　苏晴忽然想起那只黑猫，对小宇说："是那只黑猫。我去找那只黑猫。"

　　白兔眼睛转了转，说："黑猫？我们这儿只有兔子，哪来的黑猫？"

　　"我现在就去。"苏晴说。

　　"你知道它在哪儿吗？"小宇问。

　　"我找找看。"苏晴说。

　　"一定要小心啊！"小宇叮嘱道。

　　"快别费力气了！别走！别走！我给你弄点好吃的吧！还有，游乐园又添了新游戏，快去玩！"白兔朝渐渐跑远的苏晴喊道，可它的话并没有干扰到苏晴。

　　天色已经由黑转亮，月亮挂在天空上，能看见淡淡的影子。

此时，穿黑西装的男人正在街道尽头的铁栅栏旁边的一座二层小楼的客厅里抽着烟斗。他舒舒服服地盘着腿坐在一个软软的真皮沙发上，烟圈一个接一个上升到空中，变成了七彩的颜色，又变成了各种动物的样子。他神情悠闲地冲着烟圈笑了笑。房子里铺着红色的地毯，装潢得豪华而别致。

苏晴扒在窗户旁，看着烟圈在屋子里飞舞。她头脑清醒过来了，想起第一次见到穿黑西装男人的地方，想到他大概会守在门口以防有人进来或者出去。她想得没错，男人的房子就在这里。

透过层层叠叠的烟圈，苏晴发现男人的脖子上竟然也戴着一条项链，和白兔老板的一模一样，只是颜色是蓝色的。

她猜得没错，那只猫戴上项链之后就变成了一个男人，而摘了项链又变回一只猫。

怎么拿到那条项链呢？她可犯难了。男人黄色的眼睛炯炯有神，没有一丝睡意，可是苏晴的眼皮却越来越沉，因为一宿没睡觉。她想着该怎么办才好，想着，想着，渐渐合上眼皮，困得睡着了。

快到中午时，苏晴被刺眼的阳光晒醒了，她慌忙站起身来，趴在窗户上瞧。然而，男人却不见了，只有一只黑色的猫在皮沙发上盘成一团，睡得正香。沙发旁边的茶几上，放着那条蓝宝石项链。

苏晴试图打开门，可是房子的大门锁得紧紧的，窗户也关得紧紧的。她绕着房子走了一圈，终于发现房子后面的墙壁上有一个不到半米高的猫洞，她只好弯着腰，试着钻进洞里，这个洞刚好通向客厅。

苏晴爬到客厅里，就这样，轻而易举地拿到了蓝宝石项链。她高高举起蓝宝石项链，狠狠地把它摔在地上，闪着光的宝石项链被

162

摔个粉碎，那粉碎的蓝宝石碎片的光芒渐渐暗淡下去。黑猫被这突如其来的响声惊醒，它发出一声惨痛的尖叫声，皮毛渐渐失去光泽。

苏晴抓住黑猫，对它说："你可不像我家隔壁的小乖乖，你是一只坏猫。"

正说着，房子开始变了模样，沙发变成了石头，地板上长出杂草。房子的四壁长出长长的绿色枝芽，朝他们伸过来。空气中的烟圈变成泥块朝他们砸过来，窗户变成了蜘蛛网。苏晴抄起立在石头旁边的手杖，挑开蜘蛛网。跨过去的时候，她说："对不起了，蜘蛛们，害你们要重新织网了，我可不想再钻猫洞了。"

就这样，她抱着黑猫逃出了那座房子。出来时，眼前的街道竟然不见了，那些商店也消失了。街道变成了一片草丛。两旁是高高低低的灌木，很多只兔子正不知所措地蹲在灌木里发呆。

"你们……不会……不会每只兔子都有一条项链吧？"苏晴紧张地问道。兔子们没有理她。

她向前奔跑，怀里的黑猫挣扎着想要逃出她的怀抱。"老实点！"她边跑边说。

前面的草丛里，一群孩子正在草地上坐着，繁华的小镇不见了，被荒草堆所取代，实在很难让人相信眼前的景象。

"你们还好吗？"苏晴和草地上的孩子招呼道。孩子们回过头，一脸不解地看着她，只有小宇一下子跑到她面前，高兴地说："你回来了！干得漂亮！我就知道一定是你做到了。看！我恢复原来的样子了。我们都恢复了！"他激动地挥舞着双手，双手不再是猪蹄的模样了，腿也不再是猪腿了。

"我们这是在哪里啊？一切都变了，没有住的地方了。现在是在做梦吗？"珍妮走过来问，她还不知道自己已经完全变成小猪的事情，这会儿，她又变回一个漂亮的小女孩了，只是身上的衣服破破烂烂的。

"这是哪儿啊？"一个孩子哭泣着问。

"床不见了！舒服的床！"另一个孩子正躺在草地上喊道。

"哦，我的衣服怎么变得破破烂烂的。"

"老板，我的早饭呢？"一个蓝色头发的男孩问旁边一直发愣的白兔老板。

"早饭？一切都毁了！一切都毁了！我的好生活才开始了一半就被你们毁了！回去吃你们的野菜吧！回去穿你们的破衣服吧！回去干你们的活儿吧！"白兔激动地咆哮道。

"哼！你的好生活，就是建立在把我们都变成猪上吗？就是用我们换钱吗？"小宇气愤地说，他想要过去打白兔老板，但被苏晴制止住了。

"算了，它们现在只是小动物。"苏晴说。

"对，对，别伤害我，我已经没有魔法了，现在只是一只普通的兔子。"它颤抖着缩成一团。

苏晴怀里的黑猫也哀求道："放了我们吧，你们可以回家了，我也想回到主人那里去。"

"你们是小兔子和小猫？不是人类？"苏晴把黑猫放到地上。

"快说！究竟是怎么回事？老实交代！"小宇举起一根树杈指着白兔问。

"好，好，我说，我说。我们只不过是普通的小兔和小猫，因为偷了魔法师主人的宝石项链才变成人类的，我们只是一时糊涂。"白兔说，"我们用魔法宝石变出游乐园的场景，还有好多好多好吃的。我们引诱迷路的孩子来到这里。看到这些好吃的、好玩的，他们就会乐不思蜀了。在这里，什么事情也不需要他们做，他们也不用读书学习，也不用被人管教，什么都不用去想，渐渐地，魔法发挥效力，懒惰使他们变成了小猪。"

"然后呢？那些小猪怎么样了？"苏晴着急地问道。

"很多南方人特别喜欢把小猪当宠物。一部分由孩子变成的小猪还能说话呢，就算不能说话，比起一般的小猪也格外聪明伶俐，所以在南方特别受欢迎，可以卖得上一个好价钱。另外一些没人愿意买的，会被送去马戏团，那里的老板会给我们一个合理的价钱。"白兔老实地交代。

"太可恶了！看来，你们已经干了不少笔这样的买卖了。"小宇气愤地用树枝抽打着地面。

"只卖过一批，其他变成小猪的孩子还在草棚里面。我们还没来得及把他们卖掉，就被你们识破了。"白兔老实地说，这次，它说的没有一句假话。

"那些被卖走的小孩子可怎么办呀？"苏晴难过地问。

"魔法没了，他们大概已经变回人类了。"黑猫说。

"可是他们再也找不到回家的路了呀。"苏晴难过地说。

"你们干了那么多坏事，不能饶了你们！"小宇说。

"我全都老实交代了，请宽恕我吧！如果不能放了我，就请放了其他兔子吧，它们可什么坏事都没有做，它们都只是一直为你们服务而已呀。"白兔老板难过地说。

"对，对，以后我们再也不干这事儿了。"黑猫说。

"还想有以后？"小宇生气地说。

这时，灌木丛里的兔子们都跑过来，不停地向他们鞠躬，说：

"求求你们，求求你们放了我们的白兔王后吧！放了它吧！"它们的样子可怜极了，也可爱极了。

"不行，要是它们以后不知悔改，再回来伤害无辜的人怎么办？"小宇对苏晴说。

"你们可以保证以后再也不伤害别人吗？"苏晴问兔子们和黑猫。

"我们保证！我们保证！"它们异口同声回答道，"而且魔法没了，我们绝没有办法再恢复这一切了。"

"听着这么不真诚。"小宇撇撇嘴。

"我们是真心悔悟了。"

"咱们放了它们吧，毕竟这些兔子为咱们那么辛勤地付出过自己的劳动。"苏晴说。

"可是，它们做那些都只是让咱们上钩，留在这里，把咱们养得白白胖胖，好变成小猪，再把咱们卖了。"小宇恨恨地说。

"魔法的发挥是需要一定条件的，如果你们没有好吃懒做，没有贪图享受，就不会被变成猪，魔法根本也发挥不了作用。"黑猫辩解道。

"还敢狡辩。"小宇举起手吓唬黑猫，黑猫没敢再说什么。

"因为贪玩留在这里，咱们确实也有责任。如果咱们没有好吃懒做，没有只想着玩，就不会变成猪。如果没有人类造出的可怕的魔法，咱们更不会变成猪。再说，它们现在已经是再普通不过的小兔和小猫了。咱们就不要伤害它们了，小动物也是人类的朋友，不是吗？如果我们伤害它们，那和它们所做的一切有什么差别？"苏晴说。

"你说得很有道理，而且是你救了大家，一切都听你的。"小宇说。

其他孩子也纷纷同意苏晴的说法，他们愿意原谅这些兔子和这只黑猫，虽然有的孩子还没明白过来这里究竟发生了什么。大家最终决定放了黑猫和这些兔子，让它们回到自己原来的生活。

"谢谢你们！"白兔王后代表其他兔子向孩子们的宽宏大量表示感谢。兔子们也排成长队，一一向孩子们鞠躬，然后跟着白兔王后钻入灌木丛深处去了，那只黑猫也灰溜溜地跑走了。

"对了，草棚里面的人！"苏晴想起草棚里变成小猪的孩子们，不知道现在情况怎么样了，她带着小宇和珍妮朝着游乐园的方向飞奔。

游乐园已经变成了一堆埋没在荒草丛中的废铜烂铁，凄凄凉凉的，失去了往日的喧闹，一些刚刚还在游乐园里玩耍的孩子们，吃惊地站在废铜烂铁中。苏晴、小宇、珍妮来不及向这些孩子解释究竟发生了什么，他们飞快地钻进一旁的草棚里。草棚里面的孩子们四肢瘫软、头发凌乱、满身泥巴，呆坐在稻草堆上，还没有回过神来，四周都是稻草和烂泥。

"大家都没事了吧？"苏晴推开草棚的门问道。

史迪摸了摸自己的脸，看了看自己的身体，嘶哑地说道："太棒了！我又恢复成人样了！"

"你被送来这里了？这些兔子真是狠心！"小宇说。

"究竟发生了什么？我觉得我现在脑袋好痛啊，一片糨糊。"史迪问。

"说来话长。"

"谢谢你！一定是你救了我们对不对？"一个头戴粉色小花的女孩站起来说，"我差点就被卖了。"她的腿还有些站不稳，因为她被变成小猪有一段时间了。她就是之前和苏晴说过话的那个戴粉色小花、粉粉嫩嫩的小猪，她也变回来了。

"我这是在哪儿啊？！瞧我的衣服上全是泥水。我怎么觉得我的喉咙有些沙哑，舌头打卷，说话都说不利索了。我这嘴里是些什么呀？噗噗——"阿雄从泥水里晃晃悠悠地站起来，他粗粗的大腿颤抖着，从嘴里吐出来一口烂菜叶子。他一定忘了，不久之前，他还在泥水里打滚呢。

"我们这是怎么了？"一个孩子问。

"我知道，我们之前变成小猪了。"另一个孩子回答道。

"我们又变回人了！"一个孩子说。

"啊？！又变回来了？当猪有什么不好。"说这话的是一个胖胖的卷发男孩，他的衣服又破又烂，全是泥水，嘴巴里还冒着泥，他就是之前那个觉得变成猪挺好的男孩，"算了，变回来，就变回来吧。"

"游乐园呢？游乐园怎么不见了？"一个孩子朝门外张望着，问道。

"呜呜……呜呜……我要回家！"有人哭了起来。

"白兔老板，白兔——"有人叫着。

大家不知所措地望着彼此。

"大家安静一下，听我说，这里没有兔子再为我们服务了，现在我们都得靠得自己行动。大家赶快想想，还记不记得来时的路？我们都得回家了。"小宇说。

"我好饿。"阿雄说。

"恐怕找不到家，我们就没有吃的了。"苏晴说，她看了看自己背包里面的食物，从兔子商店买来的那些食物全都变成了石头和青草，自己身上的衣服也变得破破烂烂，还好自己来时穿的那件衣服还放在背包里没有扔掉。

"完全不记得了，本来就不是很清楚，再加上这变来变去的，脑袋更不好使了，真后悔当初赌气离开家跑出来。"一个男孩说。

"真后悔当初追那只猫，自己一个人跑来这里。"一个女孩说。

"真后悔当初贪玩。"另一个男孩说。

"明明当初记得回家的路，可是玩了这么久，完全把回家的路给忘得一干二净了。"另一个女孩说。

"好像是一只黑猫带我来这儿的。"

"我肚子好饿。"阿雄说，"我嘴里怎么都是烂菜叶子，恶心死了。"他恶心得直反胃，又吐出一股青色的菜水。

"我也饿了。"

"我家好像在好远的地方。"一个孩子说。

"苏晴，我想回家。这里都是杂草，我好害怕。"珍妮说。

天色也黑了下来。

"咱们得想想办法，可是这么多人都不知道自己住在哪里，大伙儿的家也不在一个地方，真是没有办法啊。"史迪说。

"对了！"苏晴想起背包里的小毛虫，或许它有办法带这些人回家。可是她打开背包，小毛虫正在里面一动不动地睡觉呢，任凭苏晴怎么摇晃书包，它都没有动弹一下。

这下，大家真是一筹莫展，谁也想不出个办法。天色越来越黑了，天上的星星出来了，一闪一闪的。正当大家发愁如何度过这个夜晚的时候，天空中的小星星竟然低下来靠近他们，说："让我们为你们这些小朋友照亮回家的路吧。"

"我们应该怎么做？"苏晴跳起来高兴地问小星星。孩子们也都高兴地从地上跳起来。

"你们排成一排，每个人跟着天空中的三颗星星走。"

小星星在天空中分散开来，一个孩子走出队伍时，天空中就会有三颗星星在前面为他指路。就这样，每个孩子跟着天空中的三颗星星向不同的方向走去。天空被照亮了，他们不再感到害怕和孤独。

"再见！以后有机会来我家玩，我请你们吃好的。我妈妈会做好多好吃的饭菜招待你们。"阿雄说。

"再见！谢谢你了，苏晴。我终于可以回家了，我妈妈一定特别想我。以后我也一定会想你的。"珍妮高兴地说，泪水在她的眼眶里打转，她不舍地和苏晴拥抱。

"再见！咱们后会有期。"史迪说。

"再见！"孩子们说。

"再见！"大家挥手告别。

"我回家了，苏晴，你多保重！"小宇说，他跟着最后的三颗星星离开了。

苏晴望着渐渐黑下来的夜空，发现那里没有剩下一颗星星为她指路，伤心地朝着天空喊道："喂！能不能有一颗星星为我指路呀？"

这时，一颗很小的、光亮很微弱的星星从云彩后面探出头来说："没有星星敢为你指路，北方女巫的法力很强大，如果她知道了我们为你指路的事，她会让我们永远消失在夜空中的。不过，再过一会儿，北斗七星就会出来玩，你沿着斗勺的方向一直走，就行了。"

"谢谢你！小星星。"苏晴说。

小星星又害羞地藏到云彩后面去了。

当北斗七星升起的时候，苏晴就沿着北斗七星斗勺的方向向前走，她一直走回到来时的分岔口处。分岔口还是那三条路，这次，她沿着中间的一条路前行，就是那条弯弯曲曲、有些泥泞的沙土路。

第十三章　塔卡族居民

　　苏晴已经走了那么远的路，也经历了那么多惊心动魄的冒险。然而，前路漫漫，还不知道要遇上什么样的危险和困难呢。苏晴决定要坚强地面对未知的困难，勇敢地前进。也许旅途的美妙就在于经历一些未知的旅程，去看一看许多意想不到的事物，然而，对于苏晴来讲，她在乎的不是旅途是否美妙，因为这一切只是回家的必经之路，家永远是最终的归途。

　　天气已经不像苏晴刚来时那么炎热了，太阳的光晕渐渐淡了下去。树叶开始泛出金黄的颜色，小草也变成了金黄色。道路的两旁种着成排的树木，只是这里的树都奇形怪状的，苏晴从来没有见过。她踮起脚摘下一片树叶，惊讶地发现叶片闪闪发亮，时而是金黄色的，时而是透明的，而且可以清楚地看见叶脉间流动的液体，是那样鲜活而美丽。

　　不远的草丛深处，一个插在金黄色小草中间的稻草人正挥舞着深蓝色的破布帽子，朝苏晴打招呼。它扯着嗓子喊道："喂！喂！您好！不好意思，请留步。我的脚被石头卡住，动弹不了了，麻烦您帮助我一下。"

　　苏晴停下脚步，朝草丛里走去。她来到稻草人身边，猫下腰观瞧。原来，稻草人的身子（和所有稻草人一样，它的身子是由一根木棍做的）被两块坚硬的石头卡住了。"不要着急……"苏晴用尽力气把深陷在泥里的石头搬开，又拍拍身上的土，说："好了。"

"真是太感谢你了！可爱的姑娘！"稻草人嘴很甜，它塞满稻草的脸上挤出一个大大的微笑，露出满口金黄色的稻草。

"请问这是哪里？附近有没有住户？"苏晴问。

"我猜你是在问，有没有人住在这附近？"稻草人挠了挠脑袋回答。

"没错，我就是这个意思。"

"欢迎您的到来！前面就是塔卡族人的村庄。"稻草人用它尖细的嗓音说道。

"还远吗？"

"不远啦！"稻草人笑嘻嘻地回答道，他又露出满口金黄色的稻草。"待会儿见！我得先回去和我的主人通报一声，虽然你看起来不像是坏人，而且还救了我，但是，作为一名尽职尽责的稻草人，我还是得提前把外来人到来的消息和主人说一声，希望您能理解。"

"我完全理解。"苏晴答道。

听完，稻草人很高兴，蹦蹦跳跳地走了，破了洞的蓝白条纹背心下摆随着他的动作飞舞着。它跳得真是快，一溜烟就不见了。

前面有个村庄，对于苏晴来说，绝对是个天大的好消息。她已经走累了，也没有多余的干粮了，刚好可以在村庄里歇歇脚，补充些食物。塔卡族？苏晴从来没有听说过这么一个民族，但愿那里的村民欢迎她。

突然，刮起了大风沙，整个空气里都是大粒的沙土，苏晴嘴里都进了沙子，她睁不开眼睛，只模模糊糊地感觉到天地间充斥着黄色的沙土、黄色的树叶，风中还卷着黄色的杂草。前面的泥土路都变成沙土路了，沙粒打得人皮肤刺痛。苏晴顶着大风，坚持走了一段。"不行，得在树旁边避一避风沙。"她正想着，只见在风沙中，一个身影一蹦一跳地顶着大风朝她跑过来，竟是她刚刚救下的那个稻草人。

"我回来了。"稻草人边说边用两只稻草捆成的双手挡住嘴边的沙子，"用这个。"它递过一件蓝色的衣服，和苏晴一人一边挑起衣服，挡在身体四周。这下子，风沙竟然吹不到他们了。他们像是被包裹在了一个蓝色的保护壳里，在里面完全感受不到外面巨大的风沙。

不久，一片稻田出现在他们面前，风沙也停下了。稻田边，一个和苏晴年纪相仿的男孩正站在一间茅草屋搭建的凉亭里，他有一头黄色的头发，穿着洗得发旧的白色衬衣和干净的卡其色背带裤，头戴一顶卡其色鸭舌帽。

"这是我的主人。"稻草人对苏晴说，"就是他刚刚让我给你送去抵挡风沙的衣服。"

"谢谢你。"苏晴感谢道。

"不必客气。年轻人，你从哪里来？"男孩用老成的口吻和苏晴打招呼，那口气好像他已经有三四十岁似的。

"我从很远的地方来。"苏晴不知道该怎么回答他这个问题，就说了这么一句，不过这倒是不假。

"你的脸色不太好，要不要到我家吃点东西再赶路？"男孩问。苏晴当然求之不得，因为害怕小路上会突然窜出野兽，她已经两天没有合眼了，只吃了一点点食物。尽管，她此时很清楚地记得妈妈说过，不要去陌生人家里，不要吃陌生人给的食物，然而，对

174

于一个饥肠辘辘且无家可归的人来说，除了对别人报以信任之外，还能做些什么呢？

"谢谢你，打扰了。你们家还有别人吗？"苏晴问。

"还有我的妈妈。放心，她会好好款待你的。"男孩笑着说。

"嗯。"苏晴赶忙开心地点点头，答应下来。

"主人，我要回田里工作了。"稻草人说。

男孩从桌子上的小茶杯里倒出一些水泼在稻草人身上。"希望这样能让你舒服些，辛苦你了！"他说。并不是每个主人都对稻草人这样客气。

稻草人舒服地舒展了一下身体，做了个深呼吸的动作，好像很享受这一小杯水带来的清凉。然后，他咧开嘴，笑了，露出满嘴的稻草，转身一蹦一跳地向稻田中央跑去。

"小心石头，别再卡到脚了。"苏晴善意地提醒道。稻草人转过身，摘下帽子，半弯着身体向苏晴表示谢意。

在稻田中，稻草人挥舞着一块蓝色的格子手帕，驱赶落在稻田里的乌鸦。乌鸦见到稻草人惊恐地四处逃散，成群地朝天空飞去。他可真是一名尽职尽责的稻草人呢！

在距离稻田不远处，有一个很小的村庄，小村庄里住着塔卡族的居民。这是一个和蔼可亲、朴实无华、乐于助人的善良民族，这里大多数的居民一辈子也没走出过自己的村庄，他们在小村庄里过着与世无争、宁静安逸的生活。他们凭借劳动自给自足，吃的是稻田里的粮食，大片的土地上还种着丰富的蔬菜、水果。他们每天要到附近的山脚下抬水浇田，即便生活艰苦，他们也十分乐意靠自己勤劳的双手，过着充实且开心的生活。

"对了，忘记自我介绍了，我叫彼得。你呢？"男孩问。

"我叫苏晴，晴空万里的晴。很高兴认识你。"

"我也是，很高兴认识你。"

苏晴跟着彼得来到这个小村庄里，村里的屋子都是用黄色的泥土建造的，屋顶铺着厚实的稻草和毛毡，所有的屋子看起来都没有太大的差别。大概是刚刚刮完沙尘暴的缘故，街上没有一个人。彼得的家就在村子的最外面。房子旁边有一个棚子，里面圈养着一些小动物，不时从里面传来"哞——""咩——"的叫声。一个中年妇女从屋子里走出来。"儿子，你回来了，今天的天气比昨天总算好了些。"看到站在一旁的苏晴，她问道，"这位是？"

"妈妈，这是一位过路的姑娘，让她到咱家休息一会儿吧。"彼得说。

"快请进。我早晨刚刚挤了些新鲜的牛奶。"显然，彼得妈妈是位好客的人，她穿着很有民族特色的花布衣服，头上裹着花头巾，身上系着格子围裙，热情地招呼道。

苏晴被邀请进去。彼得妈妈很快准备好了一桌丰盛的晚餐，餐桌上铺了漂亮的桌布，桌布上绣着好几朵小花。屋子不大，但是干净整洁，各种日常物品摆放得井井有条。

"快吃吧，小姑娘。你一定是累坏了，脸色都有些发白了。"彼得妈妈关心地说。

苏晴狼吞虎咽地吃起来。从兔子商店采购的食物，随着魔法的消失，都变成石头了。这几天，她只吃了包里剩下的一点饼干，现在真是饿极了。

"慢慢吃，别着急。喝点牛奶。"彼得妈妈递过去一杯冒着热气的牛奶。她微笑着，眼神中流露出专属于母亲的柔和与慈爱，这让苏晴想起了自己的妈妈，不由心中泛起一丝难过。此时，经过一段旅途，她的腿变得粗壮结实了许多，走起路来感觉没那么累了，现在除了渴、饿，就是想家，归心似箭。

"这里这么偏僻，好久没有外人经过了。你怎么一个人跑到这里来了？"彼得问。

苏晴将自己要远行去找北方女巫，救出茜茜王后才能回家的事情，告诉了彼得。彼得一点也不清楚这个茜茜王后是谁以及苏晴的家在哪里，但是，他对北方女巫却有所耳闻。

"看来，北方女巫是个大名鼎鼎的人物，彼得知道她，天上的小星星也知道她，这个世界恐怕没有谁不知道她了。"苏晴心想。

"你要去找她？我听舅舅说过，她可不是什么好惹的人物，她的法术很高，她是不会愿意见你的。就算她愿意见你，也一定会坐下来和你交换条件。"彼得说。

"这个确实如此。不过，我不打算和她交换条件。"苏晴想到这一系列麻烦都是因为交换条件而引起的，就很生气。

彼得妈妈也很惊讶，问道："你这么个小姑娘，就要走那么远的路。你多大了，孩子？"

"我十二岁。"苏晴答道。

"比我儿子还小三岁。"

"你会什么魔法吗？"彼得好奇地问。

"一点都不会呢。"苏晴摇摇头，笑着说。

"那你有什么绝招或是特别的长处吗？"

"我只是个普通人。如果做手工算是长处的话，我也许还是有点长处的。"苏晴不好意思地答道。

"做手工倒也是个长处，绝大多数厉害的魔法师都有着灵巧的双手。不过，如果不会魔法，那也是没有办法打败女巫的。"彼得说，"你真的敢去找北方女巫？"

"我不得不去找她，我得回家，在想出更好的办法之前，我只好这么做。"苏晴无奈地说。

"那你知道要去哪里找她吗？"彼得问。

"一直朝着向北的方向走。听说，她现在占领了北方国家的疆土，到了那里，或许我能找到她。你知道北方国家吗？"苏晴又问。

"我知道有这么个地方，但我只知道大概的方向，对这个国家就不是很了解了。"彼得有些不好意思地回答。他从出生就一直住在这个偏僻的小村庄，要不是听他出门在外的叔叔讲起外面的事情，他连北方女巫的名号恐怕也不知道呢。事实上，他完全不用不好意思，他们的国度大得很，不知道北方的情况也不是什么稀奇事。

"不知道我能帮你些什么。说实话，我的法术很不到位，尽管我一直在练习。也许我的天赋不够，而且一个普通人想要在没有老师专门指导的情况下练习法术，确实是不容易的。"彼得说。

"这么说，你也是魔法师了？"苏晴为自己又遇见了一个魔法师而感到高兴。而且，这还是一个通过后天学习成为魔法师的普通人，说不定，她也可以在见到北方女巫前快速地习得魔法。

"我只是略懂一些法术的皮毛而已，我的舅舅才是个真正的奥特赛德。"彼得回答，他为自己有这么个奥特赛德舅舅感到特别自豪。

"什么是'奥特赛德'？"苏晴好奇地问道。

"这是我们这里对后天习得魔法的人的特定称呼。你们那儿不是这么叫的吗？"彼得问。

"不是。我从来没有听过这个词。"

"虽然我生长在这个闭塞的小村庄，可是我听舅舅讲了很多魔法世界的故事。"谈起这个话题，彼得似乎来了兴趣，他开始滔滔不绝地和苏晴聊起来，"我舅舅从年轻的时候开始云游世界，学习魔法，他拜了很多大魔法师当老师。这里面有许多天生的魔法师，我们称其为'内特'，他们的父母和祖辈都是魔法师，而他们生下来就会很多魔法。光是这些魔法，就够一些奥特赛德们学习一辈子了。"

"他们真够走运的，生下来不用学习就会魔法。"苏晴说。

"谁说不是呢。小内特们刚生下来就可以念出咒语，控制奶瓶移动到嘴边。他们还会召唤星星，想睡觉时，屋子里面就满是星星哄他们睡觉，还可以用意念拉上窗帘，你想想那有多牛。"彼得说。

"的确很牛。小内特的父母们一定很省心。"苏晴说。

"恰恰相反。这些小婴儿可以把玩具弄得满天飞，砸坏玻璃，弄脏地毯。小内特想藏的东西，就算是成年内特也很难找到。"彼得说。

"哈哈，这真是有趣，他们是些调皮鬼。"

"等小内特们长大了，会的魔法也就更多了，这些根本用不着学习，都是与生俱来的。"

"真羡慕他们。"苏晴说。

"你大可不用羡慕他们，虽然他们很走运，也很有天赋，但是，有些内特自恃拥有这些天赋，疏于学习，便从此停滞不前，甚至赶不上一些奥特赛德了。"彼得说。

"那可真是可惜了。"

"所以，天资过人者要懂得如何运用天赋，而不是一味炫耀。而没有天赋的人，也可以通过后天的努力迎头赶上。"彼得说。

苏晴赞同地点了点头。

"还有一些没有学习正统魔法的人，我们称其为'巫师'，有男巫和女巫，但女巫的数量要远远多于男巫。"彼得接着讲道，"他们会的魔法往往更为奇特一些。你所说的北方女巫就是其中一个，而且是魔法很强大的一个，听说那些巫师可以任意地将人变成动物、桌子、石头，甚至一粒尘埃。"

"我们那里没有巫师，也没有魔法师，除了我在树林里遇见的那一个。不过，她也是从你们这个世界过去的。"苏晴说。

"从我们这个世界过去的？你们那里竟然连一个魔法师都没有吗？"

"嗯。至少，我觉得是这样的。"

"不过也不足为奇，天大地大，什么新鲜事都有。"彼得一边帮妈妈收拾盘子一边说。

"你还知道关于北方女巫的什么事情？说来听听，比如说，她的弱点，她的家住在哪里？"苏晴问道。

"弱点？你这个小姑娘真是个聪明人，想要战胜她的确要想办法知道她的弱点，只是这个弱点我不太清楚。"彼得耸了耸肩，"但是，我确定，单单凭借你的力量，想要赢过她简直是天方夜谭。"

"你的口气真像个老人家，明明只比我大三岁嘛。"

"嘻嘻，你确实比我小啊。"

"不要打击我的意志嘛，再说，我又不是非要去和北方女巫打架的。或许，我可以偷偷地溜进她家救出王后呢。或者，坐下来和她谈谈，只要不交换条件就好。"苏晴说。

"我听说，北方女巫的家在一座高高的山上，那是一座又高又冷的冰山，恐怕你还没爬到上面就冻僵了。而且，她的城堡很大很高，还有魔法防护，一般人是根本不可能轻易进去的。当然，这些都只是我听舅舅说的。"彼得也没去过那里，他也从没想过要去那里。

　　"对了！就是你的舅舅！我能不能求他帮忙呢？他不是很厉害的魔法师嘛。"苏晴说完，又觉得很不好，这么危险的事情，怎么能让别人去冒险呢。她又赶忙补充道，"他不去也没关系，或许他能想出一些对付女巫的办法来，能不能带我去见见他？"

　　"如果他在这里，他会愿意帮助你的。可是，我舅舅现在不住在村庄里，我也不知道他又到哪里拜师去了。总之，他四海为家，来无影去无踪的，已经好几年没回来了，至于什么时候会回来，我也说不好。"彼得说。

　　"好了，好了，孩子们，到睡觉的时候了。小姑娘肯定累了。彼得，有什么话明天再说。"彼得妈妈打断他们，从外面端来洗漱用水。

　　"遵命，母亲大人。"彼得调皮地敬了个礼。他把小木床让给苏晴睡，自己从草棚里搬来稻草铺在地上，睡在上面。

　　第二天，天色还没有完全亮，苏晴就被外面狂风的呼啸声吵醒了，这呼啸声像是来自一只怒吼的狮子。

　　彼得点起一盏豆油灯，从抽屉里取出一根雕刻着花纹的精致木棍，披上一件绿色的衣服，向门外走去，口中念了句什么。奇怪的是，打开门后，风沙真的没有从屋外飞进来，大概是那句咒语管用了。

　　"阿姨，这么大的风，他要去哪里？"苏晴问道。

"山后面的那片沙漠。"彼得妈妈忧心忡忡地望着窗外。

苏晴趴在窗台上看着外面，天气灰蒙蒙的，稻田里的庄稼被吹得东倒西歪，天地间一片土黄色。漫天的风沙笼罩着大地，巨大的沙粒敲打着玻璃窗，发出"嘣嘣"的响声，屋子像要被掀起来似的。

"这样下去，要不了多久，庄稼就会被沙土覆盖的。"彼得妈妈担心地说。

"比我来时的风沙还要大得多。"苏晴说。

时间一分一秒地流逝，窗外的狂风渐渐平息了。"这真是我见过最怪、最可怕的天气。"苏晴自言自语。这时，彼得狼狈、疲倦地拄着手杖，打开了屋门。"真是可恶，那怪物把我的衣服都弄烂了。妈妈，我想这恐怕很难补好了。"

彼得妈妈把毛巾递给他，关切地问道："宝贝，你没有受伤吧？"

"没事，只是脸上被沙子擦破了。看这天气，那怪物好像又强大了许多。"彼得回答。

"唉，这可恶的怪物。"彼得妈妈叹了口气，转身给彼得擦拭伤口。

"啊？！什么怪物？这里有怪物吗？"苏晴感到有些害怕。

"我可不想吓你，但这里的确有只怪兽，是一只沙尘兽，没人知道它从哪里来，又是怎么来到这里的。"彼得边擦着他满是沙子的脸边说，"几年前，这里开始刮起可怕的沙尘暴，就是那只怪物搞的鬼。"从他冷静的表情里，苏晴猜不出那是怎样一只可怕的怪兽。

"那怪物很吓人吗？"她问。

"是一只很可怕很可怕的怪物，几十米高，不过，看不清面貌，像狮子，又像某种野兽，整个身体都是由沙子组成的。我的法术不高，只能勉强控制它，不让它危害到镇子上的人和庄稼。"

"沙尘兽真是越来越猖狂，这种风沙天气越来越多了。就算村庄不被沙尘覆盖掉，可庄稼活不成，我们怕是也要饿死了。"彼得妈妈担心地说。

"嗯。"彼得坐在椅子上，喘着粗气，对苏晴说，"我看，你去找北方女巫的事，最近是没什么希望了。"

"难道这只沙尘兽和北方女巫还有什么联系吗？"苏晴紧张地问道。尽管她知道，即便克服重重困难见到北方女巫，也未必能战胜她或者说服她，但总归要去会会她。

"再简单不过的问题。你要去北方，就得经过沙尘兽居住的沙漠。我现在还没有能力战胜它，没办法护送你过去。要是舅舅在就好了。"

"真希望他赶快回来，也许他能有战胜怪物的方法。"彼得妈妈说，"好了，两个小家伙，赶快喝碗热汤，今天已经够让人揪心的了。"

这一天，又结束了。虽然有了一个温暖的地方供自己居住，但去找北方女巫的事却毫无进展，看来不得不在这里待上一些时候了。苏晴为了能尽快离开这里，绞尽脑汁地想着办法，甚至冒出了自己去会一会这只沙尘兽，和它大战一场的想法。如此有魄力的想法刚一闪现，连她自己都被吓了一跳。"我怎么会这么想？我应该后悔来到这里才对呀。不对，既然已经走到这里了，我就不应该再后悔了，我得继续前进。可是，我连沙尘兽的底细都不知道，它可不是田鼠王……对了！我还剩下两个陷阱盘，或许能派上用场。既然它能困住田鼠王，或许同样也能困住沙尘兽？"苏晴想到这里，赶忙把自己有这个秘密武器的事情告诉了彼得。

"那是个什么东西？快拿出来让我看看。"彼得说。

苏晴从书包里掏出奥德女巫送给她的塑料陷阱盘。

"看起来像是个飞盘玩具。不过，也确实不能小看外表普通的东西。"彼得仔细研究着陷阱盘。

"是奥德女巫送给我的。不管你相信不相信，我确实用它擒获了一只田鼠王。我猜，田鼠王的个头和沙尘兽也差不了多少。"苏晴说。事实上，田鼠王并没有很大，只是当时苏晴变小了而已。

"太好了，不管怎么样，我们可以试一试。"

"你那根木棍是干什么用的？对付沙尘兽的吗？"

"那是一根魔法手杖，是我舅舅送给我的，可以施展一些魔法对付沙尘兽。"

夜晚让人觉得无比寒冷，可是比起寒冷，对未来的担忧更让苏晴浑身发抖。

早上，苏晴起得很早，帮助彼得妈妈挤牛奶。来到这个地方后，苏晴已经渐渐克服了很多坏毛病，比如说懒惰、赖床，而且经过变成小猪这次经历，她就更不敢懒惰了。虽然，她很想蒙上脑袋在妈妈铺的温暖的被窝里睡到中午，但现在不行，对她来说，每分每秒都是紧张和紧急的，妈妈回家前看不到她，该有多么担心啊，应该会去李探长那里报案，可是他们找不到这里，也救不了她。

"你真是个好孩子。"彼得妈妈对苏晴说，她麻利地把牛奶倒进锅里加热。

"妈妈，我要去街上看看大家的情况。"彼得说。

"我也想跟着你去，可以吗？"苏晴追上去。

"当然。"

吃过早饭，彼得带着苏晴一起走出家门。

一个中年男人正在清扫街道，他穿着格子粗布衣服，累得满头大汗。"你好啊！彼得。"他抬起头和彼得打招呼。

"辛苦您了，这条街的沙尘太厚了。"彼得说。

"谁说不是呢，这次的沙尘堆得都有一指节那么厚了，再这样下去，咱们这儿又该多一座沙子山了。"扫地的男人无奈地笑了笑。

有人正在屋顶上铺油毡，见到彼得走来，低下头打着招呼："你好啊！彼得。"

"屋顶还好吗？"彼得问。

"漏了个大洞，进了一屋子的沙子。"

"你好啊！彼得。"一位正在擦窗户的大婶和彼得打招呼，她戴着和彼得妈妈一样的花布头巾。

"您好！窗户上都是划痕了。"彼得说。

"这还算好的，再来几次恐怕要裂了，有什么魔法可以让它们结实点吗？"

"嗯……这个嘛……恐怕让您失望了。"彼得回答。

她家的情况确实还算好的，很多人家的玻璃都被风沙敲裂了。这可忙坏了玻璃店的老板，他的店门口排起了长队。

"生意不错啊，老板。"彼得对玻璃店的老板说。

"这让我怎么回答啊，托沙尘兽的福？不，不，我宁愿不要生意这么好。如果再这样下去的话，店铺的屋顶就快被掀翻了，这些玻璃也就保存不下去了。"玻璃店的老板一边切割着玻璃一边苦笑道。

"彼得，赶快想想办法吧，这风沙越来越大了，你有什么好的对策吗？我愿意全力支持你。"村长说，他也在排队等着买玻璃。

"村长，我们是不是要全体搬离这个村庄啊？"一个瘦瘦的年轻人问。

"别胡说。"村长说。

"我们祖祖辈辈在这里，待了那么久，怎么能说搬就搬。"

"彼得，能不能从外面请一个能够彻底制伏沙尘兽的魔法师来帮忙？咦？你旁边这位小姑娘，我从来没见过。"排在村长后面的一位大爷托了托老花眼镜说。

"她只是路过这里，昨天风沙太大，所以暂时借住在我家。"彼得回答。

"您好！"

"你好！小姑娘。"大爷回应着。

"小姑娘，你会不会什么魔法？能不能帮帮我们？"村长被风沙逼得病急乱投医。

"我不会魔法。"苏晴见村长神情失落，又补充道，"不过，我打算和彼得去看看沙尘兽的情况，我有个东西或许可以对付它。"

村民们听到她的话，顾不上排队买玻璃了，全都围过来好奇地打听是什么宝物。

"是一个有魔力的陷阱盘。"苏晴说。

"有魔力的陷阱盘？"

"虽然这个陷阱盘这么小，但是如果是有魔力的，也许真的能够打败怪物呢。"

"太好了，太好了！"众人纷纷说，"可以试一试，希望沙尘兽能掉进陷阱里。"

186

"你或许是我们村的福星呢。"

"这个……只是试一试，我也不敢保证就一定管用。"

"要小心啊，不会魔法还是很危险的。"一位好心的大婶提醒道。

大家正讨论着如何才能制伏沙尘兽时，狂风大作，卷着沙尘呼啸而来，吹得人睁不开眼。

"快跑，回家去！"村长高声喊道。

"这可恶的天气，昨天才刚刚刮完沙尘暴，这会儿又来了。"

大家慌乱地向着各自的家门跑去，而苏晴和彼得却迎着风沙向山后面的沙漠走去。

第十四章　沙尘兽

　　他们顶着风沙爬过一座不高的小山丘，彼得的法术使风沙减弱了许多，他们终于顺利地来到了山丘后面的沙漠，这里就是沙尘兽居住的地方，也是狂风沙起源的地方。

　　眼前是一望无边的沙漠，看不到尽头，一片光秃秃的黄色，没有一棵植物。耳边是呼啸的风声，越往沙漠深处走，风就越大，风中的沙子几乎要把他们裹住了。彼得挥了挥手杖，念了一句咒语，风沙中间形成了一个不受干扰的通道，在魔法的保护下，他们沿着通道总算顺利地来到了沙漠的中央。

　　"沙尘兽就住在沙漠的中央，一定要小心了。我引它出来后，咱们一边向后跑，一边投下陷阱盘。"彼得说，"一会儿，我得先让这沙尘暴减弱些，咱们才能跑得更快些。"

　　这时候，保护他们的通道消失了。风沙更大了，沙漠里形成了一个一个风沙旋涡，狂风呼啸着好像要把他们吞没似的。彼得口中念道："风沙移位。"那些风沙柱越靠越近，苏晴的帽子被风高高地抛起，吹到风沙柱最顶端，然后又被卷了进去。庆幸的是，彼得的咒语使风沙柱没能伤害到他们。风沙柱在快要接近他们身边时，突然折了个弯，偏离到距离他们一公里以外的地方去了。

　　风"呼呼"地吹着，他们的正前面，远远地出现了一只高大的由沙土组成的猛兽。它有一双大大的眼睛，一只大大的鼻子，脸的四周是一圈颜色更深的鬃毛，这些都只是看上去而已，事实上，它的整个脑袋和身体都是沙子组成的，高大的身躯在风中一会儿散开，一会儿聚拢，真正的面目是很难看清楚的。

"呵呵，你又来了，自不量力的小子。"沙尘兽在震天的风声中发出低沉的声音。

"是啊，只要你一天不消失，还在制造沙尘暴，危害村里的居民，我就要和你战斗到底。"彼得回答。

"那就来吧，我自己一个正烦闷得很，只是我感觉我的力量越来越强大了，你已经不是我的对手。"说着，它朝他们吹过来一个很大的风沙团。

"风暴突袭。"彼得念了一句咒语。一股气流朝对方扑过去，风沙团被打散了。

"加强。"彼得又喊道。气流果然使风沙减弱了许多，那股气流扑向沙尘兽的身体，沙尘兽被打散了，可是，没过两秒钟，它的身体重新聚拢到一起，风沙又吹了起来。

"别白费力气了。"沙尘兽嘶吼道。

彼得口中念道："沙尘盾。"一个像盾牌似的透明屏障出现在他们面前。"趁现在，赶快跑！沙尘盾坚持不了多长时间。"彼得说完，同苏晴转身就跑。

"现在就想跑吗？"沙尘兽低吼着。一股巨大的风沙流朝他们涌来，但幸好被彼得的沙尘盾挡住了。

"它要什么时候才能停止刮风沙啊？"苏晴一边不停脚地跑一边问，现在她的嘴里都是沙子了。

"要等它累了，风沙才会停。"彼得一边跑一边回答。

"要是它一直不累呢？"

彼得顾不上回答她的话，又念道："加速。"苏晴顿觉脚下生风，他们跑得比刚才更快了些。这时，他们俩已经跑出去一段距离，而沙尘兽也不甘示弱，以狂风般的速度朝他们追过来。

"沙尘盾坚持不了多久，快要消失了。在风沙变大之前，赶快投陷阱盘！"彼得朝苏晴喊道。

苏晴慌忙丢下手里一直握着的一个陷阱盘，继续向前跑去。沙尘兽果然没看见陷阱盘，那个小小的陷阱盘只有它的一个脚趾豆儿那么大点儿。它追过来时一脚踩在上面，大脚掌瞬间被吸了进去，那塑料陷阱盘越变越大，苏晴差点以为沙尘兽很快能被包裹住了。可是，令人没有想到的是，沙尘兽伴随着一阵风，越过陷阱盘，继续朝着他们追过来，而重又缩小的陷阱盘里面只包住了一点点沙子而已。

慌乱中，苏晴又抛出手中的另一个陷阱盘，这是奥德女巫送给她的最后一个陷阱盘了。刚刚没有困住沙尘兽绝对不是意外，因为这一个陷阱盘和刚才的那个一样，对沙尘兽丝毫不起作用。

"咱们快离开吧。那个陷阱盘对它不管用。"

"沙尘兽是沙子变成的，聚散无形，所以我想陷阱盘根本困不住它。"

"我觉得身体里的魔法力量越来越弱，得赶快离开这儿，不然咱们会被沙子埋住的。"彼得说得没错，风沙越来越大了，随着魔法的渐渐流失，他的脸色也变得苍白起来。

彼得和苏晴朝着沙漠边缘的山丘跑去，可是风越来越大，他们被吹得站不稳脚，更别提前进了。一阵又一阵的沙浪朝他们涌来。突然，苏晴的书包带断了，书包被吹跑了，所有的东西都在狂风中飞舞着。

"我的书包！"苏晴想要抓回被吹到上空的书包，可是，她在风沙中站都站不稳，更别提抓住书包了。

她的书包中有一样东西，不知道你们还记不记得？那就是装在小铁盒子里面的青草的种子。风把铁盒子吹开了，里面的青草种子洒了出来。

"这里是哪儿啊？"一个种子长出一点枝芽，问道。

"我们在风中飞舞呢！这真是有趣极了！"另一棵青草芽说，"兄弟姐妹们，大家快出来玩吧。"

听到它的话，所有的种子都长出枝芽来。它们在空中飞舞着，有的还唱起歌来，只是在呼啸的狂风中听不清楚它们的唱词。

"难道这就是小姑娘说的好地方？"

"风大了点，不过挺有趣的。"

"我还是想在地面上待会儿，一棵青草总在天上飞可不像话。可是，下面的黄沙子可真难看。"一棵青草说。

"谁说不是呢，看咱们把黄沙子变成绿地吧。"一棵青草提议。

"那有什么难的。"

这些飞舞的青草纷纷落在沙漠里，越长越大。要清楚，沙漠是很难生长植物的，更何况这里不是一般的沙漠，而是一片由沙尘兽掌控的沙漠。不过，这群生命力旺盛得超乎寻常的青草可不管那么多，越是艰苦的环境，它们就越是不屈不挠。

"这沙子真不容易生根。"一根青草说。

"风还挺大呢，吹得我东倒西歪的。"说话的是一棵比较稚嫩的青草。

"大家把根使劲往下长。"一棵颇有经验的老青草指导它们。

别忘了过去的它们是怎样一群顽强的、打不到的、神奇的青草，他们倔强地生长着，竟然真的把眼前这片光秃秃的沙漠变成了绿洲，它们的根牢牢地抓住了土地。过了一会儿，沙尘和狂风被彻底击退了，这场面让苏晴和彼得惊讶得说不出话来。

"现在，这里像话多了。"老青草说。

"好看了。我们很好看，不是吗？"沙漠有了绿色，很多很多的绿色，大片的绿色。

"当然。"另一棵青草回答道。

"快看！这不是带我们来的小女孩吗？"苏晴身边的一棵青草发现了她，兴奋地叫道，"你好啊！这就是你为我们选择的好地方吗？一个欢迎我们的好地方？"青草们的眼睛齐刷刷地朝她的方向看过来。

"我想，是这样的。"苏晴呆呆地回答，她还没有完全回过神来。

"这真是太好了！"彼得跳了起来，"这里不但欢迎你们，山丘后面的居民们要是知道是你们把沙漠变成绿洲，一定会感激你们的。"他意识到了一切是多么不可思议又是多么美好，他一定要带村民们过来看看。

"这么说，我们不是杂草，而是有用的草了？不会有人想要拔掉我们了？"

"你们当然是了不起的青草！"彼得回答，他知道这片绿洲对于他们意味着什么，这里的居民再也不会受到沙尘暴的困扰了。

那么，沙尘兽在哪里呢？它一直没有吱声，甚至连一声低吼也没有发出，难道它被杀掉了？

此时，在他们后面的青草丛间，站着一只金黄色的小狮子，它的个头不大，身体毛茸茸的。它怔怔地看着他们，突然张开嘴说道："谢谢你们，解救了我。"

"我们解救了你？"

"你……你是谁？难道你就是沙尘兽？"彼得吃惊地问道。

"不久前还是，而现在我又变回一只狮子了。"它回答道。

"这究竟是怎么一回事呢？沙尘兽是一只狮子？"苏晴好奇地问。

"我们也听听。"他们周围的青草聚拢过来，调皮地卷曲着叶子，挑着眉毛，也很好奇这里究竟发生过什么。

"我本来是一只狮子，跟随着一个魔法师生活。有一天，我对魔法师说，我想赶快长大，长成一只很大、很威武的狮子。当时我只是那么说说而已，没想到，魔法师却说，这好办，他的魔法药水明天就能让我变得很大。第二天，他果然配制好了药水。喝下后，我是变大了，不过是变成了一只超级大的怪物，就是你们之前看到的样子，也就是你们口中的沙尘兽。他也害怕我那副可怕的模样，屋子里自然是没办法容下我，他也不愿意再和我一起生活了，因为无论我走到哪里都会带去沙尘和狂风，没有人喜欢我。我被抛弃了，只好来到这片沙漠。现在，是你们解救了我，把我恢复了原形。请允许我致以最高的敬意！"小狮子低下头。

"可是，魔法师当时没有想办法试着让你变回去吗？"

"他晕了头，只顾着把我驱赶走，离屋子越远越好。"

"不像话。"一棵青草愤愤地朝地上吐了口唾沫。

"现在，你们是我的主人了，我叫卡卡。主人，我愿意以后一直追随着你们。"小狮子说。

"不，准确地说，是神奇的青草帮了忙。你不用追随我们。"

苏晴摆摆手。

"难道我现在这个样子也令你们讨厌吗？"小狮子问。

"不，不，不是这样的。"苏晴说，她想，妈妈才不会同意她养一只狮子呢。

"如果你愿意，我倒是很乐意你留在我的身旁。只是，我不是你的主人，而是你的朋友，好吗？"彼得高兴地说。

小狮子高兴地扑过去，舔他的脸，那样子真是可爱。"我佩服你的勇气，我愿意跟着你。"它说。

"皆大欢喜！我们要在这片土地扎根了。"青草们拍着手高声说。

"谢谢你们！没想到你们有这么强大的力量。"苏晴朝青草们深深鞠了一躬，她确实应该这么做，青草们帮了她大忙。

青草们潇洒地甩了甩头，在微风中唱起歌来：

沙漠变绿洲，我们来帮忙。

青草长啊长，小雨下啊下。

我们防风固沙，我们绿化环境。

保护环境，不让绿洲变沙漠。

有我们在，就不让绿洲变沙漠。

要问我们是谁？我们是打不倒的青草。

变成了种子还会再发芽，变得干枯还会再生长。

任狂风沙再吹，任暴雨再敲打，

也不能打到我们。

啦啦，啦啦，我们是打不败的青草。

它们可真是一群爱唱歌的青草。

"这大概是你的东西。"临走前，青草们递过被吹落在草地上的苏晴的书包、笔、本子、衣服，其中一棵青草的手臂上还有一只睡着的绿色毛虫，"你或许认识它，不知道它怎么样了。"

"它是我的朋友，如果大风没有伤害到它，我猜它一定是睡着了。"苏晴一边收拾书包一边回答道，她把小毛虫也放在了书包内一个安全的角落里。

苏晴、彼得和小狮子告别了青草们，回到塔卡族的村庄里。街上一片狼藉，到处都是碎玻璃、破家具和积到膝盖深的沙子。

"我真是感到内疚。"小狮子说。

"一切都过去了，你也不愿意这样。"彼得说。

他们来到村长家里。村长正在哭泣："难道我们真的要搬离这个村子吗？"

"村长，村长。"彼得拍拍蹲在地上的村长的肩膀。

村长擦了擦眼泪，勉强露出一个笑容，说："这次风沙真是够严重的，看我这玻璃还没装好，家里又都是沙子了。"他的家里确实布满了沙子，床铺上、桌子上、地上都积了厚厚的一层。"说实话，再这样下去，连我都快坚持不下去，想要带着村子搬迁了。"他说。

"村长，一切都结束了。"

"什么？结束了？你这句话是什么意思？"村长猛地抬起头问，"难道沙尘兽今天就要把咱们逼走了？"

"你别紧张，我是说沙尘兽消失了，以后再也不会有沙尘暴了。"彼得露出一个大大的微笑。

"真的吗？你竟然制服了那怪兽？"村长有些不相信。

"总之，大家以后可以放心生活了，好好保护现在的环境吧。"彼得说。

"那太好了。我们当然要珍惜现在的环境，待我们把沙子都清除干净，这里将是一派新面貌。"村长挥着手高兴地说。他已经兴奋得跳起脚，想要跑遍全村把这个好消息赶快通知给大家，但作为村长，他还是决定慎重一点，过些时候再向大家宣布这个消息。"那我就先替全村人感谢你们了。"他说。

"我是村里的一分子，贡献自己的力量是应该的。"彼得回答。

他们告别了村长，回到彼得的家里。苏晴也准备和彼得妈妈告别，离开这里了。

"我要走了，谢谢您的照顾……"苏晴话还没有说完，就被写字台上的一个相框吸引了注意，相片上的一个中年男子正高兴地朝她挥舞着手臂。她揉了揉眼睛，确信自己没有眼花，相片里的那个人的确在挥动着手臂。

"那是我的全家福。神奇吧？照片上的人是会动的，是我舅舅找他的老师借来照相机照的。听说有的照相机拍出来的照片还能保留声音呢，可是这个不行。"男孩把相框拿到苏晴跟前，有些遗憾地说，"如果照片能说话，我想爸爸的时候，就能和他说说话了。瞧，他正朝咱们挥手呢。他一定知道，咱们今天做了一件多么惊天动地的事情。"

苏晴觉得照片里面的中年男人越看越眼熟，而这个人似乎也认识她，正拼命地朝她点头。苏晴忽然想起在小人儿国遇见的农夫。她忙从书包里翻找出一张照片，那张照片竟然和写字台上摆放的这一张一模一样，只是她手中这张里面的人是静止的。

"你，你怎么会有我的全家福？这张照片只有我爸爸才有。"彼得抢过苏晴手中的照片，惊讶地问道。

"难道你就是这位叔叔的儿子？"苏晴问。

"快告诉我，究竟是怎么一回事？我爸爸现在在哪儿？"

"你确定照片上的人就是你爸爸吗？"

"没错，我当然不会认错。而且你看，相片是一模一样的。我爸爸前一段时间出门寻找走失的山羊，一直没回来，我找了很久，都没有找到他。快告诉我，你究竟在哪儿碰见他了，他过得好不好？"彼得攥着照片，紧张地问道。

"他变小了。"

"变小了？"彼得惊讶地张大了嘴巴，很快又摇摇头，不肯相信，"我爸爸不会魔法，怎么可能变小？"他想了想，突然又睁大眼睛问道："难道他遇到了巫师，是巫师把他变小了？快说下去。"

"恐怕……恐怕他再也回不来了。"苏晴低下头，难过地回答。她给彼得和彼得妈妈讲述了之前发生的一切，当然，她没有讲到天上树屋的事情，因为，她答应了矮人绝不和任何人说出那上面的情况。

"天哪！"母子二人抱头痛哭，苏晴也难过不已。不知道哭了多久，他们洒在地上的泪水都把沙子活成泥了。

"叔叔让国王把照片转交给我，没想到，我真的遇见你了。他希望我能把这张照片带给你们，他还说永远爱你们。"苏晴说。

"你爸爸是一个勇敢的人。"彼得妈妈擦干眼泪说，"我们也要好好地生活下去。"

"叔叔是个勇敢的人。"

"妈妈，你说得对，我们要振作起来。"彼得也擦干眼泪，吸了吸鼻子，"妈妈，我决定要和小狮子一起护送苏晴，去找北方女巫。其实，我之前就想着，如果能打败沙尘兽，我就和苏晴一起去北方。现在，听了爸爸的事情，我更确定要这么做了。"

"孩子，那是件危险的事情吧？"

"我已经长大了，是时候该出去闯闯了，像舅舅一样去看看这个广阔的天地，像爸爸一样勇敢地战斗。"彼得坚定地说。

"你长大了，我不阻拦你了。不过，要好好地照顾自己，妈妈会在家里等着你回来。一定要回来，知不知道？"

"我会的，妈妈。我一定会回来的。"彼得说。

他们同彼得妈妈拥抱告别后，离开了村庄。彼得带着苏晴和小狮子，穿过山丘后面已经变成绿洲的草地。这里已经不见黄沙，一片绿意盎然，青草们长得可真够茂盛的。

"我们觉得这片广阔的地方可比女巫的院子舒服多了，谢谢你啊！"走过青草地时，有青草对苏晴说道。

"刚刚还下了一场雨，你看我们是不是变得更漂亮了些？"

"没错，你们看上去更青翠了。"苏晴回答。

"刚刚有一群村民，过来赞叹我们的美丽，还给我们唱了歌。现在，我们是不是别人口中很美、很有用的青草呢？"一棵小青草问。

"当然了。"彼得和苏晴异口同声地回答道。

"可爱的小姑娘，无论你去哪里，都祝愿阳光一直照耀着你，雨露一直滋润着你，微风一直吹拂着你！"青草们说，这是它们所认为的最好的祝福话语了。

"谢谢，也祝你们长得更加茂盛！"苏晴说。

第十五章　一只小熊

　　苏晴、彼得、卡卡，这三个小伙伴就这样一直朝着向北的方向走着，在干粮快要吃光之前，他们来到了一片郁郁葱葱的森林。森林里散发着树叶的清香和浆果子甘甜的味道。就在他们打算爬上树摘些果子的时候，从一棵大树后面传来一阵哭泣声。他们顺着声音瞧去，发现一只小棕熊正坐在树下，双手蒙着脸，眼泪把它脖子上毛茸茸的鬃毛都打湿了。

　　"你好，你怎么了？"苏晴壮着胆子问，并不敢靠近它。因为，它毕竟是只熊。自然课老师说过，熊是一种危险的动物，它们有着锋利的爪子和强壮的身体，即便是一只很小的熊也是危险的。

　　小熊抬起头，颤颤巍巍地抖动了一下身体，显然，它被他们吓了一跳。它跳了起来，向后退了一步，紧紧地靠在树干上。这只小熊只比苏晴略高一点，长着大大的眼睛，身上还系着一条可爱的蓝格围裙。"你们是谁？"它用颤抖的声音问道。

　　"我是苏晴，他是彼得，它是卡卡。"苏晴一一介绍。

　　"有一只狮子来啦！"树上的一只松鼠喊道。小熊听到这话，尖叫了一声，又低下头，用前爪拼命刨地。这只熊刨地的速度倒是很惊人，堪比鼹鼠。很快，它就刨出了一个大坑。小熊立即将头埋到土里，屁股高高撅着露在外面，全身发抖。大家见到这场面都笑

了起来，连躲在树上和草丛里的鸟兽都发出"嘻嘻哈哈"的声音嘲笑它。树上的小鸟叽叽喳喳地唱起来："一只胆小熊哟，别看它身子壮，别看它皮肉厚，它的胆子小如鼠。敌人来了，它只会把土刨，逃到东来逃到西，把头埋到土里面，真可笑啊，真可笑。你问它是谁？它是一只胆小熊。"

小狮子看不过去了，它朝空中大吼了一声。小鸟们"呼"地向天空散去。

"喂，兄弟，没事了。"小狮子收起它尖利的爪子，用前掌拍拍小熊。

小熊哆嗦着抬起头，朝后面看去，却发现小狮子直直地盯着它，吓得它赶紧把脑袋又埋进土里。

"没事，放心吧，它不会伤害你的。"彼得走上前去，拍拍小熊的后背安慰道。

小熊惊魂未定地抬起头，喘着粗气，额头上的毛被汗水浸湿了，和泥土搅在一起，都擀毡了。"你……你们……们好。我是小熊，我……我的名字叫……叫贝儿。"它怯生生地向大家问好。

"再怎么说，你也是一只熊，怎么竟如此胆小？"小狮子卡卡说。

"狮……狮子大王，您……您好，我天生如此，家族里的熊都比我强壮，即使比我小的熊也比我胆子大，而且大家都说我笨，嘲笑我，连我的兄弟姐妹都嫌弃我，我没法再在那里待下去了。"说着，小熊哭了起来。

"我带你回去和它们说理去。"苏晴愤愤不平地说，"我妈妈也说过，不能因为别人的短处而嘲笑别人，每个人都有自己的长处，我相信你也有自己的长处。"

小熊呜咽道："你真是个大好人，可你改变不了什么。"

　　小狮子不屑一顾地说道："振作起来，这算个什么事，有什么可害怕的，你看我的身材也不高大，可我是一只勇敢的狮子。来，和我一起大声吼一下，做一只勇敢的熊。"说着，小狮子仰天长啸，鸟兽们吓得四处逃散。

　　小熊又吓得哆嗦起来，说："您……您是百兽之王，我怎么能和您相提并论。"

　　"真是无药可救了，咱们还是走吧。让它自己在这儿哭会儿。"小狮子说。

　　"再见了，各位。"小熊低着头，两根手指在不停地绕圈，"不过，我也不是无药可救，希望这次我能够找到聪明山谷和勇气之泉，或许下次再见面时，我就能变得聪明和勇敢了。"小熊低声补充道。

　　"聪明山谷和勇气之泉？还有这种地方？"大家异口同声地问道。

　　"传说中是有这么一个地方的。"小熊怯生生地抬起头答道。

第十六章　寻找聪明山谷和勇气之泉

彼得的肚子饿得"咕咕"叫起来。

"你们饿了吧？"小熊很体贴地问，它终于不再浑身哆嗦了。

"嗯，还很口渴。"苏晴补充道。走了这么久的路，几个小伙伴确实又累又饿，可干粮已经快用完了。只见，小熊敏捷地爬上一棵高大的苹果树。这里的苹果树都很高，大概有好几米，比苏晴见过的苹果树都要高，苹果也要大得多。小熊摘了几个苹果，放在肚子前面的花格子围裙里。它下了树，把苹果分给几个小伙伴。大家边吃边听小熊给他们讲述如何寻找聪明山谷和勇气之泉。

"首先，要找到扁嘴鱼先生。"小熊说，"它会带着我去的。"

"扁嘴鱼？是一条鱼吗？"苏晴打断它问道。

"对，它是一条鱼。"

"你和扁嘴鱼先生很熟吗？"苏晴问。

"说老实话，我根本不认识它。而且，想找到扁嘴鱼先生是件很困难的事，所以能去到聪明山谷和勇气之泉的人并不是很多。"小熊继续说，"它住在这片森林的某棵树下的一个隐蔽的洞穴中。据说，每天清晨，它会戴着帽子，拎着水桶步行去聪明山谷，那里的最高点是勇气之泉的发源地。所以，只要找到扁嘴鱼先生，再想找到聪明山谷和勇气之泉就不难了。"

"它去那里干什么？也是为了变聪明吗？"苏晴咬了一口苹果问，她真喜欢问问题。

"不是，它可聪明得很呢。大概是去游泳、晒太阳之类的。"小熊回答，"我也不是很清楚，我很笨的，想不明白。"

"我倒是觉得你很可爱，也很聪明，知道那么多有趣的事情。我不觉得自己笨，可我也想不出来它会去聪明山谷干什么。"苏晴笑着说。

"好了，咱们得走了，还有正事要办。"彼得吃完苹果，拍了拍裤子上的尘土，站起身说。

"我们可以陪小熊一起去看看扁嘴鱼先生，我也很想看看聪明山谷，或许我也能变得更聪明些，就能想出更好的办法对付女巫。"苏晴突发奇想。

"太好了。"小熊高兴地拍手叫道。

"我可不看好你们能在树洞下找到一条鱼。也许这只是个传说，鱼怎么可能生活在陆地上嘛。既然它那么聪明，自然也不会坐等在家，让你们找到。"彼得说。

大家的希望一下被他的话浇灭，但小熊并没有灰心。它说："反正我要找找看，我不想永远做一只胆小熊，也不想永远做一只笨熊。"

于是，大家踏上了寻找扁嘴鱼先生的道路。这只著名的扁嘴鱼先生，苏晴没见过，彼得没见过，小狮子卡卡没见过，小熊贝儿没见过，生活在这个森林里的绝大部分鸟兽都没见过它，或许只有某些起得最早的鸟儿曾在黑夜和清晨交接的时刻见过它。但是，扁嘴鱼先生确实是存在的。每天清晨，天还没亮时，它会从温暖的树洞中爬出来，戴上蓝白条纹的棒球帽，穿上紫色的胶底鞋。没错，这只鱼的确是穿鞋的，因为，它的鱼尾巴在陆地上可以一分为二，只有进到水里时才会合在一起。所以一只穿胶底鞋的鱼就不难解释了，那是它为了防止尾巴被土地磨伤。

小伙伴们仔细寻找了森林里的每一棵树。找过的树，小熊都会用浆果的黏液做好标记，这样就知道哪些是找过的，哪些是没找过的，而且浆果的黏液绝对不会给这些树木带来任何伤害。这是小熊想到的办法，其实，它并不算是一只很笨的小熊，只是它自己不太清楚这一点而已。

在太阳就快下山前，小熊贝儿发现了一棵有些不一样的树。"快看，那棵树下有一道拱门模样的裂缝。"它喊道。

"是吗？我看不过是树皮裂了一点嘛。"彼得弯下腰，漫不经心地推了一下裂缝。这时，一道和树皮自然镶嵌的小门打开了。大家都弯下腰朝里面看。一条红色的嘴巴扁扁且向前突出的鱼正坐在一个小小的铺着花布的沙发上，瞪着两只灯泡似的圆眼睛惊讶地看着他们，它的手中还端着一本书，旁边小茶几上的咖啡杯正冒着热气。

"Oh, my god！我是有多么粗心大意，竟忘记了闩门。谁能想到，会有一帮人连门都不敲一下，就冒冒失失地推开人家的门呢？"这条鱼尖声说着，抄起墙角的扫帚，怒气冲冲地朝门口走来，"别朝里面看了！你们这些入侵者！你们打扰了一只鱼的下午茶！"说完，它还用扫帚朝他们的方向扫了许多尘土。没错，这就是大名鼎鼎的生性善良但脾气暴躁的扁嘴鱼先生。

"砰"的一声，门关上了。

"咳咳，咳咳。"苏晴被尘土呛得直咳嗽。

"这条鱼也太没有礼貌了吧。"小狮子说。

"扁嘴鱼先生，扁嘴鱼先生，拜托开开门，我有事麻烦您帮忙。"小熊用两只手撑着胖胖的身体，费力地趴在小门外喊道。

"扁嘴鱼先生，扁嘴鱼先生，拜托开开门，我有事麻烦您帮忙。"小熊又重复了一遍。

"扁嘴鱼先生，扁嘴鱼先生，拜托开开门，我有事麻烦您帮忙。我想去聪明山谷。"小熊锲而不舍地央求道。

"打扰您喝茶了，真的对不起。"小熊又问，"您什么时候方便见我？"

然而，夜幕降临了，树洞里依然静悄悄的，没有半句回应，扁嘴鱼先生显然是没有搭理他们的打算。大家决定就在门外等候，反正他们也累得走不动了。

"我可真够走运的，第一天就找到了扁嘴鱼先生。我敢肯定，它第二天就会出门的。"小熊兴奋地说。

他们在门外生起火堆，以对付森林里寒冷的夜晚。

"大家都睡吧，我为你们守夜。"小狮子说。有它来为大家守夜，再让人放心不过了，彼得和苏晴在温暖的火光下沉沉地睡着了，而小熊却依然一动不动地盯着那扇小拱门。

果然，像传说的那样，第二天，天还没有完全亮开的时候，扁嘴鱼先生戴着它的棒球帽，不过，这次戴的是和树叶一样绿的棒球帽，穿着紫色的胶底鞋，拎着一个水桶，打着手电从家里走出来。手电的灯光把小鱼的身影拉得很长，它顽皮地做了鬼脸，地上的影子映出它张着大嘴、露出牙齿的怪样。扁嘴鱼先生锁好房门，旁若无人地从大家身边走过。小熊和小狮子叫醒大家，他们小声地跟在它后面。扁嘴鱼先生不时用它短小的鱼鳍抚弄着身上红色的鱼鳞，它是一个爱美的家伙。走了一段时间，它忽然张口说道："别鬼鬼祟祟地跟在后面，以为人家看不到似的。”

"我们没有鬼鬼祟祟，我们光明正大地在森林里走路。"小狮子说。

"那就跟紧点，免得你们被大鸟叼走。"它说。

"哈哈。"苏晴赶快捂住嘴，好让扁嘴鱼先生听不见她的笑声。"只有鱼才担心被鸟叼走呢。"她心想。

他们在树林里绕来绕去，也不知道走向哪里。天渐渐亮起来，淡红色的太阳从云端钻出半张脸，森林在朦胧的晨光中苏醒过来。猴子疲倦地伸了个懒腰，又弯下去睡着了。鸟儿们飞出鸟巢，在空中喳喳地叫着。

这会儿，他们已经走到山谷前。这里山势连绵，一座山的背后还隐藏着另一座，山叠着山，谷连着谷，一座又一座。

"难道这就是传说中的聪明山谷？"小熊掩饰不住它内心的激动。他们又绕过前面的一座山，来到两座山中间。这些山谷着实没什么特别的，都光秃秃的，盖满了黄土，山谷间雾蒙蒙的，看不到远方。

"有胆就跟我来吧。"扁嘴鱼先生径直向山谷间的大雾里走去，大家也跟了上去。突然，一阵狂风袭来，他们被吹了个跟头，风把他们卷了出来，只有那扁嘴鱼先生轻而易举地躲过了大风，回过头，在云雾中正冲他们咧嘴笑呢。它又朝他们吐了吐舌头，做了个鬼脸。

"为什么它能进去，咱们不能？"小熊问，可没有人能够回答这个问题。"我要再试一试。我的块头大，能帮助你们挡住一些风。大家都跟在我身后，拽住我的皮毛。"小熊说着，摆好架势，不知道它哪里来的勇气。

他们再次走入风里。风更大了，即便躲在小熊身后，大家还是被吹得头发都立起来了。小熊贝儿用它厚厚的熊掌按在地上，尖尖的爪子扣住地面，苏晴和彼得躲在它身后，小狮子拽着彼得的衣服，爪子也扣住地面。可是，那大风竟然吹着他们向后挪动了半米。

"风力太大。"彼得喊道，"风沙静止！"彼得念了个咒语，可风竟然丝毫没有减弱。

"笨熊，想想怎么办吧。"扁嘴鱼先生没走，它在对面幸灾乐祸地喊道。

"不可以放弃，不可以放弃。"小熊咬紧牙关坚持着。又过了一会儿，小熊趁风小了点时，憋足一口气，猛地向前一跃，喊道："大家拽紧喽！"

"啊！"他们终于冲出风口，风一下子停了，由于惯性他们狠狠地朝前面跌了过去。当大家抬起头时，发现雾气不见了，他们正坐在一个美丽的山谷间。绿茸茸的青草覆盖着整个山谷，天空湛蓝湛蓝的，一些披着五颜六色美丽羽毛的大鸟在空中自由飞翔，这些大鸟很大很大，足以将他们吞下去，但是它们看上去很美丽，也很友善。空气中飘散着清新的青草香，不远处，几只兔子在青草间呆呆地望着他们。

"别担心，他们是我的朋友。"扁嘴鱼先生对兔子们说，"不过，真没想到他们竟然也能顺利进来，一般人是没有这样的毅力的。"

"噢耶！我一定是来到聪明山谷了。"小熊贝儿兴奋地跳起来。它向前奔跑、跳跃，张着嘴巴大口呼吸着山谷间清新的空气。"我觉得自己的头脑清醒多了，好像变得特别聪明了。"它欢呼道，滑稽地旋转着它那胖乎乎的身体。其实，任谁呼吸到这样新鲜的空气，都会感到头脑清醒。

"没错，这里就是聪明山谷。看到前面没有？那里就是勇气之泉。"扁嘴鱼先生用它红色的小鱼鳍指了指前方，"跟我来。"

大家跟在扁嘴鱼先生身后向前走着，在经过两侧山谷最狭窄的部分后，他们眼前一下子开阔起来。正前方出现了一个大大的开口，这是一片波光粼粼的湖泊，湖水在阳光的照射下闪着光亮，几只美丽的天鹅在湖泊间戏水。扁嘴鱼先生高兴地朝湖水冲过去，在快要接近湖水时，它一跃而起，胶底鞋掉到地上，它的两只脚在半空中合成了一条漂亮的红尾巴。扁嘴鱼先生跳到湖中央，大家也跟着跑到湖边。这里真是太美了，湖水清澈见底，可以清楚地看见里面的小虾、小蟹们。湖水中，鱼儿有着自己的城堡，小蟹挥舞着蟹钳好似守护着城堡。此时，扁嘴鱼先生悠闲地浮在水面上，它用一根绿藻围成一圈系在腰间，充当游泳圈。当然，它也可以像普通的鱼儿那样在水中欢快地游动，但它更喜欢在身上绑个救生圈，浮在湖面上晒太阳。其他小鱼儿很快游过来，凑到它身边，向它问好："早啊，扁嘴鱼先生。今天怎么来得有些晚了？这可不像您平日里的作风。"

扁嘴鱼先生无奈地晃了晃头，伸出它的一只鱼鳍指了指岸边回答："还不是那些跟屁虫，一直在我家门外等着，没想到他们还真的有毅力通过风口来到这里，真是让我想不到。"

"那些陌生人跑来这里干什么？要是让花精灵们知道你带他们过来，会责怪你的。"一条美丽的蓝色鱼儿说。

"既然他们能进来，也算是缘分。经历了磨难来到这里，才配享受这里的美景。"扁嘴鱼先生满不在乎地说，它才不在乎什么花精灵，它只是一条我行我素的鱼而已，反正也没做什么坏事。

"他们会是坏人吗？"一条金色的小鱼问道。

"他们已经通过了狂风的考验。而且，扁嘴鱼先生是不会带坏人进来的。"另一条鱼答道。

那些鱼仍在湖中说着话。这边，小熊着急地喊道："这不是泉水，这是湖水，我分得出来。"扁嘴鱼先生显然听到了它的话，指了指湖的左边，在湖泊和地面交接处，有一股清泉汩汩地冒出来。小熊撒开步子飞奔过去，捧起清泉贪婪地喝着，直到被呛得直翻白眼，它才兴奋地跳到半空，说道："我觉得我的内心正澎湃地燃烧着，我相信我已经非常勇敢了。"一只熊竟然懂得"澎湃"这个词，真是很聪明了。

"能喝吗？"苏晴问扁嘴鱼先生。扁嘴鱼先生点了点头，它从不说谎。苏晴捧了一口喝下去，如果这泉水能让自己变得更加勇敢和聪明，那是再好不过的事情了，现在她正需要这样的勇气面对未知的前方。甘甜的泉水让喉咙感到清凉舒适，但是，苏晴觉得那泉水除了解渴外，并没有给人带来更多的勇气。泉水喝下去让人很舒服，至于变得勇敢，只是小熊自己的心理作用罢了。

"鱼先生，你能告诉我们，通往北方女巫城堡的路吗？"彼得朝湖中央的扁嘴鱼先生问道，"我们迷失了方向。听说你是一只聪明绝顶的鱼，相信你一定能帮助我们。"

扁嘴鱼先生"扑通"一个猛子扎到水中，不见了踪影，没多久，又在他们脚下的湖水旁冒出了红色的小脑袋。扁嘴鱼先生望着他们，想了想回答："说我绝顶聪明倒是没错，可北方女巫又关一只鱼什么事呢？我不认识什么北方女巫，更别提去那里的路了。"

大家很失望，难不成要被困在这里了？还是先跟着扁嘴鱼先生回到森林里再说吧。

　　"不过，你们可以去问问山谷上居住的花精灵，也许她们会知道。看到你们背后那个布满鲜花的山顶上的洞穴了吗？"扁嘴鱼先生回过头补充道。说完，它游走了。

　　"谢谢您了，扁嘴鱼先生！"

第十七章　花精灵的建议

　　他们沿着扁嘴鱼先生所说的方向看去，高高的山上有一处鲜花盛开的洞穴，在云雾里若隐若现。那些五颜六色的花在阳光下娇艳地开放着，点缀在绿茸茸的草木间。这座山很陡峭，怪石嶙峋，周围没有通向山顶的道路。

　　"我们怎么上去呢？根本爬不上去。"苏晴说，"山体太陡峭了，这样爬很容易摔下来的。"

　　"我试一试。"小狮子说。它向山上跑去，可是山的那一面几乎是垂直的，小狮子没跑多远就滚了下来。

　　"这样不行。"苏晴说，"得找一根绳子系在上面，然后蹬着石壁攀爬上去。"

　　"这办法也行不通，首先，我们没有这么长的绳子，其次，我们没办法把绳子系到上面去。"彼得说。

　　"除非有只大鸟愿意帮助我们，把我们带上去。喂！有大鸟愿意帮助我们吗？"苏晴朝天空中喊道。那些飞翔的大鸟一闪而过，没有理会她的问话。

　　"或许……我有办法。"小熊默默地说。它从草地上捡起几根藤条，用它不十分灵活的熊掌把几根藤条系在一起，然后使劲地拽了拽，确定藤条连接得十分结实后，说："我爬上去，把藤条系在上面，然后拉你们上去。”

"你可真变成一只聪明的熊了。"苏晴说，"或许，你原来就是一只聪明的熊。"她补充道。

小熊很不好意思地笑了。

"这样还是很危险，你爬得上去吗？"小狮子问。

"别忘了，熊可比狮子善于爬高，而且我比别的熊爬得更好。过去，我为了躲避危险，总是爬得很高。"小熊说。

"爬得很高，或者把头埋到土里。"小狮子嘲笑道。

小熊抓了抓脑袋，不好意思地笑着说："说得没错。以后我要勇敢地面对困难，因为，我相信现在自己已经有勇气了。"

"其实，躲避危险也算是聪明的选择。"苏晴眨眨眼睛说，"但不是逃避。"

小熊点点头，说："现在也是考验一只熊的勇气的时候了。我要用我的爪子勾住泥土，这可比勾住树皮要容易多了，我还可以用我的指头抓住草和石头。"

"你真是一只既聪明又勇敢的熊。"苏晴赞叹道，她总是这么鼓励着小熊。

"我的朋友，谢谢你的赞美！你是第一个夸我聪明和勇敢的人，你的鼓励让我浑身充满了力量。能够帮助朋友们，我真是高兴极了！"小熊高兴得手舞足蹈。

"再试试我的咒语。"彼得掏出他的手杖，在每个人身上点了一下，口中念念有词。苏晴、小熊和小狮子顿时觉得身体轻飘飘的。

"这种感觉真奇妙。如果我们能飞起来就好了。"苏晴说。

"学习让物体飞起来的魔法，尤其是让人飞起来，对奥特赛德来说是很困难的。我经过很多次的努力和失败，也没有学会。"彼得说。

"没有老师教你，你能做到这一点已经很不容易了。"苏晴说。

小熊退后，然后快速助跑，用爪子抓住山坡，一点点往上爬，或是抓住岩石，或是把爪子插入泥土里。

"瞧！我能做得很好。你的咒语也很有效，我觉得自己身轻如燕。"小熊朝下面喊道。

"别说话，专心一点。我的心都快提到嗓子眼儿了，你一定要小心一点呀！"苏晴朝上面喊道。这些藤条让她想起通往矮人树屋的青藤，她曾经爬得那么艰难、那么危险，而这藤条比青藤还要细很多。

小熊胖胖的身体在山坡上移动着。

"贝儿，避开那些带尖儿的岩石，小心扎到肚皮。"彼得喊道。

经过很久的努力，在太阳快要落山前，小熊贝儿终于爬到接近山洞的一块巨大的岩石上，它把藤条一头捆在石头上，用力拽住，将藤条另一头抛下来。"快！把另一边系在腰上，我拉你们上来。我会慢慢拉的，你们尽量避开石头。"它朝下面喊道。

"我先试试。"彼得第一个把藤条系在身上。在魔法的辅助下，再加上小熊的大力气，彼得轻而易举地被拉了上去，接着，苏晴和小狮子也被小熊和彼得合力拉了上去。

来到山顶，他们这才注意到脚下的岩石上也生长着很多异常美丽的花朵，从岩石延伸到山洞口的小路上，整整齐齐地铺满了盛开的花儿，好像苏晴家里铺的花绒地毯，当然比那还要美丽得多。

"我的熊掌踩在上面会弄伤它们的。"善良的小熊说道。

"可是我们必须得过去，就让我为你们开路吧。花儿们听好了，我们要过去，请让开些。不然，真的要踩到你们身上了。"小狮子卡卡颇有威严地说道。

没想到，那些花儿像是听懂了它的话，竟然乖乖地向道路两旁跑去，道路中间露出绿茸茸的草地。还有一朵最大、最美、由五种不同颜色的花瓣组成的花朵，从他们面前快速地向着山洞口跑去。

"那朵花大概是去给花精灵们报信了。"彼得说。

"就像我去塔卡族时，稻草人跑去给你报信一样。"苏晴笑着说。

"这可真是奇怪。我还没见过会跑的花呢。"小狮子说。

"这一点都不奇怪，我还遇到过一些会咬人、会说话的花呢。"苏晴说。

"谢谢你们了！小花儿。这样我的熊掌就不会踩疼你们了。"小熊对着那些小花儿说，小花儿并没有开口回应它。

大家终于走过这条路，来到了山洞口。山洞口有两扇由爬满鲜花的藤条编制的小门。

"有人吗？"没有人回答他们。

"请问花精灵住在这里吗？"还是没有人回答。

他们只好推开门，擅自走进去。洞里垂着一张花朵织成的帘子，帘子后面三位美丽的精灵围坐在石头圆桌旁，正在下棋。其中样貌最小的一位精灵有着银色的眼睛、金色的头发，穿着粉色的纱裙，编着麻花辫子，辫子上点缀着五彩的小花；还有一位长着黑色的眼睛，身穿绿色纱裙，棕色的长发上别着一个紫色花朵的发卡；最年长的一位则是深棕色的眼睛，穿着蓝色纱裙，漂亮的盘发上插着一朵蓝色的小花儿。三位精灵虽然穿着不同，年龄也不同，但是个个样貌清丽，皮肤白皙，眼睛大而有神，衣裙飘飘，仙气逼人，而且她们每个人身后都长着一对薄如蝉翼的翅膀，苏晴觉得她们都好像神话中的小仙女。

她们聚精会神地下着棋，谁也没有在意这几位不速之客。棋子也是花朵做成的，不同颜色的花朵代表不同一方。棋盘的样式，是苏晴从来都没见过的，真不知道她们下的是什么棋。那些美丽的精灵只需用手指一指，花朵棋子便会飘到指定的位置。

那位年纪最小的仙女明显棋技不如两位姐姐，她急得出了汗，抬起头，刚想用她粉色的纱巾擦擦额头上的汗时，发现了站在一旁的苏晴等人。她大惊失色地叫起来："你们是谁？！"同时，手中变出一根银色的、顶端镶有花型钻石的手杖指向他们。

"抱歉，打扰了。刚刚我们敲过门了，可是没有人回答。"苏晴解释道。

"我们没有恶意，请多多包涵。"小熊挡在苏晴面前，大概是怕花精灵伤害苏晴。

苏晴注意到花精灵们贴在脸旁的耳朵张开了，耳朵上端尖尖的。刚刚她们的耳朵是紧闭的，难怪听不见他们的说话声。

"妹妹，不用慌张，准是那条老鱼带他们进来的。而且，既然那些花儿愿意给他们让路，就说明他们不是坏人。"穿蓝色纱裙的花精灵微笑着安慰她的妹妹。

"你们来此，有何贵干？"穿绿色纱裙的花精灵问。

"我们在树林里迷路了，想打听一下去北方女巫家的路怎么走？"苏晴说。

"你莫不是那女巫的什么亲戚？"穿绿色纱裙的花精灵挑起眉

毛瞪着眼睛问道。

"不是。我想去那里救一个王后。"苏晴言简意赅地回答。

"凭你们几个？一个半吊子奥特赛德，一只小狮子，一只笨熊，外加一个手无寸铁的小女孩。"穿绿色纱裙的花精灵轻蔑地说，她竟然一眼看穿了他们各自的底细。

"我们能不能做到，可不凭你说，而且小熊也不是笨熊了。"彼得沉着脸说，显然他对她傲慢的态度有些生气。

"各位请不要生气。"穿蓝色纱裙的花精灵很有礼貌地微笑着说，"她也是为你们好。虽然我们不问世事，从未和北方女巫打过交道，但是，对其心狠手辣略有耳闻。你们贸然前去，非但救不到人，还可能被变成动物或石头。"

"啊！我想起来了！"这时，穿粉色纱裙的花精灵突然打断他们的对话，喊道，"姐姐，她就是我和你提过的，捡到我的魔法徽章的那个女孩。"穿粉色纱裙的花精灵拿出一面镜子，朝镜子挥挥手，那里面就出现了苏晴和小蟾蜍在森林里对话的场景。

"果然是她。这位好心的小姑娘竟然来到咱们家里了，真是上天注定的缘分。妹妹，你要好好地向人家说声谢谢。"穿蓝色纱裙的花精灵对粉色纱裙的花精灵说。

"谢谢你！你叫什么名字？"穿粉色纱裙的花精灵友好地拉起苏晴的手说。

花精灵竟然认识自己，这让苏晴没有想到，因为她根本就记不起曾经在哪里见过她。

"你好！我叫苏晴。"她回答，"咱们见过吗？"

"我见过你，你却没有见过我。"花精灵开心地笑道，"那是我第一次离开家去参加精灵成人礼，我粗心地把放着魔法徽章的袋子丢在森林里了。后来，花之王用魔镜帮我看到了森林里的情况，多谢你没有把袋子据为己有，我才能重新找回它。"

苏晴听完后，才回忆起那些天发生在森林里的事情，那是她刚来到这里的时候，却仿佛是好久以前的事情了。小蟾蜍确实指给她看过一个漂亮的锦袋，当然，她根本没想过占为己有，没想到那是这位花精灵的东西。"那没什么的，是我应该做的。"苏晴说。

"那么重要的东西，你竟然也能弄丢，真是太粗心了。"穿绿色纱裙的花精灵埋怨道。

"姐姐们，你们就帮帮她吧。"

"好吧。"穿蓝色纱裙的花精灵对她的妹妹说，"既然她帮了你的忙，我们就应该怀有感恩之心。一会儿，我会派蝴蝶送他们去该去的道路上。"然后，她又十分温和地朝苏晴问道："你们这样贸然前去，有十足的把握说服女巫吗？"

"我们确实没有特别的办法，也没有任何把握。"

"那么，我还是再次奉劝各位量力而行。如果执意要去，我建议各位不妨先去找矮人们帮忙，他们热爱冒险，或许愿意和你们一道前去，我相信，他们团结一致的精神一定会助你们一臂之力的。"花精灵建议道。

"谢谢您的建议。可是，我们怎么才能找到矮人呢？"苏晴问。不会是之前遇到的天上的矮人吧？苏晴心里暗暗想，那个矮人可不像花精灵所说的喜欢冒险的样子，他现在还在天上舒舒服服地住着呢。而且是"他"，而不是"他们"。

三个花精灵把他们带到山洞口，轻轻挥动着手中的银杖。从远方的天空飞来两只比老鹰还大好几倍的蝴蝶，它们拥有美丽的触角，闪着晶莹的翅膀，一只是蓝色的，一只是绿色的。花精灵靠近它们耳边轻轻地嘱咐着什么。

"它们会带你们飞出森林，去往正确的方向。虽然，它们飞不远，无法送你们去女巫那里，也无法带你们找到矮人的住处，但是，顺着它们触角的方向前进，你们离矮人的住处就不远啦。"穿蓝色纱裙的花精灵说。

"谢谢你们！"苏晴感激地说。

两只蝴蝶向着湛蓝的天空飞去，蓝色的蝴蝶驮着苏晴和小狮子，绿色的驮着彼得和小熊，负担重的那只自然要飞得低一些。轻轻的微风吹拂着他们，温暖的阳光照耀着他们，如果不是承载着艰巨的任务，这真是一段美好的旅程。

他们没飞出去多远，那个穿粉色纱裙的花精灵便挥动着晶莹的翅膀跟了过来，将一个漂亮的蚕丝锦囊交给苏晴。

"相信我，它会带给你们好运的。"她银灰色的美丽眼眸清澈无比，说完，就飞走了。

美丽的蝴蝶带着他们飞过来时的森林。

"噢，万岁，我竟然飞在了天空中。我的兄弟、姐妹们一定无法相信这一点，我要怎么才能让它们相信呢？"小熊站起来骄傲地喊道。

"你不用非得让它们相信不可。"

"这下子，我不但变得勇敢和聪明，而且我还是树林中第一只飞上天空的熊，这真是神奇的经历。"小熊高呼道。

蝴蝶又飞行了一段距离，但它们飞得越来越低，也没有开始时那么轻快了，它们渐渐虚弱下来，翅膀也不再闪着光。

在它们缓慢落在地面上之后，那只较大的绿色蝴蝶气喘吁吁地发出声音："我们只能送你们到这里了，矮人们就在不远处，可是我们去不了了。"

"谢谢你们。"大家向两只蝴蝶表示感谢。

那两只蝴蝶的触角发出四条光束，指向前方。它们并没有再次起飞，而是趴在地上，拍打着翅膀，一伏一伏地，像消失在明亮夜空中的点点繁星，一点点地消失，看不见了。

"它们去了哪里？"小狮子问。

"大概是回家去了吧。"

"你知道回家的路吗？"彼得问小熊。

小熊边用它的舌头梳理着被微风吹乱的毛皮，边问道："我们不是要去找矮人吗？难道你们要先去我家玩会儿？"

"啊？你也要和我们一起去吗？"其他三个伙伴惊讶地齐声问道，他们没想着小熊要和他们一起去冒险。

"这有什么不可以吗？"小熊挺起胸脯大声说道。

"太危险了，你还是回家去吧，你已经可以向你的朋友们证明你是一只聪明和勇敢的熊了。"彼得说。

"我现在才不想向它们证明什么呢，我已经不在乎它们愚蠢的看法了。你们是不相信我可以陪你们去冒险，觉得我会成为你们的累赘吗？"小熊不高兴地说。

"没有，绝对没有，我们只是觉得你属于森林，不想你出任何危险。"苏晴说。

"就算被女巫变成一只蚂蚁，我也是一只勇敢的蚂蚁。我当然要去！"小熊轻松地说着，往前面走去，"快点，你们别磨蹭了！"

第十八章　做出你的选择

他们又走了好久，也没有见到矮人的踪影。

"这些花精灵也太不靠谱了。到现在连一个人影都没看见。"小狮子皱着眉头说。

"听说，那些矮人喜欢四处游荡，各处冒险，尤其喜欢到处挖金子，或许他们现在也在不停地走。"彼得说。

"这四周也没看见有金子呀。我想坐下来休息一会儿。"小熊贝儿喘着大气，一屁股坐在路旁的树桩上。

小狮子机警地嗅着周围的道路，说："这儿有一股不寻常的气味。"

"这儿没有什么不同，连只鸟儿都没有。"苏晴说。她也疲惫不堪，瘫软地倒在一堆稻草上。就在这时，她感觉身下一沉，脑袋一晕，眼前一片黑暗。她确定自己绝对不是因为晕倒而眼前一片黑暗，没错，她掉到了一个黑洞里，一个无底的黑色深洞，她就这么一直下落，一直下落。黑暗中，她拼命想要抓住洞壁四周湿滑的杂草，好让自己不再掉得更深，可是她什么也没有抓住。

只听"咔嚓"一声，苏晴跌落在一张铺着软绵绵被子的木板上，木板一下被压塌了，幸运的是，她毫发无损。苏晴呆坐在木板上，晕晕的。

她想弄明白究竟发生了什么？自己究竟在哪里？可是，四周黑洞洞、静悄悄的，什么也看不见。在未知的黑暗里，苏晴感觉有十二只亮晶晶的眼睛正不约而同地悄悄凑过来，目不转睛地盯着她看。

"抱歉，我不是故意闯进来的，请不要伤害我。"苏晴浑身一紧，感到十分害怕，双手紧握，打起冷战。

"嘭"，灯亮了。六个留着长胡子的老人正站在苏晴面前，上下打量她。他们个子矮小，耳朵比一般人要大两号，长而厚的胡子密密匝匝地盘绕在脸颊周围又垂下来，一个是棕色胡子，一个是蓝色胡子，一个是红色胡子，一个是紫色胡子，看起来最年长的一位是白色胡子，最年轻的一位是黑色胡子。他们穿着不同颜色的棉绒睡袍，戴着不同颜色的睡帽，尖帽子顶上的绒球耷拉下来，显得滑稽而可笑。虽然外面还是白天，但这几个矮人可不管那一套，他们还没睡醒呢，一个个迷迷糊糊。苏晴搅扰了他们的美梦。

"我的天，从上面掉下来这么个大怪物，把我的床铺都压塌了，还好刚刚我去喝水了，要不然今天非得被压成个饼子不可。"棕胡子矮人大叫道。

"别这么大惊小怪，都这么大年纪了，什么稀奇事没见过。她只不过是个年幼的小姑娘。"紫胡子矮人说。

"说得轻巧！"棕胡子矮人狠狠地瞥了紫胡子矮人一眼。

"嘘，还是小点声。小心把周围的独角兽吵醒。"黑胡子矮人警觉地听着周围的动静。

"一、二、三、四、五、六。"苏晴数道，她终于放下心来，"你们是矮人对不对？"由于之前和天上的矮人打过交道，再加上花精灵说的话，苏晴确信这些矮人不会伤害她。

"我们是六个，会数数的人都知道，但我很不喜欢矮人这个称呼。相对于巨人来讲，我们是矮人，相对于更矮的人或动物，我们是巨人。"红胡子矮人说。

"再赞同不过了。"苏晴说。她想起自己变小后，的确把树屋里的矮人当成了巨人。

苏晴从被压塌的木板上跳起来，脑袋差点碰到屋顶的吊灯。

"别听他的。"蓝胡子矮人说，"我可是以自己是一位矮人为傲。要知道，我们是聪明、善良、勇敢的一族。"

"亲爱的姑娘，很乐意为您效劳。"黑胡子矮人礼貌地说，同时，他没有忘记脱下他的睡帽行礼，"请这边坐，否则您的脑袋很容易撞上屋顶。"

苏晴跟着他们走到一张矮桌前，黑胡子矮人为她搬来一把稍大些的椅子。"请坐。"他说。

"谢谢。"苏晴坐上去，椅子摇摇晃晃。

这是一间简陋狭小的屋子，墙壁是光秃秃的泥土墙，没有墙漆或壁纸，家具除了六张木板床，就只有一张圆桌、桌边的七把椅子以及一个五斗柜。

"那么，说说你怎么会来到这里？是怎样……"白胡子矮人问。

他的话还未说完，只听"咕咚"一声，一个巨大的毛茸茸的怪物落在苏晴刚刚掉下来的地方，动作敏捷地跳到已经塌陷的床板上。它背对着大家，在昏暗灯光的照射下，在墙上投影出巨大的影子。

矮人们全部机警地站起来，迅速抄起立在墙边的一排剑。锋利的剑被矮人从剑鞘中"嗖"地拔出，剑刃在灯光下亮闪闪的。

那怪物缓缓地转过身来，前爪后弓，后爪弯曲，毛发直立，以进攻的姿态直面矮人。它"嗷"地发出一声巨吼，震得桌子抖了起来。苏晴揉了揉眼睛，慌忙喊道："大家都等一下！"原来，这只怪物不是别的，正是和她一道而来的小狮子卡卡。

"不要怕，我来救你了！"小狮子大声说。原来，因为担心苏晴的安危，小狮子果断地决定跳下来救苏晴出去。

"误会，误会。他们就是我们要找的矮人。"苏晴对小狮子说，又指着小狮子对矮人解释道，"它是我的朋友卡卡。"

小狮子收起鬃毛和利爪，矮人们也松了口气，放下戒备，回到圆桌旁。卡卡紧跟在苏晴旁边，生怕有人伤害她。

"看到你掉下来，我们都担心极了。于是，我下来找你，还好你没有危险。"卡卡说。

苏晴抱住卡卡的脖子，说："谢谢你。"

"你不是说那些稻草是最好的伪装吗？瞧我的床铺。一会儿一个小女孩，一会儿一只狮子，再过一会儿，还指不定要掉下来什么呢。"棕胡子矮人还在坍塌的床板前，伤心地抚弄着，抱怨道，"上回有一只野兔从上面掉下来，刚好砸中我的脑袋。不然谁和我换个位置，为什么倒霉的总是我。"

"好了，快停止你的抱怨吧。如果这一带再挖不到什么金子，我们过不了多久就该搬家了，也甭管什么稻草或者床铺的位置了。"红胡子矮人说。

"只要还在这里待一天，我就有被砸的危险。你们几个谁说稻草盖得很好，谁就来想想办法。"棕胡子矮人说。

"明天就给上面加个钢铁的盖子。"红胡子矮人说。

"你这主意不是想把我们都闷死吧？"棕胡子矮人好像要和红胡子矮人打起来似的。

"在铁盖子上戳几个眼儿不就行了。这都想不明白，我说你这把年纪白活了吧。"红胡子矮人不屑一顾地讲道。

"请安静一下，安静一下。请问……"白胡子矮人打断他们的争吵，转向苏晴，问道，"抱歉请问，刚刚你提到了一句'他们就是我们要找的矮人'。你们有事情要找我们吗？我们不常在一个地方住，所以要找到我们很困难，既然你来了，一定是有什么要紧事吧？"

"我想拜托你们和我一起去北方女巫那里救出茜茜王后。"苏晴回答。

"救人？"

"那么，请说一下你会付多少金币？"紫胡子矮人一本正经地问完，喝了口热气腾腾的红茶。

"金币？我一个金币都没有。"苏晴说。接着，她讲述了一路的经历，当然也隐瞒了一些她答应别人绝对不可以讲出去的事情。

"这是多么有趣且惊心动魄的经历啊！"白胡子矮人赞叹道。

"我可是被吓惨了。"苏晴说。

"我们矮人是最喜欢冒险的了，如果你能够出个好价钱，我们绝对乐意帮忙。可是，你却一个子儿都没有。"紫胡子矮人说。

"别总谈钱，好不好？咱们城堡里的钱够多的了。我倒是觉得这可贵的母爱比任何金币都要来得无价。我愿意帮助你。"蓝胡子矮人拍拍圆桌说。

"我们一直都在冒险寻找金币，不是吗？你不也一样嘛。"紫胡子矮人瞟了他一眼。

"那是因为我们更热衷于探险，更热衷于在一起的旅程，可不只是为了金币。你不觉得去女巫那里救人，是一次我们从未尝试过的伟大冒险吗？"蓝胡子矮人又接着问，"你们几个呢？兄弟们。"

"当然，乐意效劳！"黑胡子矮人仍然很有礼貌地回答。

"这将是一次危险而令人难忘的冒险。"红胡子矮人也表明了自己态度。

"我永远和我亲爱的弟弟们在一起。"白胡子矮人说。

"我还是认为应该获得对等的金币才对。"紫胡子矮人说道。

"我有这个，或许它能够顶得上一些金币。"苏晴从背包里掏出一枚金蛋，这是小人儿国国王送给她的礼物，她想，这个或许比许多金币还要值钱些。

金蛋亮闪闪的，比任何金币都要金光闪闪，把这个狭小的洞照得金碧辉煌。所有的矮人都睁大了眼睛，忍不住伸出手摸了摸它，连一直在床边唉声叹气的棕胡子矮人也被吸引过来了。

"有这个做交换，我觉得很对等。"紫胡子矮人点点头，他顾不得看别的了，眼眸里被金蛋的光芒照得金灿灿的。

"快把你的金蛋收起来吧。"白胡子矮人挥舞了一下手，移开众人的视线，"不要理他，这是属于你自己的东西。"

"不要总和别人提金子的事，弄得别人会以为我们只是为了金钱才肯帮忙似的。"红胡子矮人说。

"好吧。我同意等咱们成功之后再说金币的事。这枚金蛋也算是个保证。"紫胡子矮人说，不过，他心里早已盘算起事成后如何将这枚金蛋带回他们的城堡。

"那么，你呢？"蓝胡子矮人问向棕胡子矮人，只有他还迟迟未表明自己的态度。

"不，不，绝不，这次绝不。我受够了冒险，我可不愿赔上自己的性命，我要回城堡里舒舒服服地睡上一觉，没有人打扰的一觉。让那些该死的冒险见鬼去吧。"棕胡子矮人发表了自己的意见。

"这可不好办。五比一，少数服从多数。"红胡子矮人说。

"我们不妨在帮助这位姑娘之后，再一起回城堡。"黑胡子矮人建议道。

"去和北方女巫对抗，你认为我们有几分把握全身而退？这已经超出了冒险的范围。"棕胡子矮人摇摇头说。

"你什么时候说起话来这么像老七了。"蓝胡子矮人说。

"没错，他如果在的话，一定会同意我的想法，和我站在一边，绝不肯去的。"棕胡子矮人挑了挑胡子说。

"好了，好了。我们也不必事事都绑在一起。这回，我们应该尊重老五的选择，每个人都有权做出自己的选择、自己的决定，不是吗？"白胡子矮人一锤定音地给出了最后的总结。

"拿齐装备。"

还没等苏晴反应过来这句话是何意思，只见，矮人们翻出五斗柜里各自的衣物塞到各自的大背包里，又装了许多食物进去，还卷起了木板床上的被子。他们六个人在狭小的空间里跑来跑去，翻箱倒柜，屋里扬起一阵尘土。

"一切就绪，准备出发！"白胡子矮人说道。他们简直是训练有素，雷厉风行。每个人都换了一身行头，精神极了，帽子也换成了干净的棉布兜帽。

"现在就要出发吗？"苏晴没想到事情竟办得如此顺利，更没想到矮人的执行力这般强，他们已经全副武装，时刻准备前行了。

"不然呢？"

"快点，小姑娘！"

红胡子矮人把一根带有钩子的粗绳子准确地扔到深洞外，使劲拉了拉，确认钩子的位置没问题，就背起鼓鼓囊囊的背包和铺盖卷，顺着绳子灵活地爬了上去。他们一个个顺着绳子爬上去，来到了深洞外，又把小狮子和苏晴也顺着绳子拉上来。此时，彼得和小熊正焦急地等着他们呢。

　　"怎么才上来？我们朝下面喊了好多声，也没有听见你们的动静。"彼得说。

　　"这个洞的隔音效果很好。"紫胡子矮人说。

　　"难道这几位就是矮人？"彼得看着眼前几位矮小的老人，高兴地问。

　　"对，他们就是我们要找的矮人。"苏晴回答。

　　"花精灵说得果然没错，我们找到他们了！"小熊乐得蹦了起来，如果不是被彼得拉住，它一定会跳起圆圈舞。

　　"那么，请大家都来自我介绍一下，接下来的旅途中免不了要称呼对方。"蓝胡子矮人说，"我叫比青。"

　　"比坚。"红胡子矮人说。

　　"比利。"紫胡子矮人说。

　　"比博。"白胡子矮人说。

　　"比时。"黑胡子矮人说。

　　"比长。"棕胡子矮人说，"我想，其实我就不用自我介绍了，因为接下来的旅程，咱们不用相互称呼。不过，为了礼貌，还是介绍一下。"

　　这么一介绍完毕，苏晴就明白了，他们六个是亲兄弟。接着，苏晴一行人也分别介绍了自己的名字。

　　"哥哥，咱们城堡里再见！"黑胡子矮人紧紧抱住棕胡子矮人。

"再会！我的兄弟。"白胡子矮人说。

"我们总会再次一起去冒险的。"红胡子矮人说，他们相互拥抱。

"没错，说不定你在温暖的被窝里待不了多久，就会感到厌倦的。"蓝胡子矮人说完，也深情地拥抱了棕胡子矮人。

"城堡里有许多闪亮的金币，它们会让你的胃口好一些。"紫胡子矮人同棕胡子矮人撞了撞肩膀。

"再会了，兄弟们，一路上要多加小心。我祝愿好运一直伴随着你们！随时欢迎你们回到城堡里，我会盛好美酒庆祝你们凯旋。"棕胡子矮人总算露出了笑脸。

矮人兄弟们做出了各自的选择，棕胡子矮人背起行囊告别了大家，踏上了回家的路，准备回到那个有着许多金币和美酒的舒适城堡。

"那么，我们也该出发了。这将会是一次危险的旅程。"蓝胡子矮人说。

"真是抱歉，让你们和我去冒险。"苏晴说。

"这是我们自愿的选择。"

"我们要计划一下才行，可不能这样冒冒失失地去找北方女巫。"紫胡子矮人抚摸着他卷曲的胡子说。

"为了让一切更加顺利些，我们最好先去拜访最让人敬仰的发明家。"白胡子矮人提议。

"真是一个再好不过的建议。"

"我们要去找怪头脑的发明家吗？太好了！他可是个让人大开眼界的家伙。"红胡子矮人开心得跳了起来。

"没错，他一定能帮到我们。"

“怪头脑？一定是个怪人。”苏晴小声嘀咕道。

“他是个很棒的人。”黑胡子矮人向她解释说，同时，他朝空中打了个响指。

“我们好久没去看他了。”蓝胡子矮人也很兴奋。

“可是……可是我们又要偏离前进的方向了吗？发明家的家离咱们的目的地更近些，还是更远些呢？”苏晴担忧地问道。

“说得没错，我们不但会偏离行程，而且想找到发明家的房子绝非易事，因为他的房子长了脚。”紫胡子矮人神秘兮兮地说，接着，他又补充道，“可以说，他和我们矮人一样，喜欢四处游荡，只是我们得靠自己的双腿前行，而他只需坐在沙发上喝着咖啡就能随便去到任何地方。”

“会移动的房子？我从来没听过哪里有这样一所奇怪的房子。如果房子会移动，咱们岂不是更难找到它？”彼得问。

“这会耽误很多时间。”苏晴仍旧忧心忡忡。

“姑娘，欲速则不达。要想成功，首先，要做好充分的准备。”白胡子矮人笑嘻嘻地说道。他没有回答彼得提出来的问题，显然他对找到这所会移动的房子已经胸有成竹。他打开背包，从最里面翻出一把金色的钥匙，把钥匙拿在手中，嘴里嘟嚷了几句。紧接着，他攥着钥匙的手像是被一根无形的绳子牵引住似的，被拉向前去，身体也向前倾去，他开始大步流星地向前奔跑起来。

“快跟上，跟上他！”红胡子矮人喊道。其他几个矮人都跟着跑起来，小狮子和小熊也跟着向前跑。黑胡子矮人对还站在原地发愣的苏晴说：“快点！加油啊。”

彼得和苏晴也跟着跑了起来。

“这是在干什么？我们为什么要跑？”彼得边跑边问。

"去找发明家呀。我并不敢肯定找到他就一定能对我们有什么帮助，但是，发明家上次给我们的沙中淘金机就很好用。我相信他能提供一些对我们这次旅程有帮助的新鲜玩意儿。"红胡子矮人说。他的一大团大胡子像一团通红的火焰，在脸上不安地跳跃着。

第十九章　怪头脑的发明家

　　大家就这么毫无计划、毫无目的地跟着白胡子矮人一起向前奔跑。他们翻越了一座不高的小山，又跨过了一条很浅的小溪，也顾不得看四周的风景。苏晴对这些年过半百的矮人竟有如此好的体力，感到十分惊讶。他们个个精神矍铄，健步如飞，这显然和他们多年的锻炼分不开。事实上，他们的实际年龄远不止半百呢。

　　尽管有几次，领头的白胡子矮人只顾着跟随那根无形的绳子不停地奔跑，而险些被道路上凹凸不平的石子绊倒，但他很快就会用手撑着敏捷地跳了起来，其他几个矮人背着鼓鼓囊囊的背包紧随其后。他们身材矮小，但体格健壮、善于奔跑，就算彼得和苏晴这两个腿比矮人长的年轻人也不得不自愧不如。小狮子和小熊凭借四条腿动物特有的速度跑在了最前面，但它们不知道路的方向，只好跟在白胡子矮人两旁。

　　"小心，前方有灌木和荆棘！"白胡子矮人喊道，但他并没有因此而停下脚步。蓝胡子矮人和黑胡子矮人绕过白胡子矮人，迅速跑到了最前面，他们把道路上的荆棘全都砍倒，让白胡子矮人顺利地跑过了这一段路，后面的人也不费吹灰之力地通过了这片灌木和荆棘。

　　他们从中午跑到黄昏，又从黄昏跑到黑夜，正当大家体力透支、筋疲力尽、口干舌燥、饥肠辘辘的时候，作为老大哥的白胡子矮人终于嘟囔了一句："休息！"他们停止了步伐，在地上铺好毯子。天已经完全黑了，他们点起篝火，准备吃饭和睡觉。

"您也会魔法吗？"彼得问白胡子矮人。

"我们矮人哪会什么魔法呀。"

"那您念的不是魔法咒语吗？"

"哈哈。"白胡子矮人笑道，"那不是什么魔法，不过是发明家告诉我们的一些小把戏罢了。"

"我们还有多远呢？"苏晴问。

"不清楚。也许，明天他的房子又要向前搬出几里地，离我们更远了，也许，他的房子正在朝我们前进的方向移动，这谁也说不好。"白胡子矮人满不在乎地回答，他似乎一点也不担心时间问题。苏晴虽然不想像个陀螺般无休止地打转下去，但她也明白，如果没有准备充分就去找女巫，只会是去送死。所以，她又坚定了信心，相信朋友们能够帮助她找到解决问题的办法。

"那个钥匙应该连着房子的一端，矮人一定知道前进的方向。"彼得提醒苏晴。

白胡子矮人兴致勃勃地嚼了一块干奶酪，矮人们将食物分给苏晴、彼得、小狮子和小熊。小狮子接过矮人递过来的食物，看到那两块手掌一般大小的饼干，无奈地摇了摇头。可是，当它把那块还不够它塞牙缝的饼干放到嘴里时，竟然开心地嚼起来，说道："我好像吃到了好大一块肉，好美味啊！能不能再给我来一块饼干？"

原来，这些食物都是发明家发明的顶饱又美味的压缩食品，体积很小、不占地，吃一块就能对付好几天，专门为矮人们应对长途跋涉发明的。

苏晴吃的那块饼干，竟然是西红柿炒鸡蛋的味道。而彼得吃掉了一块正方形的压缩饼干，是尖椒牛柳味。

"我是一只爱吃浆果的熊，请给我一些浆果口味的饼干，谢谢。"小熊说。

蓝胡子矮人递给它几块紫色的饼干。

"这味道棒极了！好多的汁水，和树林里新鲜的浆果子味道一样。"小熊吃过后，赞美道。

"大家别吃撑了，这个饼干很顶饱。"

矮人们携带的饮用水被放在一个铁皮罐子里，只是每瓶水只有一个方糖块那么大点儿，这大概又是发明家的创造。苏晴把一块"方糖"放到嘴里，立即就融化了，一阵清凉的水流慢慢流动到嗓子眼儿中，直到她觉得不渴了，水流才停下来。

"这感觉真棒！太有趣了！这个哪里有卖的？这比拿着一大瓶水可方便多了。"苏晴问。

"是发明家告诉我们怎样制作的，不过这个专利可不能随便告诉其他人，因为它绝对价值几十桶金币。"紫胡子矮人说。紫胡子矮人绝对是几个矮人中最看重金币的一位，也是最有生意头脑的一位。

"太神奇了！这个发明家也的确是个魔法高手。我看，魔法界绝对应该有发明家的一席之地。"彼得说。

"他的确是个了不起的人物。"黑胡子矮人说。

过了没多久，他们就迷迷糊糊地睡着了，好几个矮人发出很响的呼噜声。

苏晴一直担心他们会离目的地越来越远，这个担心是不无道理的，像他们这样一直地跑下去，没人能够说出确切的终点和到达的时间，这是让人绝望和无奈的事情。虽然，彼得说那把钥匙很有可能是连着房子的某一端，但是，矮人也说过，那是一所会移动的房子。既然房子会移动，那谁知道这所房子明天会跑向哪里。

　　然而，幸运的是，在第五天下午，一个阳光明媚的午后，一所大房子终于出现在他们面前，这是好运气降临到了他们头上，算是对他们坚持不懈努力的一点奖励吧。没错，这就是发明家的房子。这所房子有三层高，第一层是用石块堆砌成的，坚实而严密，如果没有主人的邀请，外面的人是根本进不去的。第二层是用木材建造的，木料的香气清新而迷人，散发在空气中，可是，木料严丝合缝，即便是一只鸟想要飞进去也是不可能的。第三层是用铁板建成的，密闭得严严实实，刀剑都不可能穿破它。更为奇怪的是，房子底下长出了八只半寸长的机械脚，那些脚正不紧不慢地向前走去。要不是第二层有几扇玻璃窗，苏晴很难将眼前这个怪东西和一所房子联系到一起。

　　"等一下，等一下——"白胡子矮人喊道。那所房子像是听懂了矮人的话，突然间停下来。由于奔跑的惯性，白胡子矮人差点栽倒在房子底下。还好，他扶住了墙壁，只是，他帽子的一边被压在了轰然落下的房子底下。矮人站起身，拍了拍身上的尘土，又半蹲下身体，用手揪住帽子的边缘，礼貌地和房子说了声："不好意思，劳驾。"只见，那房子微微抬起靠近帽子的一只脚，矮人刚好从缝隙中把帽子顺利地拿出来。

　　尽管没有见到任何走出来迎接他们的人，几个矮人还是并排站到房子面前，他们细致地整了整衣服和由于奔跑而散乱的头发，半弯着腰，毕恭毕敬地齐声说道："劳烦通报，比博、比坚、比利、比青、比时，求——见——"

"不管怎样，我们要先找到门才行。"小狮子说，它开始用鼻子嗅这所奇怪房子的四周。可是，它绕了一圈，也没有找到房子的大门。

"我敢肯定这是一所密闭的房子，真是了不起的杰作！这一定是一位聪明的发明家。"小熊赞叹道，"可是，外面的人怎么进去呢？里面的人又怎么出来呢？"

"难道我们要爬窗户吗？"彼得问。他并没有指望有谁能回答这一个问题，反正答案一会儿就会揭晓，发明家总不会让他的矮人朋友们在房子外面等太久。

又过了五分钟，他们面前的石壁出现了一丝缝隙，石壁上凹下去一个钥匙形状的图案。白胡子矮人慌忙取出金钥匙贴在石壁的凹槽里，钥匙刚好能不大不小地贴到里面，石壁的缝隙慢慢变大，一扇大门打开了。

白胡子矮人带头走进去，其他人跟在后面。眼前是一间空空荡荡的大厅，光滑的大理石地板擦得锃亮，低头就可以看见自己的影子。大厅里面静悄悄的，除了他们几个"噔噔噔"的脚步声，四下再无其他声音。雕刻着精美花纹的石柱矗立着，撑起整个大厅，但是，里面也再没有别的家具。

大厅的尽头，一个玻璃电梯正开着门，等着他们。

"这里有一间玻璃屋子。"小熊说，它用胖手掌摸了摸玻璃门。

他们几个在白胡子矮人的带领下走进玻璃电梯，还没等他们站稳，电梯的门便合上了，然后"嗖"地快速上升。

"这间玻璃屋子竟然会动，我从来没见过这样的屋子，它要把我们带去哪儿？"小熊问。

小狮子对脚下的透明玻璃特别感兴趣，看着下面的玻璃和距离他们越来越远的地面，使劲跺着脚，弄得电梯有些摇晃。

"在到达前，请不要乱动！"白胡子矮人严肃地说。

苏晴则紧张地拽住电梯的扶手，不安地盯着四周。很快，玻璃屋子到了二楼。眼前是一片郁郁葱葱的景象，他们仿佛来到了热带雨林。花、草、树木和各种叫不上名字的植物茂盛地生长着，还有一些色彩艳丽的小鸟飞舞在树木间。但是，他们还没有来得及睁大眼睛看得更仔细些，"嗖"地，玻璃电梯已经带着他们经过二楼，来到了房子的第三层。电梯的门打开了，这时，一只长着黄色犄角、身披红色绒布的白色山羊正站在电梯门口等候他们。山羊面带笑容，张开嘴温和地说道："欢迎各位远道而来的客人，请随我来。"

说着，它伸出一条前腿指向前方，大家跟随山羊通过了一条铺有红色地毯的长长甬道，来到一面白色的墙壁前。只见，山羊用前蹄在墙壁上"当，当，当"地轻轻敲了三下，白色墙壁打开了，温暖的阳光倾泻在他们的脸上。这是一间宽敞的大屋子，尽头是整面的落地玻璃窗，一眼就可以看到窗外旷野的美丽景色。而这第三层房子正是他们在外面瞧见的密不透风的铁房子。

屋子最里面有一位身穿白色工作服、头戴金属钢盔的人，正在一台巨大的机器前忙碌着，并没有理会他们的到来。

"这边请。"山羊礼貌地说。它把他们带到屋子边上的一个长长的沙发前。在这些客人坐下之前，它用前蹄按了一下沙发侧面的按钮，那个沙发立即变得更长了，刚好坐得下苏晴、彼得、熊、狮子和五位矮人。

"我不坐沙发，谢谢。"狮子说。

几只身披蓝色绒布的小山羊从外面走到他们面前，这些小山羊比刚才那只山羊要年轻很多，个头也要小很多，它们的背上驮着果盘、各种糕点和热气腾腾的巧克力饮料。小山羊们慢慢斜下身子，果盘和糕点准确地落在沙发前面的茶几上。其中一只小山羊友好地点了点头，说："各位客人请慢用。"

"我记得咱们从外面看到房子的第三层明明是铁皮做的，而现在，这里面却全是玻璃窗，还可以看到外面所有美丽的风景，真是太神奇了。"彼得说。

"要知道，他可是我这把年纪以来认识的最伟大的发明家，没有之一。"蓝胡子矮人喝了一口热巧克力，赞叹道。

"可是，你好像就只认得这么一个发明家。"紫胡子矮人嘲笑道，他圆圈似的胡子高高挑起。

"但是，我活了这么大年纪，确实是跋山涉水、见多识广，再也没有见过有哪个人能造出比他造得更好的淘金机。"蓝胡子矮人放下杯子，争辩道。

"不管怎么说，他的确是个了不起的人物，尽管他不常出门，也不去冒险，但这并不妨碍他的伟大。比起某些魔法师，我更欣赏他的智慧。"黑胡子矮人说。

"更令我无比佩服的，是他超乎常人的专注力和坚定的毅力。我敢肯定，此刻就算我们都凑到他耳旁大声和他说话，他也丝毫不会受到影响。"红胡子矮人补充道。

"也许，这得归功于他那看起来无坚不摧、厚实无比的头盔。哈哈。"紫胡子矮人笑道。

"我可以去试试吗？"小熊问，它嘴里塞满了桂花糕点。

"你的嘴里已经塞满了糕点，还是继续吃你的吧，不要自讨没趣地去打扰他，我们既然来了就得遵守这里的规矩，不要轻易打扰工作中的人。"白胡子矮人说。他这些话让小熊有些不好意思，只是，它有没有脸红，可看不出来。

于是，大家边吃边聊，谁也没有去打扰发明家的工作，有人坐在沙发上打了个盹儿，有人无聊地扣着手指。金黄色的旷野渐渐被无边的夜色笼罩，落日洒下最后一点余晖，屋子里的光线也越来越暗。这边，还没有山羊进来为他们点亮几盏灯；那边，忙碌个不停的发明家也还没有要停下来的意思。又过了大概半小时，发明家终于回过头，朝他们走来。

"哈哈，老伙计们，欢迎你们的到来，真是好久不见！"他热情地招呼道。苏晴猜想，这个人肯定是和矮人差不多年纪的老人，只不过他的声音听上去可真够年轻的，但是，他能够如此受到矮人们的尊敬，又有如此的本领，也一定是个经过岁月磨炼的人。

发明家举起白胡子矮人，用他的钢盔碰了一下矮人的脑门。他又分别举起了红胡子矮人、紫胡子矮人、蓝胡子矮人和黑胡子矮人，向他们问好、拥抱。接着，他走到苏晴面前，刚要抬手时，又立即停住，走回矮人的身边。苏晴很庆幸，他没有举起她并且用钢盔敲她的脑袋，她的脑袋会承受不住的，她可没有矮人们那样坚硬的头颅。

暮色中，他打开钢盔，清爽利落的短发在空中飞舞。他举起一只手在空中打了个响指，顷刻间，屋子里灯火通明，玻璃窗上天蓝色缀有亮闪闪星星的卷帘缓缓落下。光亮里，苏晴看到一位身穿白色工作服、一头蓝色短发、面容清秀的年轻男子站在他们面前，男子充满了活力和朝气。原来，这位伟大的发明家只有二十五岁而已，他还只是个孩子时，就已经和矮人们相识，这么算来，他和矮人们算得上是忘年交了。

"很高兴见到你！"矮人们说。

"我也很高兴见到你们！只是刚刚我就发现，怎么没有见到比长？难道他没有和你们一道来吗？"发明家问。

"说来话长，他自己回城堡去了。"红胡子矮人回答说。

"没有出什么问题吧？"发明家又问。

"没有，这是他的选择，我们只是分头做些事情。这几位分别是苏晴、彼得、贝儿和卡卡，我们认识的新朋友。"白胡子矮人介绍道。

"你们好！我的工作室不常有外人来，欢迎你们！"发明家微笑着说。他看上去真是个和蔼可亲的人，一点也不怪，苏晴一路上都以为怪头脑的发明家，一定是一个行为古怪、蓬头乱发、颠三倒四、执迷于发明创造的人，事实证明她又一次猜错了，看来有时候真不能凭自己的主观猜测就认定一件事情的真相。

"来得正好，快过来看看我的新发明！这是给你们特别定制的。"发明家兴奋地把大家带到他刚刚工作的那台大机器前。这是一个两头尖尖、中间圆滚滚的铁皮机器，前端有两块玻璃，侧面有一对形似鱼鳍的东西，但是比鱼鳍大得多，又有些像船桨。铁皮最前端有一个类似于推土车前面的大铲子模样的东西，下方被两个支架支起来。苏晴对这个铁皮家伙一点都不感兴趣，她一心想着早点回家，心急火燎地等着矮人说出此行的目的，可是矮人们却对这个铁皮金属极为感兴趣。他们轮流凑到玻璃前面看着，还不时发出赞叹："瞧里面的布置！好像家里面似的，有椅子、桌子、床，在里面待着一定很舒服。"

"这是干什么用的？"蓝胡子矮人走到发明家跟前问道。其他几个矮人还在玻璃窗前依依不舍地望着，彼得和小熊也挤在那里。

"这是我最新发明的海底淘金机，我想你们一定对它感兴趣。"发明家说。

"你真是想着我们啊，朋友！"紫胡子矮人走过来，很高兴地拍了拍发明家的肩膀。

"只是这玩意儿真的可以在大海里游动吗？以我的经验，金属是不可以在水里游动的。"红胡子矮人说着，敲了敲海底淘金机的金属外壳。

"绝对可以，虽然我还没有正式让它下水，但是你们就瞧着吧，我会让你们从海底找到更多金子的。"发明家说。

"我绝对乐意等着这一天。"紫胡子矮人高兴地说。

"你永远是我们值得信任、可靠又有趣的朋友。"黑胡子矮人说。他说的话总是让人听起来那么舒服。

"谢谢你，我们的朋友。我相信，我们有一天会用上这玩意儿的。只是，我们这次来，另有他求。"白胡子矮人终于开始进入正题，"长话短说，这位小姑娘要去北方女巫那里营救她的朋友。她要帮助她的朋友和母亲团聚，当然，她自己也要办完这件事情才能回家。所以，我们打算和她一道同行，助她一臂之力。这将是很危险的一次冒险，当然，对于我们这些矮人来说算不了什么。希望你能助我们一臂之力。"

"你们想要一个发明？一个怎样的发明呢？"发明家问。

"只怕见到女巫，难免会起冲突，所以，我们想要一个能够制服女巫的东西。"白胡子矮人说。

发明家点了点头说："我自然可以发明一些机器来帮助你们，可不同的女巫有不同的特点，想要打败一个女巫先要了解她的特点，才能制造出相应的机器。"

"我们并不清楚这一点。"矮人们回答。

"我们之中好像也没人见过她。"苏晴补充道。

发明家摸了摸下巴，他思考问题时常常会这么做。"那我只能发明一些通用的机器，不过，不知道会不会对你们有所帮助。因为没有什么事情是绝对的，也没有什么机器是万能的。"他说。

"说得真有道理，我长这么大还没见过说话这么有道理的人或者熊。他真是个聪明的人。"小熊说。此刻，它简直已经成为发明家的崇拜者了，甚至想要向发明家拜师学艺。

"那请问，发明这种机器要多久呢？"彼得问。

"嗯……也许一年，也许三五年。"发明家回答，"说实话，我不太擅长，也不太想制造这种攻击人的机器。"

"这时间也太长了！"苏晴没说完，就赶紧闭上嘴，她觉得自己这么说有些不礼貌，只是她心里不想等到三五年之后再回家。

"我明白如果等这么久，可能会耽误你的事情。"发明家说。

"我的小可怜，我们一定会誓死保卫你的安全，好让你和家人团聚。"红胡子矮人说。

"说到家人，让我想到了七弟，不知道他一个人过得好不好。"黑胡子矮人有些难过地说。

"别担心，他不和咱们一起，反而过得更安全。他当初不就是想要过平静的生活，不愿意去冒险嘛。咱们几个当中，唯独他对金子和冒险一点都不感兴趣。"紫胡子矮人说。

"看来没有别的办法，只能靠我们大家的力量了。"蓝胡子矮人说。

"既然这样，我们明天出发，不等机器了。不过，还是谢谢你，我们亲爱的朋友！为了这位小姑娘，我们还是要早早出发才行。"白胡子矮人说。

"我们同意。"其他矮人异口同声地答道。

"那么，各位先到二楼休息，说不定明天我能想起什么好办法。"发明家说。

"没关系，不要有压力，我们的老朋友。老朋友相聚是件多么让人欢乐的事啊。"

"再说，我们不来，怎么知道你又发明了这么个好东西。"紫胡子矮人拍了拍海底淘金机，他一直站在那里不肯走。

矮人此时对于发明家能够想出其他发明并没有抱太大希望，其实，在他们认识发明家之前，也都是靠着自己的力量、勇气和智慧去冒险的。

大家在先前那只身披红色绒布的山羊的领路下，乘坐电梯来到了房子的二层。在二层靠近电梯处的位置有三座木屋，木屋被建造在三棵高高的树上，他们顺着梯子，爬了上去。木屋里面有桂花叶和稻草铺成的床铺，坐在里面，可以将整个二楼的风景尽收眼底，苏晴这回可以看得更仔细些。他们好像身处小型热带雨林中似的，空气是温暖而湿润的。这里有结着水果的低矮树木、长着糕点和饼干的灌木，还有树叶间长满五颜六色巧克力豆的树木……苏晴他们所吃的糕点大概就是从这上面摘的，新鲜美味，连加工制作的时间都省了。绿草地上，长出的是各种颜色、各种口味的棒棒糖。林间的一条小溪里竟然流淌着香甜、浓稠的热巧克力，即便在树屋里也能闻到那股香甜的味道，另一条小溪里流淌着香草口味的奶茶，最长的弯弯曲曲的那一条则流淌着清澈的水。

"我觉得这位怪头脑的发明家行事可一点都不怪。"苏晴说。

"要知道，所谓的'怪头脑'指的是他常常出乎意料、别出心裁的想法，谁说'怪头脑'就一定指的是行为古怪？"蓝胡子矮人回答道。

　　"他创造的这一切的确让人意想不到。"彼得还趴在木屋门口，看着外面的一切，"如果能够近距离看看就更好了。"

　　"我们实在没有那样的时间，明天一早就得出发。而且，下面的情况复杂，要由发明家带你去才行。以后会有机会的，等成事之后，咱们还可以回来做客。"白胡子矮人打了个哈欠。

　　"如果能再吃点什么就更好了。"小熊正说着，一只长着红绿相间羽毛的小鸟挥着翅膀飞到木屋的门前，它的嘴里叼着圆形的托盘，里面放着一盘子五颜六色的巧克力豆，这是刚刚从树上摘下来的。又飞来一只长着蓝黄相间羽毛的小鸟，它叼的托盘里面放着几杯飘着香气的奶茶，还有一只长着粉紫相间羽毛的小鸟的托盘里放着面包。这里大概也有长着面包的树木，只是离得太远，苏晴看不清。

　　"这可是纯天然的奶茶，不添加任何香料。"黑胡子矮人从托盘里拿了一杯奶茶，闻了闻。

　　"要是我的树林里也有这么一条小溪和长着面包的树木就好了。"小熊咂巴着嘴巴。

　　一路的奔波劳顿让大家都累坏了，刚刚坐在沙发上那一小会儿可没有缓过来。很快，众人在桂花叶的香气中进入梦乡，矮人们发出此起彼伏的呼噜声。

　　第二天一早，阳光刚刚从玻璃窗外照进来，矮人们就都起床了。他们起得很准时，一向按计划办事，只有在不去挖金子和没事干的时候才会懒懒地睡个午觉。大家走到了发明家房子的外面。

"我们还没有去和他告别，我们应该先去和他告别。"黑胡子矮人说。

"要知道，他可能还没有起来，从礼貌上讲，我们还是不要去打扰他为好。"蓝胡子矮人说。

"从礼貌上讲，我们应该等他醒来再离开。"黑胡子矮人说。

"不知道他有没有想出什么好办法？"苏晴问。

"大哥，你有什么想法？我们要不要再等一等？"红胡子矮人转身向白胡子矮人问道。

几人正说着，发明家从石头大门里走了出来，他手中还推着一辆小车。小车中间有一个带弹簧的座椅，座椅旁边有一个红色的按钮，钢铁车身上落满了灰尘。

"好久没出来了，外面的空气真是清新。"发明家深深地吸了口气，他指了指那辆小车说道，"这是我多年前的发明，终于让我给翻出来了。昨天晚上我进行了一些改装，希望能够对你们这次旅途有所帮助。"他用手绢掸了掸落在上面的尘土，钢铁露出一丝光亮来。一只小羊给他递过来一兜东西。他转手交给白胡子矮人，里面是和拳击手套样子差不多的红色手套。

"戴上手套，坐到座位上，按下按钮，座位会把人弹过去，给对方最大的冲击力。"发明家指导他们如何使用，"不过，千万不要指望用这个打败一个强大的女巫。给你们这个东西的最大用处，是它可以带你们去到任何想要去的地方。"

这一点让矮人和苏晴都感到欢欣鼓舞，不过，他们也还不确定这辆不起眼的小车是否真的如此神奇。

"你们想要去哪儿？"发明家问。

"女巫很可能正在北方国家里，因为她占领了那里。据说，她很喜欢那个城堡，常常待在那里。"苏晴回答道。

"那就去城堡，和她打一仗。"红胡子矮人激动地挥舞着拳头。

"我们应该去和她谈谈，让她交出茜茜王后。"黑胡子矮人说。

"那只是浪费口舌。"紫胡子矮人说。

"我想，会有更好的办法。不用武力，避免正面冲突，也不用和她白白浪费口舌。"白胡子矮人说，"如果北方女巫不在她自己的城堡里，我们或许……"

"或许可以直接去她的家，救出王后！"蓝胡子矮人抢先说出了白胡子矮人接下来要说的话。

"一点儿没错。"

"这是个好主意！"

"这么说，你们决定去女巫的家了。"发明家说，"好吧。"他命令小羊去取来一张白纸和一只发光的笔，在上面认真地写上了"女巫的家"几个字。他把字条贴在车子的最前端，为了避免纸条被风吹走，他又在上面粘了一层透明的胶带。

"你们可以开始愉快的旅程了，祝愿你们一切顺利！"发明家露出迷人的微笑，柔顺的蓝色短发飘着芬芳的清香，他真的是一位很英俊、很有智慧的男子。

"希望能是一次愉快的旅程。"

"如果有机会，我真愿意成为您的徒弟，您可真是位绝顶厉害的发明家。"小熊赞叹不已。

"谢谢你的夸赞，可我从来没带过徒弟。"发明家笑着回答。

"再次感谢你为我们所做的一切！你永远是我们矮人最值得骄

傲的朋友！"白胡子矮人脱帽致敬。

"我也随时乐意为您效劳！"黑胡子矮人说。

"我们也一样！"其他几个矮人附和道。

"谢谢！真的很感谢您！"苏晴很感激发明家为他们所做的。

"祝愿你早日找到回家的路！"发明家微笑着对她说，他迷人的眼神真是让人心醉。

大家坐上小车，小车自己开动了，带着他们驶向前方。发明家的房子也向着距离他们越来越远的方向走去。

第二十章 和女巫的大决战

在告别年轻的发明家后，大家就乘着他送的平板车一路前行。平板车，暂且让我们这么叫这辆车吧。这只是发明家的无数发明之一，它还没有机会被命名，矮人们给它起了个最平庸的名字。他们实在是没什么创意，想了半天也想不出个好名字，不过叫什么其实也并不十分重要。平板车载着大家轻松地从这里驶向那里，遇到一些巨大的石块也能聪明地绕过去，帮他们节省了不少时间和体力。

"我说得没错吧，咱们不虚此行。"白胡子矮人说。

"绝对如此。"

"我们不用走路了。"

"走路也是很好的运动。"

"但是路程遥远，有这个就轻松多了。"

"你的决定总是英明的。"

"不总是。"

"我还想着咱们快点完事，回去看他那个海底淘金机呢。"紫胡子矮人说。

"话说那个淘金机，你们真敢乘坐那个玩意儿去海里吗？"

"我们有什么不敢的。"

"我可是绝对相信发明家的。"

"日子还长着呢。"

"做好计划——做好计划——"

"目前的计划就是帮助这位小姑娘。"

白天，他们坐在车上欣赏沿路的风景，这个世界远比苏晴想象中的更为精彩和奇异。他们经过了一片金色的稻田，人们挽着裤腿正在田里辛勤地耕作。矮人们摘下帽子朝他们问好致敬，人们也摘下草帽向他们问好。

他们穿越了一片闪着彩色光芒的树林，那里的小鸟特别多，都身披五彩的羽毛在空中飞舞，场面甚为壮观。

他们还穿越了一片泥泞的荒野，黑烂的沼泽地冒着让人恶心的黏黏的臭泡泡，这些泡泡也是黑色的，极其肮脏。更让人觉得无法忍受的是，沼泽里面还不时伸出盘绕的树枝，像一只只手似的，想要把他们拖进深深的沼泽中。幸好，矮人和彼得用他们锋利的剑砍断了树枝，当然，小熊和小狮子也没有闲着，不要忘了，它们的爪子是何等锋利。

他们穿过一个非常繁华的小镇，镇上的人个个西装革履、衣冠华美，可是，他们却粗鲁地向平板车上这一行人吐口水。

"我们可并没有妨碍他们什么事情。"苏晴说。

"谁说不是呢，我们只是从这里经过而已。"

"有些人就是这样，即便我们没有妨碍他们，他们也讨厌我们。但是我们也没有什么办法。"

"我们无力去说服他们，况且说服他们又有什么意义呢？"

"我们生活了这么久，什么样子的人都会遇到，偶尔也要学会静静地忍受。"黑胡子矮人说。他果然一动不动，静静地坐在车上，只盯着前方，任由周围的唾沫喷向他的脸颊，就好像什么都没有发生似的。"过不了多久，总会通过这里的，一切都会过去。"他又静静地补充了一句。

镇上的人想要阻止平板车通行，有人试图把车上的人拉下去。

"我可没那么好的脾气。"小狮子张开大嘴发出一声震耳欲聋的咆哮，它冒着光的眼睛将人们吓得躲到了一边。

"这车上还坐着一只熊呢！"小熊贝儿也站起来，挥舞着胳膊指向人们。

"快跑，快跑！"车下的人说着，四散开来。

幸好，狮子的怒吼和熊的咆哮吓住了那些人，平板车才得以顺利前行。

"偶尔也得爆发才行。"小熊和小狮子说。

他们又穿过另外一个小镇，所见所感则大为不同。镇上的人们向车里扔去鲜花，还为他们编制了花环，为他们扫开前进方向的障碍物，赞叹他们的神奇。还有几个小孩子追着小车跑了一阵，又把手中的棒棒糖送给了矮人。矮人们也掏出包里的玩具扔给他们。

"这些充满善意的人们，多令人愉快和温暖啊！"黑胡子矮人微笑着长舒了口气。

他们还穿过了一片四处无人的灌木林。灌木上结了许多让人垂涎欲滴的红色果实。苏晴顺手摘了几个，刚想咬下去时，离她最近的红胡子矮人一把将果子从她手里打落在地。

"小心，那些是有毒的。小孩子，真是不懂事。有个三长两短，看你还怎么回家。"他说。

"在外面，陌生的东西千万不要乱吃。"紫胡子矮人提醒道。

苏晴吓得赶快把另外两个果子扔在地上。那些果子顺着斜坡滚远了，一点点变成了黑色。苏晴回头看着那些已经滚到远处的黑色果子，浑身不禁打起冷战。"好险啊！"她倒吸了一口冷气，用手擦了擦额头渗出来的汗水。

"当然危险，要知道，这里可没有大夫。"蓝胡子矮人说。

"我们矮人倒也学过半点医术，不过一切还是小心为妙。即便有大夫，也不能保证吃了那些毒果子的人就一定有救。"白胡子矮人说。

"好险！我真没看出来那些果子是有毒的。"苏晴有些后怕地说。

"这需要一些经验。"

"还需要一些知识。"

每天夜里都有两个人轮流值夜，注意周围的动向，一旦有危险就叫醒其他人。

"我们探险的时候经常会遇到一些突发状况。那时候，还没有平板车，我们只能靠双脚逃离危险。"红胡子矮人说。

"有了这个平板车，我们不但夜里能坐在上面行路，而且行路的过程也更加安全了。"紫胡子矮人说。

"还是那句话，一切小心为妙。晚上，谁也不要大意，要留两个人守夜。"白胡子矮人说。

就这样，平板车一路颠颠簸簸地行驶了七天七夜，他们在车上也待了七天七夜。在第八天的早上，苏晴突然被一阵刺骨的寒气冻醒了。她睁开惺忪的睡眼，发现自己正身处一个白茫茫的世界，周围雾气缭绕，看不清远方，连周围的朋友们也看不见了。

"你们在哪儿？"她轻声问。苏晴不确定自己是在梦里还是在现实中。

平板车依然颠颠簸簸地行驶着。

"我们都在这儿。"是红胡子矮人的声音。

"雾气驱散！"伴随着彼得的声音，空气中出现了一束小小的蓝色火焰。苏晴旁边的红色胡子和彼得的帽子，前面的蓝色胡子和黑色胡子在空中跳动着，一点点显现出来。接着，是坐在前排的紫色胡子，以及后一排的小熊胖胖的身子和小狮子毛茸茸的脑袋，也在雾气中露了出来。最后一个现身的是最前排的白胡子矮人，因为他的白胡子融入了周围的冰雪世界。他们已经进入了一个冰天雪地的世界里，即便彼得用魔法驱散了周围的雾气，他们眼前仍然是一片雪白，白色的山，白色的道路，白色的石头，白色的树木。

"我们到了！这恐怕就是北方女巫的家了。大家打起十万分精神。"白胡子矮人高声说。

其他矮人兴奋地拍拍手，好像这将是一场志在必得的征程。可是，没过多久，大家就冷得个个哆嗦成一团，上牙齿碰着下牙齿，双腿僵直，不听使唤。

"太冷了，这么多年的旅行，我也没碰到如此冷的天气，即使咱们去过的最高的雪山顶恐怕也没有这么冷。"黑胡子矮人说。他说话的时候，上牙和下牙碰得"咔咔"作响。

"我们怎么办？这样下去，还没到目的地就非得冻僵不可，得赶快想办法。"彼得说。

小熊从后排伸出厚厚的手臂，想要为前排的苏晴抵挡寒冷。

"谢谢你。"

矮人们都没有说话，他们只顾着翻找各自的背包，凡是吃的、用的、玩的都藏在里面，难怪背包那么鼓，这一路上多亏了矮人的背包。他们从各自的背包里掏出一件薄薄的衣服，黑胡子矮人的包里有三件。据他说，其中一件是没和他们一起过来的棕胡子矮人的，另一件是他们下落不明的七弟的，皆出自发明家之手。这样，苏晴和彼得也各自拿到了一件。这些衣服并不是普通的衣服，可以根据天气的冷热调节温度，穿上它足以对付任何极冷或是极热的天气。苏晴穿上这件衣服，果然觉得浑身一下子温暖起来，一点都不冷。小狮子和小熊有厚厚的皮毛，足以应付寒冷的天气。

周围的树木挂着白色的冰雪，小河也结了冰，苏晴可以清楚地看到鱼儿们在冰冻的河水下面游动。山上的坡路越来越陡峭了，道路既颠簸又湿滑，平板车一会儿使劲地向上前进，一会儿急速向下俯冲。

"大家都抓紧两边的栏杆，千万不要被甩出去！"红胡子矮人喊道。

越往山上走，天气就越寒冷，连小狮子和小熊都哆嗦起来。矮人把毛毯给了它俩。

"这也太丢人了，一只狮子围着个毛毯。"小狮子很不开心地说。

"我倒是觉得这条花毯子漂亮得很呢。"小熊高兴地说，它把毯子裹得更紧了些。

周围树木的叶子都被冻在亮晶晶的冰里面了，许多叶子已经变成和冰雪一样的白色。河里的小鱼们不再游动，直挺挺地冻在河里面。路边还能看到被冰块冻住的小鹿和小兔子。远远的一棵树上，一只猴子用尾巴倒钩在树枝上，但是它也被冻住了，一动不动，空洞的眼神凝望着远方。

每年冬天下雪的时候，苏晴和小伙伴们都会兴高采烈地冲到外面打雪仗、堆雪人，而现在这寒冷冰雪中的死寂让她感到万分害怕。唯独值得庆幸的是，她有这些朋友在身边，和她一同面对前方的旅途。如果当初没有任性地跑到山上，此时，她应该还可以在温暖的被窝里抱着毛绒玩具熊酣睡到中午吧，而现在一切已来不及回头。

"你没事吧？"彼得推了推她。

"没事。只是有些担心和害怕。"她不敢流泪，害怕眼泪一旦落下就会被冻住。

"可千万不要流眼泪啊！流下来的眼泪会被冻住的。"彼得说。

"瞧，前方！"黑胡子矮人喊道。只见，一幢高耸的城堡若隐若现地出现在迷雾里。平板车仍沿着雪路向着山上前进，又是好一阵颠簸，平板车发出"吱扭吱扭"的响声，让人担心它是不是快要散架了。

令人欣喜的是，平板车终于坚持到了山上，不远处就是女巫的城堡了。

"我们要怎么停下来？有没有人知道？"白胡子矮人问。

"好像发明家并没有告诉我们停下来的方法。"红胡子矮人说。

紫胡子矮人想起发明家贴在车子前面的纸条，他弯下身试图撕下纸条，可是那纸条粘得紧紧的。

"要知道……要知道……"蓝胡子矮人说，他没办法多说什么，车子颠簸得越来越厉害。

"糟糕……"

"哎呀！不好——"

"不，不，不——"

只听，"咣当——嘭——哗啦"，平板车撞到了城堡下面的一个雪堆上，这下停了下来。众人都被撞飞出去，有的被抛在了地上，有的钻进了雪堆里。

"不管怎么说，它总算把我们安全地带到这里了。"白胡子矮人气喘吁吁地说，他刚从雪堆里爬出来，胡子上都是白雪，"但接下来该考虑如何进到城堡里去。"

他抬起头朝上面望着。眼前是一扇有十几个人高的铁门，严严实实的大门紧紧地关闭着，连只苍蝇都休想飞进去。城堡很高，城堡顶端直刺入上方的雾气里，所以苏晴他们根本看不见城堡尖尖的屋顶。城堡上方几十米高的地方有几扇玻璃窗，正在大家思考是不是要爬上去以及茜茜王后究竟在不在城堡里时，其中一扇玻璃窗打开了，里面传来优美的歌声：

在这茫茫的白雪天地，我将独自一人，等待千百年。
思念着我远方的亲人，何时归来？何时归来？
任时光匆匆飞逝，难以磨灭我的思念。
哪怕悄悄地看上一眼，就已足够。
归来，你们已不再认得我的模样。
何时还能相见，但愿还记得我来时的容颜。

这歌声很快就被呼啸的暴风雪淹没了，一阵叹息声之后，窗户又"啪"地关上了。

"这是一个年轻女人的声音，而且听这歌曲的内容，这个人很可能是茜茜王后。"白胡子矮人说。

"可是，我听说，她被北方女巫变成了一位老人，而这个声音还很年轻。"苏晴说。

"说不定只是模样变老了。"

"咱们偷偷上去看看再说。要知道，现在我们完全处于被动状态，城堡里有什么人，城堡里面的情形是怎样的，我们完全不清楚。"蓝胡子矮人说。

"听说你会些魔法，赶快飞到上面去看看情形。"紫胡子矮人对彼得说。

"这……真是不好意思，我还没学会如何飞行。"彼得羞愧地回答。

"魔法师连飞这么点高度都不行吗？"

彼得觉得更羞愧了，他红着脸，不停地搓手。

"这没什么大不了的，每个人都有自己不太擅长的东西。"白胡子矮人拍拍彼得的肩膀安慰道，他的话让彼得心里舒服多了。

红胡子矮人开始翻他鼓鼓囊囊的背包，这是一个好的信号，因为，这意味着矮人一准儿又有什么解决问题的好东西。只见，他掏出一个叠了好几层的蓝色塑料垫子，展开后，又开始用脚踩一个铁皮盒子，向塑料垫子里面充气，这个垫子越来越鼓，越来越轻，两边翘起，像一条船似的，一点点往上升，直到飘浮在空气中。

"各位，赶快上去！这东西叫气船，名字很好听，不是吗？如果方向控制得好、气体充足的话，可以飞到天上的任何地方。"红胡子矮人说。

除了红胡子矮人，大家全都坐到气船上了，在气船上升到距离地面一米多高时，红胡子矮人也迅速跳了上去。

气船继续往上飘浮，就像个氢气球，又像是漂浮在云海中的船。可是，在距离那扇窗户还有三米多高的位置时，气船却怎么也升不上去了。

"糟糕，咱们人数太多，太沉了，我刚刚充气时忽略了这一

257

点。"红胡子矮人说。

"我会让人变轻的咒语。"彼得说。苏晴记得，这咒语在他们寻找花精灵的路上发挥了巨大作用。

他念了咒语，众人的身体一下子变轻了，气船又开始慢慢上升，直到接近那扇窗户时，黑胡子矮人将一根钩子准确地抛到窗沿上，再使劲一拉，气船朝着窗户飘了过去。窗户没锁，他们通过窗户，顺利地进入城堡里。

此时，一位头发花白、皮肤褶皱的老年女人正背对着他们，坐在壁炉前烤手。房子里面冷极了，一点都不暖和。女人听到了动静，回过头，从椅子上站起来，露出惊讶的表情。

"您是茜茜王后吗？"苏晴试探着问了句。

"你们是谁？怎么知道我的名字？"茜茜王后温柔地问了句。她面容憔悴，头发花白，双手如同枯树枝一般。真是很难相信，她不久以前还是一位美丽无比的姑娘。

"哈哈哈，没想到我们如此顺利地找到了她。"红胡子矮人笑道。

"我是苏晴。"苏晴回答了茜茜王后的问题，"是您的妈妈让我过来找您的，您已经很久没回家了，她很想念您，想让您回去看看她。"苏晴开始给她讲自己知道的一些事情。

讲到这里，茜茜王后的眼泪成行地落下来。"不是我狠心不回去，而是我被北方女巫关在这里，根本回不去。我可怜的母亲一定还以为我在皇宫里过着无忧无虑的生活而不肯回去看她，她该有多伤心啊。"说着，她哭了起来。

"她让我告诉您，她每天都收拾好您的房间，等着您回去。"苏晴说。

"我亲爱的母亲啊，她为了我的幸福牺牲掉自己的生活，放弃了毕生所学的魔法。我却没有回去看她一眼，可是，直到现在她仍然没有怨恨我，而是全心全意地爱着我。"

"天下的母亲都一样伟大。"彼得说。

在旁边踱步的矮人们也都掏出手绢擦着眼泪，他们是很重感情的，听到这里也忍不住被母女亲情所感动。

"只是，你是怎么知道我被关在这里的？恐怕连我母亲都不清楚这一点。"茜茜王后问苏晴。

"是国王，是您的丈夫告诉我的。他早已怀疑现在的王后根本就不是真正的您，可是他没办法过来救您，北国公主控制了他。"苏晴回答。

"他还好吗？我以为他早已把我忘了。"

"虽然那个北国公主和您长得一模一样，可他心里只有您呢。"苏晴说。

"真的像你说的那样吗？"茜茜王后那双干瘪的手激动地颤抖起来。

"好了，好了。你们长话短说，咱们没有时间耽搁，得尽快离开这里，北方女巫随时可能回来。趁着女巫回来前离开，还能够避免一场大战。"白胡子矮人比较理智地打断了她们的对话。

"快回家吧，这次没有和女巫产生正面冲突，我们只当送你过来，金蛋你就自己留着好了。"紫胡子矮人咬咬牙说。这句话从他嘴里说出来可真不容易，但此刻他只想赶快逃走。

"我有离开的办法，咱们得抓紧时间走。"苏晴说。

"可是，我这个模样，我妈妈她一定不认得我了。"茜茜王后犹豫道。

"不要管那么多了，您的妈妈一定不会介意的，就算您是个老太太，您也是妈妈的女儿。我妈妈就常说，就算我年纪再大，也永远是她最可爱的小女儿。"苏晴高兴地说，她又转过身用很快的语速对矮人们、彼得、小熊和小狮子说道："亲爱的朋友们，我要走了，真的很感谢你们的帮助，如果没有你们，我简直不知道该怎么办才好。"

"再见了，你是个勇敢的人。"彼得说。

"我们会想念你的，可爱的小姑娘。"矮人们说。

"再见。"

"再见。"

"再见。"

"现在，请把您胸前的水晶项链交给我。"一通告别后，苏晴对茜茜王后说。她把她带来的水晶项链和茜茜王后的那条放在一起，两条项链果然一模一样。

"马上就可以回家了。"苏晴心想，她心里激动极了。可是，事情并不如想象中的那样顺利，就在她们准备离开时，窗外的天空突然阴沉下来，房间也被黑暗所笼罩，狂风卷着冰块敲打着窗户，发出"隆隆"的巨响，苏晴觉得整个城堡都摇晃起来。玻璃窗被一记震耳欲聋的响雷震碎了，玻璃碎片弄得满地都是，整个窗框也轰然掉到地上。

"不好！准是女巫回来了！"一个矮人叫道。大家都站不稳了。

苏晴还没来得及思考接下来该如何办才好，所有人就被一阵黑暗的飓风卷出了窗外。苏晴睁开双眼，发现他们幸运地跌落在一处厚厚的雪堆上，并没有受伤，只是一个个东倒西歪，有的人脑袋扎到了雪堆里，有的人帽子歪了，有的人鞋子掉了，有的人嘴里都是雪。天色恢复了苍白，狂风也停了下来。离他们不远处的另一处雪堆上站着一位二十多岁的漂亮女人，她笑盈盈地看着他们一个个狼狈的样子。

"你们快走吧！不要管我，请转告我的母亲，就说我很好，只是……不能回去看她了，希望她保重身体。"茜茜王后对苏晴说。

"这真是个善意的谎言。"彼得说。

"你明明不好。"苏晴说。

"可是，我不能让你们去白白送死，北方女巫远远比你们想象中强大得多。快带着你的朋友们离开，至少能有个人回去向我母亲报个平安。"茜茜王后说。

"北方女巫？在哪儿？"

"前面的那个人就是北方女巫。"

"可是，北方女巫怎么那么年轻啊？"苏晴问道，这北方女巫的样子实在是和她想象中的反差太大。

"那只是她的另一个面具罢了。"茜茜王后回答，"还不快走，我，咳咳……我会拖住她的。"

"不行，我要和您一块儿走。"

"我不走。你们快走。"

"你们俩先走。"

"你们走。"

"我们矮人从来不是懦夫。"

"哈哈哈——"对面的北方女巫突然冷笑道，"别在那边嘀嘀咕咕的了，你们不能走，谁都别想走。"女巫挑了挑眉毛，露出邪恶的笑容。"放心吧，我也不会很快杀死你们的，我很久没有和人慢慢地玩游戏了。"她的话可不像她的样貌那样漂亮。

261

"真是嚣张。好吧，那么我们只有短兵相接了。今天，就让你尝尝我们矮人的厉害。"红胡子矮人气得脸色通红，跳上雪堆，边说边朝女巫跑过去。

女巫挥了挥手。红胡子矮人还没跑到女巫的身边，就被她挥过来的一股寒流冻住了，冻成了一个冰块，像石头一样，一动不动地凝固在寒冰里。

"呵呵，匹夫之勇。"女巫冷笑了一声。

"等一下……我是说等一下。"苏晴站到雪堆的最高点，对着对面的女巫打着手势说，"我想，我们是不是不需要战争，我们为什么要打仗呢？我们之间没有什么矛盾，不是吗？茜茜王后不属于这里，您不能总关着她，现在她要回去探望她妈妈，她应该有这个权利。至于您想玩的话，等以后有时间，我是说我们有空的时候再过来玩，行吗？而且您这样冻住了比坚，他会很难受的。"苏晴站出来，她想和女巫谈一谈。

"哈哈哈——"北方女巫大笑道，"你是从哪里来的小姑娘，在这里叽里咕噜地说了一大堆，可真是有趣极了。这个世界可从来没有人敢跟我谈条件，只有我和别人谈条件的份儿。可是，我近来什么都不缺，也不想和你们谈什么条件，所以，你们只能乖乖地听我的话。"

"乖乖听话？听什么话？"苏晴问。

"今天，我心情还不错，我要你们变成动物留在这里陪我玩。我看你这个小姑娘挺会说话的，变成会说话的金丝雀怎么样？我会给你安排个非常漂亮的金色笼子的。至于那五个矮人，变成五只老鼠应该会很有趣，铁笼子更适合他们。"女巫哈哈大笑起来。

"可恶！"黑胡子矮人说。他团好一个比手掌还要大好几倍的雪球，朝女巫扔了过去。

"要玩雪吗？你们可不是我的对手。"女巫笑道。只见她单手一挥，一个大雪球朝他们砸来，幸亏大家躲闪及时。然而，一个个雪球接二连三地飞来，他们只好跑来跑去，勉强躲避着。

"这个女巫果然厉害。"紫胡子矮人边跑边说。

"是时候反击了。"蓝胡子矮人说着，跑到城堡大门口的雪堆里，推出快要散架的平板车。他坐到中间的座位上面，一只手戴着拳击手套，一只手拿着剑，按下红色按钮，朝女巫弹了过去。女巫一时大意，只顾哈哈大笑着挥出雪球，看这些人在雪里像老鼠一样狼狈逃窜，根本就没看到另一边冲过来的蓝胡子矮人。她一下子被拳击手套打得后退了三步，又被锋利的短剑刺穿了胸膛，黑色的鲜血从她的胸膛里迸出，不停地流着。

"干得漂亮！"白胡子矮人喊道。

小狮子趁着混乱，跑到前面，把冻在冰块儿里面的红胡子矮人背到背上，驮了回来。冰里面的红胡子矮人冻得发紫。

"可怜的比坚，里面一定很冷。"紫胡子矮人用手摸了摸寒冷的冰块儿表面，担心地说。

"只要他能坚持住，等冰块化了，就好了。"黑胡子矮人说。

苏晴本以为他们可以速战速决地结束这场战斗，但她果然是低估了女巫的实力。女巫并没有就此倒下，她破裂的胸膛重新愈合，血也不再流了。她愤怒地拔下矮人刺在她胸口的剑，疯狂地把剑刺向对面的矮人。蓝胡子矮人躲闪不及，缓缓地倒在了血泊之中。

"风暴突袭！"彼得口中念道，这是他对付沙尘兽时常用的咒语，他希望这招能管点用处。一阵风卷着冰雪朝女巫袭去。女巫使出一个更大的冰团，两团冰雪在空中狠狠地撞击在一起，自然还是女巫的冰团更胜一筹。

　　小狮子和小熊再也抑制不住心中的怒火，它们奔跑着、咆哮着冲了过去。女巫并没有闪躲，一下被它们咬住了，但她却毫发无损。女巫口中念了句咒语，随即，一道闪电把小狮子震得酥麻麻的，重重地摔在了地上。女巫又念了一句咒语，小熊被变成了一个毛线团，在地上滚来滚去。

　　"说吧，剩下的这三个矮人，你们是想变成冰块还是蚂蚁？或者是老鼠？"女巫大笑道。

　　其他矮人并没有被这突如其来的打击吓倒，他们个个怒火中烧，斗志更盛了。所有矮人都跑到平板车上，他们拿着剑，戴上拳击手套，一个接一个地向女巫弹了过去，全然不顾个人的安危。但女巫这次早已有了防备，她左闪一下，右闪一下，躲过了矮人们的攻击。由于矮人们在空中根本无法调整方向，只得直直地弹出，重重地摔落在地上。

　　"不要再伤害他们了！"茜茜王后喊道，她念了一句咒语想要阻止女巫，可是她念出的话没有产生丝毫反应。

　　"哈哈哈——"女巫笑道，"你真是样子变老了，脑子也跟着不灵光了，难道你忘记你的魔法早已不管用了吗？"

　　"你把我关起来，放了他们吧。他们对你来说一点用处都没有。"茜茜王后说。

　　"既然来了，怎么能轻易就走呢？"女巫显然是不愿意轻易放过他们的。

　　苏晴呆呆地站在原地，她不想这样袖手旁观，但却无能为力，她既不会魔法，也不会用剑搏斗，更没有狮子和熊那样的利爪。

　　"用火攻击，对！就是用火！"忽然，一个念头闪现在她的脑海中。接下来，就看彼得的了。

"雾气驱散！"彼得喊道，空中出现了一束蓝色的小火苗，可还没等它燃烧得更旺些，就被女巫打过来的小雪球浇灭了。

"火光燃烧！"彼得又念道。这次，空中出现了一个更大的火球，它以很快的速度朝女巫飞去。女巫变出一个像瀑布那样大的冰排挡住了火球，火球把冰排烧得通红。可是，在冰排融化的过程中，火球也一点点熄灭了，巨大的冰排朝他们压过来。火系法术始终不是彼得所擅长的，他们除了不歇脚地跑，别无他法。变老的茜茜王后都快跑不动了。

"真是抱歉，不但没救出您，反而害了您。"苏晴说。

"这不是你的错。"茜茜王后说。

跑着，跑着，苏晴感到背后一阵灼热，回头一望，不知道哪里来的一团火焰，融化了冰排。正当苏晴感到疑惑之时，一个熟悉的声音从天空中传来。

"嘿，兄弟们！你们好啊，希望我们没有来晚！你好，苏晴，我的朋友！"此刻，一条巨龙威武地盘旋在天空中，穿着黄金铠甲的黄胡子矮人骑在它背上。这两位救兵不是别人，正是苏晴曾在天上的树屋里见到的"巨人"和睡龙，他们怎么会突然跑来这里？他不是不想从上面下来吗？而事实上，小人儿国国王口中的"巨人"就是矮人，更为巧合的是，他竟然是与苏晴一道前来的矮人们的亲兄弟。

"快看天上！是老七！是老七！"黑胡子矮人激动地跳了起来，"你终于出现了！可是，你怎么才来看我们？"

"嗨！比金，你来得可真够及时的。我们正需要你呢！"紫胡子矮人朝空中挥了挥手说。

“说来话长。”黄胡子矮人答道，“幸好我的大鸟朋友告诉了我，你们已经来到这里的消息。知道你们可能会遇上麻烦，我当然不能坐视不管，还好，在你们被冻成冰块前我赶到了。”

“现在不是叙旧的时候。”白胡子矮人打断他们的对话，他发现女巫像一个充了气的皮球，正一点点膨胀，她的身体越来越大，现在，矮人们只和她的高跟鞋一般高了。她宽大的袖子里蹿出十几条雪蛇，每条都和睡龙差不多大，长长的，弯弯曲曲的。雪蛇飞舞着向着睡龙俯冲过去，它们冒着冰冷的芯子，想要刺进睡龙坚硬的龙鳞和比金的铠甲里面。睡龙自然也不甘示弱，它吐出两团巨大的火焰，顿时，几条雪蛇化为乌有，可剩下的几条冲过来，死死地缠在睡龙身上。

“这些讨厌的家伙，人家刚从温暖的巢穴里出来，就成心把人家弄得像是进了冰窖里似的。”睡龙噘着嘴，很不高兴地说，“老伙计，你可坐好了！”它对比金说。说着，睡龙在空中掉了个头，盘旋着画出许多优美的弧线。“我是个不错的设计师。”都这会儿了，睡龙竟然还有心情欣赏自己在空中划出的弧线。它甩掉了那些雪蛇，天空中，冰雪和火焰交织成一团。

女巫又派出几条雪蛇，飞到其他几个矮人跟前，想要吃掉他们。睡龙吐出几团火焰把那几条雪蛇也融化了，只是，火焰喷得有些大了，把紫胡子矮人的胡子都点着了。

“嗷，嗷！”紫胡子矮人叫道。黑胡子矮人捧了一把雪把火焰熄灭掉，还好，紫胡子矮人的胡子只是被烧掉了一小撮儿。

“啊哦，抱歉，老伙计，我没掌握好火候。”睡龙在空中尴尬地吐了吐舌头，不好意思地说道。它的确不是只凶猛的龙，而是一只极其可爱的龙。

“没事！”

这时，女巫又派出几团乌云，妄图混淆他们的视线，比金机智地用剑驱散了那些乌云。睡龙的火焰已将雪蛇团团围住，还有一团火焰迅速扑向女巫。

“太棒了！太棒了！”彼得拍手喊道。

眼见胜利唾手可得，可是睡龙不知怎的，突然间迷迷糊糊地从天空中跌落下来，矮人比金也跟着摔倒在地上。

“我说，老伙计，你怎么了？这是怎么了呀？快醒醒啊！你别吓唬我。”比金说道。

睡龙一点反应都没有，静静地躺在地上。

“哈哈！去吧，宝贝儿们，吃掉他们。”女巫对她袖子里新放出来的几条雪蛇喊道，她的大笑声在空荡的天空中回响。

雪蛇朝他们冲过来，接着，无数根带刺的冰柱也朝他们冲过来。那些冰扎在苏晴四周的地上，吓得她心脏“怦怦”跳个不停，幸亏她躲闪及时。她绕过冰柱想要找个地方躲一躲，却发现其中一根冰柱击中了茜茜王后的腿。

“您怎么样？”苏晴过去扶她。

“你快跑！别管我！”

“你们输了，想要投降吗？”女巫狂笑道。

又是大片的冰柱袭来，其他人自顾不暇，埋头躲闪。苏晴越跑越慢，她眼睁睁地看着一根巨大的冰柱朝自己袭来。此时的情况，哪会再有人跑来救他们呢？苏晴有些绝望了。

“别了，爸爸，妈妈，姐姐，也许我再也见不到你们了，就在这个世界里。”她有些绝望地望着眼前白茫茫的冰天雪地和不停射过来的冰柱。一条可怕的张着大口的雪蛇出现在她面前，吐出芯子，马上要把她吞噬掉。

然而，就在苏晴无能无为力，快要被雪蛇吃掉之时，她的背包里突然射出一道耀眼的金色光芒，这道金光晃得人睁不开双眼。"嘭"的一声，面前的雪蛇在空中爆裂成无数的小雪球，那些小雪球弹向四面八方，但已毫无威力。大家都惊呆了。

一只金色的蛋从苏晴的背包里跳到半空，开始震动起来，接着，金蛋一点一点碎裂，一只小鸟从里面飞了出来。不，不，那不是一只普通的小鸟。它浑身覆盖着金色的羽毛，有着尖利的喙和大大的翅膀，它的眼睛明亮而有神。它聚精会神地朝着远方吐出一团小小的火焰，只是，那红色的火焰很小，不久便熄灭了，接着，又是一团，没走多远，又熄灭了。但是它并没有放弃，而是使尽全身力气又吐出一小团火焰，这次的火焰比刚刚燃烧得更大、更光亮了些。

"哈哈哈———"女巫笑得更厉害了，"看来，你们竟然想指望一只刚长毛的小鸟来救你们。小家伙，当心别把自己烤熟了。哈哈哈———"

她这句话刚说完没多久，只见那只金色的小鸟使劲扇着翅膀，艰难地越飞越高。

"它要飞走了吗？"黑胡子矮人问。

"它不会丢下我们的。它绝不是一只普通的小鸟，看它金光闪闪的羽毛多么美丽啊！"白胡子矮人赞叹道。矮人们一向喜欢金色的东西，金色的钱币，金色的衣服，当然也包括这只金色的小鸟。

"多美丽的金色啊！"紫胡子矮人直直地盯着小鸟。

过了没多久，小鸟的个头变得比原来更大，此时，它的翅膀比苏晴还要大，它的羽毛闪着金光，更加鲜亮夺目。原来，小人儿国国王送给苏晴的金蛋，不是什么鸡蛋、鸭蛋，更不是一块普通的金子，而是一只火凤凰的蛋。

那只火凤凰朝女巫直直地飞了过去，眼神坚定而执着，尽管它还是一只未成年的火凤凰，可是，它没有半点怯懦。

女巫也吃了一惊，她使出到目前为止最大的一个雪球。天空忽暗，四周的雪山发出"隆隆"的轰响声，好像快要崩塌似的。那只刚刚长成的火凤凰丝毫没有被眼前的情形吓住，它仍然奋力向前冲过去，并吐出一个巨大的火球，这个火球将黑暗的天空照亮了。火球穿过巨大冰冷的雪球，瞬间将其化为乌有，连一丁点的雪水都没剩下，全都蒸发了。

女巫的袖子里窜出十几条雪蛇想要攻击火凤凰，但火凤凰又吐出了好几个火球，不费吹灰之力地把它们全都融化了。

最大的那个火球在天空中继续前进。女巫又变出十几个巨大的冰盾想要阻止火球前进，但是，这个火球灵活地躲过了冰盾的阻挡，冲到女巫面前，女巫根本来不及逃走就被大火包裹住了。火凤凰又吐出两个巨大的火球将十几个冰盾全部融化掉，后两个火球和前一个火球汇合到一起，将女巫层层包裹起来。女巫挣扎着，想要喊出咒语解救自己，可是她在熊熊的烈火中根本发不出半点声音，她的面目开始变得狰狞和扭曲，不再是那副年轻美貌的模样，她的头发白了，皮肤皱了，变得苍老起来。她跺着脚，甩着手，想要挣脱这团火焰，但是火却越烧越旺。火凤凰并没有停止飞行，它勇敢地朝女巫扑了过去，嘴里吐出更多的火焰，和女巫一起交织在这团熊熊燃烧的烈火之中。

"不要啊！你会烧伤自己的。"苏晴朝火凤凰喊道，大滴的眼泪止不住流下来。

天空渐渐放晴了，火仍在燃烧。那只火凤凰突然冲出烈火，在空中长长地嘶鸣了一声，打开闪着金色光芒的翅膀，昂头高飞，飞向了火红的天边，很快消失在茫茫的云端。而这边，可恶的北方女巫已经化为灰烬，烈火也一点点熄灭了。

太阳出来了，积雪渐渐融化，山上的小草长出来了；冰封的河流开始流淌，鱼儿们快活地跳出水面；树木的叶子也变绿了；冰冻的小鸟苏醒了，欢快地歌唱着；小鹿、猴子、兔子等小动物也都苏醒了，冰雪的世界迎来了春天。

封冻着比坚的冰块也融化了，他的脑袋显然是被冻僵了，根本不清楚事情发生的整个过程。"哦，天哪！究竟发生了什么？女巫被打败了吗？我还没来得及大显拳脚。我竟然错过了一场好戏。"他失望地抱怨着。

"你的确错过了一场精彩且惊险的战斗。不过，看来你在冰块里才是最安全的。我的心脏都快跳出来了。"紫胡子矮人说。

小熊也恢复了原来的样子，拍了拍身上的雪，说："一只熊被变成一个毛线团可不是十分体面。"。

小狮子早已抖抖毛，恢复了它往日的威风。

"呜呜——呜呜——"矮人比金拍打着睡龙的脊背，大哭起来，"老伙计，你醒醒啊！你怎么了？难道你就这么抛下我，你让我以后的日子可怎么熬啊？尽管你总是睡着，十年半载也不跟我说句话，但有你在那里就是好啊。呜呜——呜呜——"

"呼噜——"从睡龙嘴里发出了声音，"我说，老伙计，我还没死呢，你拍得我好疼啊。"

"你没死？"比金抹抹眼泪，停止哭泣，睁大眼睛开心地说，"你真是吓死我了，你干吗要吓我？难道在这么关键和紧张的战斗中，你都能睡着了？我真是服你了。"

"我感觉我的鼻子里有股黏糊糊的东西，谁能帮我把它们抠出来？"睡龙问。

矮人们耸了耸肩，一起朝苏晴看去。

"好吧，还是由我来吧。"站在一旁的苏晴无奈地说道。她走到睡龙身旁，撸起袖子，弯下腰，把手伸进睡龙的鼻孔里，摸了好半天，再怎样，这也比进到睡龙的胃里容易多了。她抓出一把黏糊糊、脏兮兮的鼻涕扔在地上，那几股鼻涕都长着眼睛，还想要爬到别处去呢。

"快，快，踩死它们，那些是瞌睡虫。准是战斗中一紧张，它们就跑出来了，千万别让那些家伙再钻到我的身体里面。我说我怎么老是睡着呢，全是这些可恶的瞌睡虫搞的鬼。"睡龙嘟着嘴气愤地说道。

苏晴和小狮子在地上一通乱踩，彼得又挖了一个土坑把瞌睡虫埋了起来。

"这下好了，我再也不会瞌睡了，我可以一直陪你说话了。"睡龙开心地对比金说。

"那我看，你要改名叫唠叨龙了。有你的喋喋不休，我的生活再也不会烦闷了。"比金笑着说道。

"呜呜呜——""哇哇哇——"那边的白胡子矮人、紫胡子矮人、黑胡子矮人和红胡子矮人大哭起来，他们找到了在战斗中受伤最为严重的蓝胡子矮人。

"快来看看我们可怜的兄弟吧。"白胡子矮人说，他正蹲在地上，抱着奄奄一息的蓝胡子矮人。

"比青，我的哥哥，你要坚持住啊！"黄胡子矮人比金跑过去。众人围在蓝胡子矮人身旁难过地哭着。

"请大家不要……不要再悲伤了，要知道，这么多年走过来，每次冒险都是具有极大风险的，这次……这次能以这样英勇的方式结束我的一生，是……是我莫大的荣耀。"蓝胡子矮人强撑住一口气，断断续续地说道。"我的好兄弟，比金。"他拉住比金的手，"在我生命的最后时刻，还能再见到你，真是……真是太……太好了。"说完，他环视了一下围在四周的众人，微笑着闭上了双眼。

"哥哥，哥哥，我错过了那么多和你们一起的时光啊，请再等一等，请再等一等。"比金趴在比青身上号啕大哭，但是，蓝胡子矮人再也无法睁开眼睛了。

最难过的要数苏晴了，她不停地流眼泪，矮人递给她的手绢都被浸湿了。她觉得蓝胡子矮人是为了帮助她才献出了宝贵的生命，心里特别难受。

"一切都结束了。我们的好兄弟是好样的。请大家不要再伤心了，他说得没错，能如此结束他的一生，是他的荣耀。他是我们的骄傲！"白胡子矮人擦掉脸颊的两行泪水说。

"我们以你为荣！"其他矮人齐声对躺在地上的蓝胡子矮人说道。

大家把蓝胡子矮人埋葬在这片翠绿的天地间，小鸟为他编织了花环。蓝胡子矮人就这样壮烈地结束了他漫长人生中的最后一次冒险。

此时，还有一位金黄色头发、小麦色皮肤、样貌美丽的姑娘和他们一起站在这片绿茸茸的草地上。原来，女巫的魔法消失了，茜茜王后也恢复了她美丽的容颜，只是她的腿部刚刚受了伤。

"您就是王后吗？请允许我为您效劳！"黑胡子矮人亲吻了茜

茜王后的一只手。

除此之外，更令人兴奋的是，北方女巫魔法的消失使北方国家的人民得到了解救，他们将不再受女巫的控制。在黑森林深处，曾经被变成猪的北国国王也恢复了人形，他带着他的王后回到了属于他们的城堡，重新治理他们的国家。而他们远方的女儿，也就是曾经和北方女巫做了交易，代替茜茜王后的北国公主惊讶地发现她恢复了自己本来的样貌。自然，没有了魔法，所有人都不认为她是那里的王后，弄得她不知道怎样解释才好。年轻的国王宣布了事情的真相，但是，他并没有把北国公主关入地牢，而是以宾客之礼善待她。后来，北国国王派人接回了自己的女儿，尽管北国公主失去了她的王后头衔，但是，值得庆幸的是，她又和自己的家人团聚了，如果她能够知道知足和什么是幸福的话，这绝对是比得到皇权和强求而来的爱情要高兴得多的事情。

第二十一章　回家

"这回真的该说再见了，我亲爱的朋友们！我会永远记得你们的。谢谢你们的帮助！"苏晴终于止住哭泣，她有些舍不得地和大家道别。

"亲爱的孩子，多保重，希望你一生幸福！"白胡子矮人说。

"赶快回家和你的家人团聚吧，有什么能比一家人在一起更幸福的呢。我们也要回城堡和我们的兄弟相会去了。比金，你要不要一起回去，还有你的这位大龙朋友？"红胡子矮人问。

"这是当然，我要回去和你们喝上几杯。"黄胡子矮人比金答道，他又问睡龙，"我的老伙计，你也一定愿意去，不是吗？"

"当然，当然，我当然乐意和你们一道前去。"睡龙摆着尾巴兴奋地回答，它还没有去过矮人们的城堡呢。

"这次，你许诺给我们的金蛋真是长了翅膀，彻底飞走了。"紫胡子矮人对苏晴说，他还没有忘记金蛋这件事情，这也难怪，他是几个矮人之中最喜欢金子的一个，"算了，这次的酬劳就一笔勾销了，毕竟这个飞走的金蛋救了我们的命。"

"这次的见面又是如此短暂，我亲爱的朋友。"黄胡子矮人比金对苏晴说。

"您和睡龙能来帮助我们，我真是十分感激。"苏晴说，她知道比金更喜欢天上那样没有冒险的安稳生活。

"不必客气，我早就说过，我们也许会再见面的。祝你以后在自己的国家里好好地生活。你是个善良、坚强、勇敢的姑娘。"比金说，他的黄色胡子在阳光下明艳艳的。

"谢谢。也祝您和睡龙先生的生活一切都好。"苏晴说。

"我还要感谢你呢，帮我拿出了瞌睡虫，我现在觉得精神百倍。但是，你就不能多留几天，再玩会儿吗？我可以驮着你在天上飞。"睡龙说。它也是一只很重情义的龙。

"谢谢，不过，我要赶快回家和家人团聚了，我想他们了，他们也一定想我了。"苏晴说。

"也送上我的祝福，可爱的小姑娘。以后再见面时，我还会乐意为您效劳的！"黑胡子矮人说。

"谢谢，您为我做得已经够多了。"

"要记得我，以后我会长成一只大熊，到时别认不出我。"小熊的眼泪又流了出来，它是一只多愁善感的熊，它舍不得苏晴。

"嗯，我会记得你的，一只勇敢、聪明、善良的熊。"

"咱俩就只和苏晴说一句再见吧。让我们收起数不清的不舍，以短暂的告别结尾。"彼得对小狮子说。

"再见！"彼得和小狮子一起说。

"再见！真诚地谢谢你们！"

苏晴把茜茜王后的项链和女巫交给她的项链放在一起，她们手拉着手，左转三圈，右转三圈，又念了女巫教给她的一句咒语，这是她每天都要默念一遍生怕忘记的咒语。灿烂的光辉把她们带回了郁郁葱葱的树林里，这是苏晴家乡的那片树林，这里还覆盖着积雪呢。一位苍老的女人正站在两棵挂着白雪的松树之间，望眼欲穿地朝这边张望。

　　"是妈妈！妈妈——"茜茜王后十分惊喜，一瘸一拐地跑过去，一把抱住女巫。

　　"噢！我的孩子，真的是你吗？我真是太想念你了。"女巫也紧紧地抱住茜茜王后，"自从小女孩去找你，我每天都来这里等着你们回来。我就知道你一定会回来的。"

　　"妈妈，发生了很多很多事情，多亏了苏晴，我才能够顺利地回来看你。"茜茜王后说。

　　"你的王后难道当得不顺利吗？究竟发生了什么，我看你憔悴了很多。"女巫关心地问道。

　　"说来话长，以后让我慢慢地和您解释。现在，我们可以回家了。"

　　"好，就在那边，我在树林里建了房子。"

　　"不，我是说，我们要回我们自己国家的城堡里。"茜茜王后说。

　　"可是，我和北方女巫做了交易，我只能留在这里。"女巫有些沮丧地说。

　　"北方女巫被杀死了，她的魔法消失了。您再也不用一个人待在这里了，我要把您接回我的城堡里，以后，咱们会一直生活在一起的，国王一定会欢迎您的。"

　　女巫吃惊地睁大了眼睛。"北方女巫死掉了？"她有些不敢相信，过了一会儿，她才回过神，"这么说，我们终于可以团聚了！"

　　"对，每天都在一起！"茜茜王后说。

　　"那是个漂亮的皇宫。"苏晴补充道。

　　"孩子，真是难为你了。"女巫转向苏晴说道，"我真是不知道如何感谢你才好。"

苏晴开始的确有些埋怨女巫，但现在也渐渐了解了一位母亲对女儿的期盼和担忧，是多么令人动容。"那里发生的事情要远比您想象得多，我算见识到了那片广阔的天地，不过能帮助你们团聚，我也挺开心的。"她说。

"我们要回去了，回到属于我们自己的世界去了。你的智慧和勇气真是让人无比佩服。"茜茜王后说。

"其实，有时我也是很害怕的。"苏晴不好意思地回答。

"我们走了，你们的国家将不再有女巫。这个林子里的木屋送给你，你可以随时过来玩。"女巫说。

"谢谢了。不过，以后我会好好地待在家里，再也不独自一人跑出来玩了，可不能让父母担心了。"苏晴说。

"你说得没错，有哪个父母放心得下自己的孩子呢。"女巫说。

"就让这个木屋成为动物们躲避风雨的家，如何？"茜茜王后说。

"那真是好！"苏晴说，"对了，对了。请记得不要暴饮暴食，不要吃饭没有规律，不要吃很多肉，要荤素搭配，不要在食物里放那么多盐，那样对身体不好。"苏晴临走前没有忘记嘱咐女巫，她唠叨的样子像个管家婆，可这绝对是为了女巫好。

"以后我一定会照顾好母亲的饮食，谢谢你！以后如果有机会，你还可以到我的城堡来玩。"茜茜王后微笑着说。

随后，茜茜王后和女巫走进一道无形的屏障中，渐渐消失在树林里。

"祝您和国王幸福！"苏晴朝着她们消失的背影喊道。

"再见！"茜茜王后的声音从远处传来，而树林里已经完全看不见她的身影了。

"要赶快回家！"苏晴对自己说，她从书包里拿出羽绒服穿上，这里真是太冷了。她刚想迈开脚步，却想起自己根本不记得来时的路。

"哗哗——"是小毛虫，它从书包里爬了出来，它醒来得可真够及时的，它一定会给苏晴指路的。

只见，小毛虫向前爬了几步，又回头看看她。

"太好了！你醒了！你想给我带路，对不对？"苏晴说，"你可真是只聪明的毛虫。"

苏晴慢慢地跟在小毛虫的后面。午后的阳光照进树林里，寒冷的冬天也不再冰冷无比。梅花开得正好，松柏好像一个个卫士一般矗立着，守护着树林。即便那干枯的树枝，来年春天又该是一派生机勃勃吧。

"我已经归心似箭了。"苏晴自言自语道，她发现自己已经学会使用"归心似箭"这个临走前姐姐教给她的成语了。

小毛虫停住了，在这片阳光中，小小的毛虫突然抬起头，弓起了豆绿的身子。在它背上，一点点钻出了一对粉色的翅膀，粉色蔓延开来，铺展至全身，它已不再是豆绿色的毛虫了，而是变成了一只美丽的小蝴蝶。

"你变成蝴蝶了，真是太漂亮了！"苏晴兴奋地喊道。

小蝴蝶在林间飞舞着，苏晴跟在它后面跑着，他们的速度可比从前快多了。苏晴欢快地跑着，想要唱起欢快的歌儿。

不久，苏晴发现自己已经来到了树林下面通往家的小路上。小蝴蝶眨巴着眼睛，在苏晴周围盘旋了好一阵，好像在依依不舍地和她告别。

"无论你是只不起眼的毛虫还是只漂亮的蝴蝶，在我心里，你都是善良、美丽、聪明的。你和我一起经历了那么多，我多想抱抱你啊！"苏晴说。

　　小蝴蝶似乎听懂了她的话，落在她的肩膀上，停留了好一会儿，然后，扇着美丽的翅膀恋恋不舍地朝树林里飞去了，它属于那里。

　　此刻，在另一个世界里，矮人、小熊、小狮子和彼得也要各奔东西了。小熊非要在大家离开前先走一步，因为，它害怕离别的伤感和看到大家离开之后的落寞。它看了看大家，深深地鞠了一躬，说："谢谢亲爱的各位，你们让我见识了许多，也学会了许多。我再也不是当初那个遇到困难只会把头埋到土里的胆小熊了。再见，朋友们！"然后，它头也不回地走向远方。

　　"伙计，迈开你的熊步，大胆地往前走吧！你真的是我见过的最勇敢的熊，也是最聪明的熊！"其中一位矮人朝着正在远去的小熊喊道。

　　小熊听到了他的话，高兴地把手举过头顶，做了个"V"字形的胜利手势，更加自信地大踏步向前走去。

　　五个矮人和可爱的睡龙，踏上了返回城堡的路，彼得也带着小狮子走上返乡之路。

　　在苏晴的世界里，她也一样即将回到自己温暖的家里。她飞快地顺着回家的小路跑回了小镇上。她先跑去了同学小玲家，小玲一定急坏了，因为只有她知道自己去了哪里，而且去了那么久。

　　但是出乎意料，小玲见到苏晴平静地说："在姑妈家过得怎么样？我挺想你的。"

　　"姑妈家？我没有去姑妈家呀！"

"你不是打过电话，说你改主意了，要和爸妈去姑妈家吗？"

"什么？打电话？"苏晴问，这真是奇怪了。

"难道你又去了林子里？你一直待在林子里？"

"说来话长，发生的一切也真够奇妙的。我得赶快回家了，回来我一定好好讲给你听。"苏晴说。她现在觉得什么也不足为奇了，还有什么比那个世界里发生的事情更奇怪的呢。

苏晴终于回到了自己日夜思念的家中，爸爸和妈妈还没有回来。刚一进门，她就抱住正在做功课的苏菲。

"姐姐，我真是想死你了。"她高兴地说。

姐姐奇怪地看着她，伸出手摸了摸她的额头，说："没生病啊！"然后苏菲笑了，接着说道，"嗯——几天不见，知道想姐姐了吧。以后乖乖的，要记得打电话，现在说得好听，你一定在小玲家玩疯了吧？快拿出作业让我检查一下。"说着，她就要抢苏晴背在身后的书包。

"不给，不给。你不像我姐姐，倒像妈妈似的，妈妈都没你这么严厉。"苏晴绕着圆桌跑，好让姐姐抓不住她。她这会儿确实还没有写作业，不能让姐姐看见，不过，她心中的作文倒是已经有了草稿。

两姐妹一个追，一个跑，正闹着，爸爸和妈妈推开门，走了进来。的确如女巫所说，苏晴在那个世界度过了相当长的一段时间，在这里却才刚刚过去两个星期。

"宝贝儿们，看到你们俩这么开心，我就放心了。这些日子你们过得都很好吧？"妈妈笑着问。

"妈妈——"苏晴和苏菲一起冲进妈妈的怀里。

"妈妈，爸爸，我好想你们啊。"苏晴甜腻腻地回答。

"哼，就知道撒娇。"姐姐嘬着嘴，接过父母提的大背包，又给他们倒了杯水，回答道，"我们过得很好，我一个星期就把所有的作业做完了，现在在学更多的东西。至于您的小女儿苏晴嘛，应该在同学家玩疯了。总之，一切还算顺利，我们都没有饿着。"

"我没有玩疯！"苏晴争辩道，这句话倒是事实。

"好了，真是太好了。这次回来，我觉得你们俩都长大了好多似的。苏晴，你的皮肤都变黑了。"妈妈说。

"姑妈向你们问好，我们带了好多礼物给你们，快过来看看。"爸爸说。

这一天，苏晴一直跟在妈妈的身旁，像个跟屁虫。她帮妈妈干了好多活，也没有叫苦，尽管她还没有来得及好好休息一下。

"看来我的感觉没错，你们的确长大了。"妈妈说。

晚上，苏晴一头倒在床上，"呼呼"地睡了一天一宿，直到第二天傍晚，姐姐叫她起来吃饭，她才睁开迷迷糊糊的双眼，感觉脑袋沉沉的，身体酸痛，她觉得自己仿佛做了一个很长很长的梦，但似乎又不仅仅是个梦。

"叫了你那么多次还睡不醒，睡得像头猪。"姐姐说。

苏晴忽然想起来在另一个世界，自己真的差点就变成了一头猪，不禁打了个寒战。

"你怎么了？很冷吗？去测测体温吧。"姐姐关心地问，她拿来一件衣服给苏晴披上。苏晴看了看姐姐，想要说些什么，但又停住了。她知道，就算把这一切全都告诉姐姐，姐姐也只会当她做了一个傻傻的梦吧。

又过了几个星期，新的学期开始了。班主任把寒假布置的作文收上去了，苏晴的作文题目就叫作"女巫的饮食结构"。

又过了几个星期，老师开始点评大家的作文，她先读了几篇优秀的范文。苏晴觉得，这次她的作文会被列进优秀之列，但是，结果却令她很失望，她的作文只有六十分，勉强及格而已。

"有的同学，文章写得还算不错，只是过于标新立异，内容也不太实际。"老师看了一眼苏晴，她给苏晴留了面子，没有点出名字，也没有问苏晴怎么写了"女巫"这个题材，不然的话，同学们又该嘲笑她了。

现在，这篇文章对苏晴来说已经不重要了。

"不要轻易被别人的否定所打败。"她低声鼓励自己。

小玲回过头和苏晴相视一笑，举起拳头对她做了个加油的动作。她们都笑了，这是属于她们两个人之间的秘密。小玲早已被苏晴所讲的经历吸引住了。大战田鼠王，收服沙尘兽，打败北方女巫，还有发明家那些稀奇古怪的发明，以及可爱的睡龙、聪明的小熊、古怪的鱼、七个矮人和那些有趣兔子，这些故事真是让她百听不腻。

苏晴突然想起来，自己的书包里还有美丽的花精灵送给她的锦囊没有打开。里面会是什么呢？是对付北方女巫的办法？是一个神奇的魔法？还是其他不可思议的东西？那么，暂且卖个关子，就留给大家去猜想吧。

教室窗外的雪还在下，白茫茫的大雪覆盖了整个操场。这或许将会是今年冬天的最后一场雪了，再过些日子，春天就会如约而至。苏晴看着窗外漫天的飞雪，笑了。冬天快要过去了，春天就不会远了。冬天快要过去了，春天一定很美好吧……